戦国の新説

アンソロジーしずおか

谷津矢車　天野純希　秋山香乃
木下昌輝　蒲原二郎　杉山大二郎
鈴木英治　早見俊　簑輪諒　永井紗耶子

静岡新聞社

アンソロジーしずおか　戦国の新説

目次

作中関連地図

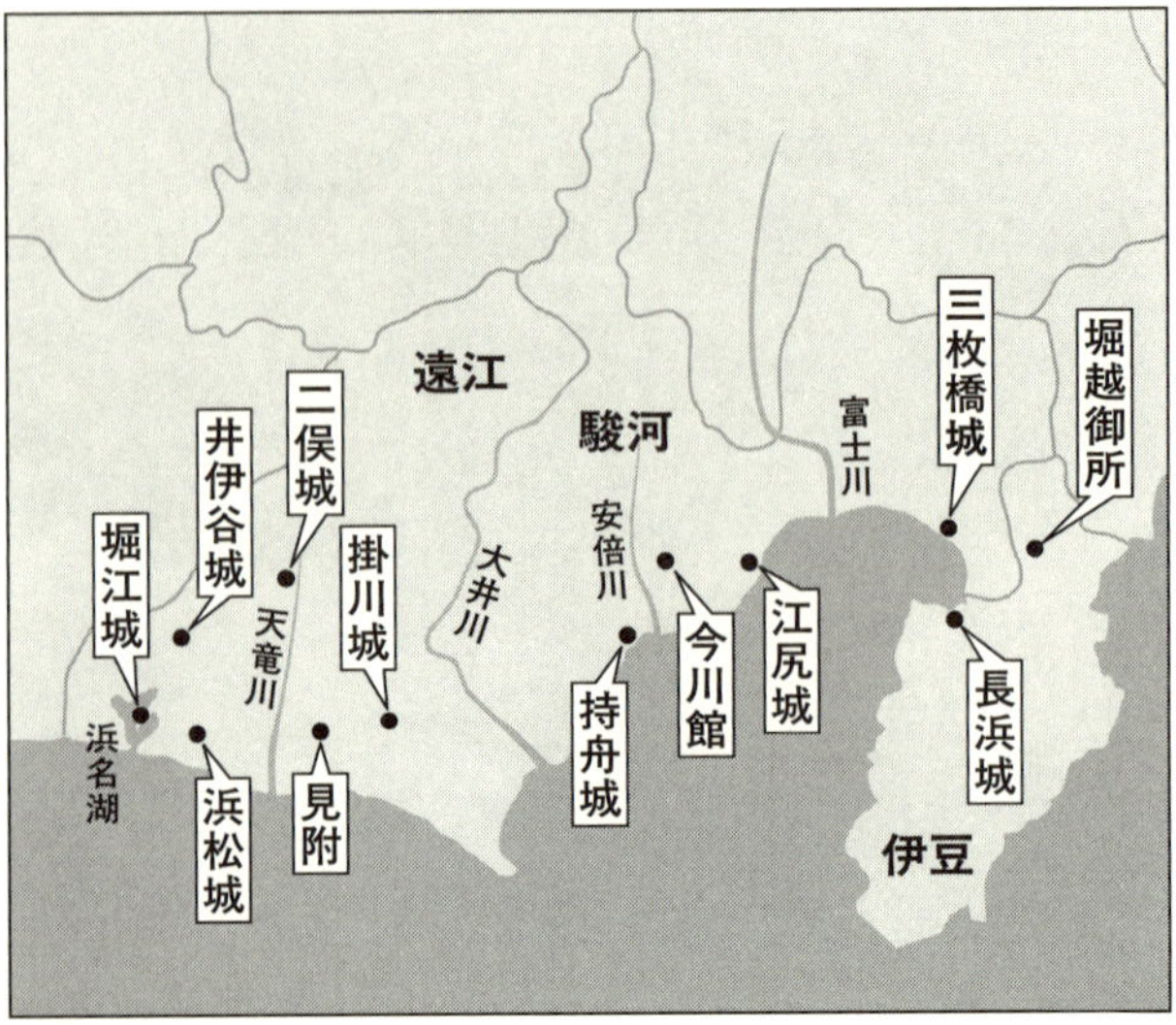
遠江
駿河
伊豆
二俣城
井伊谷城
堀江城
掛川城
浜名湖
浜松城
見附
天竜川
大井川
安倍川
持舟城
今川館
江尻城
富士川
三枚橋城
堀越御所
長浜城

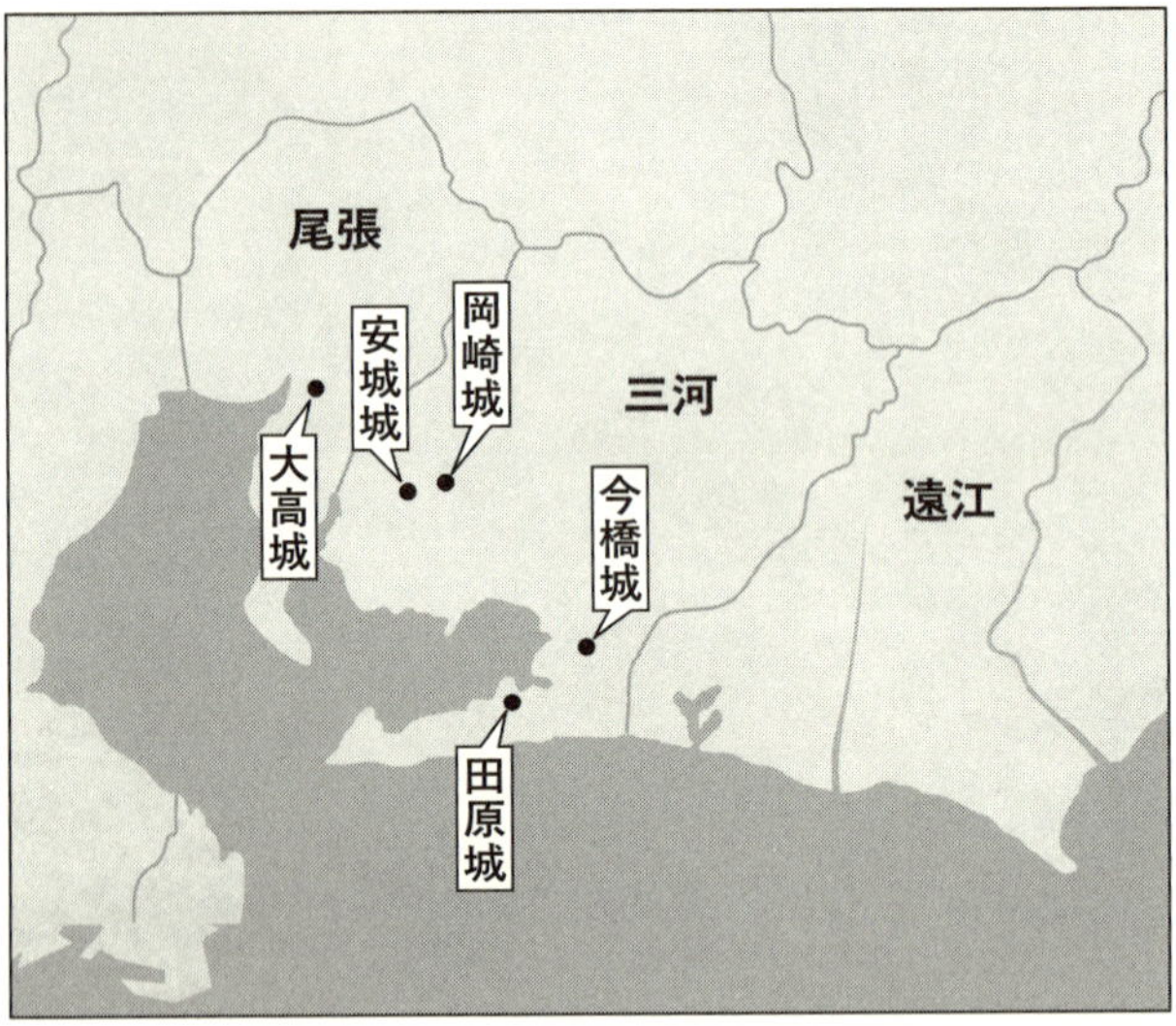
尾張
三河
遠江
安城城
岡崎城
大高城
今橋城
田原城

作中関連年表

和暦	西暦	月日	出来事
延徳3年	1491	7・1	堀越公方・足利政知の長男茶々丸が謀反を起こす
明応2年	1493	—	伊勢盛時、伊豆へ討ち入る
永正16年	1519	—	今川義元（芳菊丸）が生まれる
天文5年	1536	6・10	今川義元、花蔵の乱で玄広恵探を破る
天文16年	1547	—	織田信秀、岡崎城主・松平広忠を攻める
天文18年	1549	—	松平広忠の嫡男・竹千代（徳川家康）、駿府に送られる
天文21年	1552	11・27	貞春尼が武田信玄の嫡男・義信に嫁ぐ
天文23年	1554	7・—	今川氏真と早川殿が結婚（駿甲相三国同盟成立）
永禄3年	1560	5・19	今川義元、桶狭間の戦いで討死
永禄10年	1567	10・19	武田義信が死去
永禄11年	1568	11・19	井伊直虎が井伊領で徳政令を実施
		12・6	武田信玄、駿河へ侵攻
		12・13	徳川家康、遠江へ侵攻
永禄12年	1569	5・15	今川氏真、掛川城を開城
元亀元年	1570	6・—	徳川家康、浜松に居城を移す
元亀3年	1572	10・10	武田信玄、遠江へ侵攻
		12・22	徳川家康、三方原の戦いで武田信玄に敗北
元亀4年	1573	4・12	武田信玄が死去、勝頼が当主となる
天正3年	1575	5・21	武田勝頼、長篠の戦いで織田・徳川軍に敗北
天正7年	1579	4・7	徳川秀忠（長丸）が生まれる
		8・29	徳川家康の正室・築山殿が死去
		9・15	徳川家康の嫡男・信康が自害
		9・19	徳川家康、持舟城を攻める
天正8年	1580	3・15	駿河湾で武田水軍と北条水軍が戦う
天正10年	1582	3・11	武田家が滅亡する

本書は書き下ろしです。

装幀　坂本陽一（mots）

装画　塚田ゆうた

我が君、次郎直虎

谷津矢車

ふねは関口次郎《せきぐちじろう》を一瞥《いちべつ》し、「面をお上げください」と声を掛けた。

下段の間に座る次郎はそれに応じ、平伏《へいふく》を解いた。

年の頃は十と少し、あどけない顔立ちをしている。前髪は落としていない。衿《えり》から覗く首も細く肩も華奢《きゃしゃ》だ。青の肩衣に鼠色《ねずみいろ》の半袴という立派ななりに身を包んでいるものの、あぐらが様になっておらず、装束《しょうぞく》に着負けている。その佇まいは、部屋の真新しい畳にも負けないほどに青々しい。

この年で、ふねは二十七を数えた。年の差を思い、気が遠くなる。

「関口越後《えちご》が子、関口次郎でございます」

次郎は名乗りを上げた。声変わりすらしていない、堂々とした口上を受け、平坦に名乗り返す。

「井伊信濃《いいしなの》が子、ふねでございます。よくぞ、お越し下さいました。長旅、さぞ難儀なさったことでしょう」

「心躍る旅でございました」

快活に次郎は答えた。

顔に笑みを貼り付けたその裏で、ふねは相手を冷ややかに見定めた。次郎は今川《いまがわ》の寄越《よこ》した若君である。一挙手一投足にも油断がならない。

次郎は謁見《えっけん》の間を見回した後、表庭に目をやった。松や梅が植えられ、漆喰壁《しっくい》に囲まれた庭の向こうには、突き抜けるような青空が広がっている。

「よき地でございますね。先ほど、街道沿いに井伊谷《いいのや》の領地を眺めて参りました。攻めるに難く守るに易い地勢をしております。この地を本貫地となさった井伊家の父祖は、先見の明がおありとお見受けいたします」

ふねは僅《わず》かばかり浮かんだ感慨に蓋をし、うわべばかりの言葉を紡《つむ》ぐ。

「我ら井伊一族がこの戦乱の時代にあっても滅ぼされずにあり続けたは、まさに、この地によるところが大きいでしょう。――一目見てそれがお分かりとは、次郎殿は、まことに明晰《めいせき》でございますね」

「ありがとうございまする」

次郎ははにかみつつ頭《こうべ》を垂れた。

「次郎殿は、ご次男であられるとか」

「仰る通りでございます」

武家に生まれた次男坊は郎党となって家を支えるか、他家に養子に入ってそこの主に納まるかの道しかない。いずれにしても武芸、学識が必須だ。

ふねは目を細めた。

「嬉しゅうございます。我ら井伊家に、斯様《かよう》な若者を迎えることができるとは」

「これからも、精進いたします」

「そう構えずともよいのですよ。――次郎殿、今日はお疲れでございましょう。今日はこれくらいでお休みなされませ」

お伺いの体を取ったが、ふねは有無を言わさない圧を声音に込める。それを察したのか、次郎は軽く一礼すると立ち上がった。

「これより、なにとぞよろしくお願いいたします、ふね殿」

「ええ、こちらこそ」

影のある一瞥をくれた後、次郎はふねの前から下がった。あまりに殊勝が過ぎる態度は、大人の都合で無邪気さを取り上げられた子供の哀れを思わせ、痛々しい。

ふねは侍女に命じて運ばせた脇息《きょうそく》に体を預けると、日差しの落ちる中庭に目を向けた。昔、この中庭ではふねの父、直盛《なおもり》が四季折々の花を丹精し、見る者の目を楽しませていた。だが、かつての百花繚乱は見る影もなく荒れ果て、雑草生い茂る空き地となっている。まるで、井伊家の衰微を鏡映しにしたかのようだった。

「あれが、わらわの夫となる男か」

ふねは独りごちた。自分の発した〝夫〟の語のよそよそしさに、力なく笑う。

「首を縦に振ったが間違いであったか」

ふねは、一月ほど前の出来事を思い起こした。

＊

永禄六年（一五六三）の春、井伊谷の龍潭寺《りょうたんじ》で静かに暮らすふねの元に、一人の客が訪ね来た。井伊家の与力家老、新野左馬助《にいのさまのすけ》だった。目通りするなり、左馬助は白髪頭を深々と下げた。

「姫様、すっかりご無沙汰《ぶさた》をいたしております」

「今年で二十七になる年増に、姫様はありますまい。それに、この通りの法体《ほったい》でございます。俗世の肩書きなど、もはや縁遠きものでございます」

ふねは顎《あご》を引いて手を軽く広げ、己の風体を示した。童子髪に揃《そろ》えた頭、袈裟《けさ》姿が身にしっくり合っている。寺に入って十余年、読経三昧《ざんまい》に過ごしたおかげだった。

十歳と少しで嫁に行き、十五で子を宿し、三十で孫を抱く。それが女の一生と教えられたふねは、既に老境の畔に立つ心地の中にあった。不満があるではない。それどころか、身に余る仕合わせの中にいる。性にも合っていた。子を産み育てて次代に家を繋ぐ女の責から解き放たれ、気の合う侍女と共に埋もれ木のように過ごす日々、それは、戦乱の世にあってはありえないほどに平安で、贅沢《ぜいたく》な暮らしだった。

ふねの言葉を皮肉と取ったらしい。左馬助は横鬢《よこびん》から脂汗《あぶらあせ》を垂らして平伏した。やりこめるつもりなど少しもなかった。ふねは軽く首を振り、この日の来意を問うた。

すると左馬助は、ふねにずいと顔を寄せ、切り出した。開きかけた口元に、苦渋が刻まれている。

「姫様に井伊家を救っていただきたく。如何《いか》に世に隠れて暮らしておられるとは言い条、姫様も井伊家の苦境はご存知でしょう」

肩を落とし、ええ、とふねは答えた。

井伊家は、危急存亡の秋《とき》に瀕していた。

ふねの祖父の代から井伊家は東海の雄、今川家の軍門に降り、庇護を受けた。その見返りに、井伊の男は今川の戦陣に参じ、血槍を振るった。ふねの父直盛もそうだった。先陣を任されては戦果を上げ、今川の信頼を得た。領民からも慕われた。しかし、直盛は永禄三年、桶狭間《おけはざま》の戦いで横死した。

桶狭間の戦いは、遠江《とおとうみ》に激震をもたらした。この戦いで今川義元《よしもと》が討たれたのである。義元の後に当主に登った氏真《うじざね》も器量がないではなかったが、義元の穴を埋めるには至らず、今川領内は混乱の坩堝《るつぼ》に落ちた。

直盛の死を受け、井伊谷では井伊直親《なおちか》を呼び戻し、当主に据えた。直親は直盛の従弟《いとこ》に当たり、元より直盛の後を継ぐはずであったが、色々あって井伊谷から放逐されていた。これで井伊谷が落ち着くかに見えたが、永禄五年、直親は讒言《ざんげん》を受け誅殺された。

かくして、井伊谷は領主不在に陥った。

ふねは井伊家の有様を思い起こしつつ、顔を上げた。

「左馬助殿は、わらわに何をしろと言うのでしょう」

「――単刀直入に申し上げます。姫様に、婿を迎えていただきたく存じます」

庫裏に、ふねの笑声が上がった。

「わらわが、今更夫を？　この法体の老人がでございますか」

「それしかありませぬ」

井伊家は家運に乏しい。ふねの父、井伊直盛の下には幾人かの男子がいたが、いずれも戦《いくさ》で早死にしている。直盛の血を引く者は、ふねの他にない。

左馬助は額《ぬか》ずいた。

「虫のいい話と聞こえましょう。されど、姫様が井伊家に戻って下さりさえすれば、万事解決いたします。思うところは大いにおありでしょう。今更何を言うかとお怒りのことでございましょう。されど、姫様が井伊家に戻らねば」

その先を、ふねが引き取った。

「小野道好《おののみちよし》が、井伊谷を横領しましょうね」

話に出た小野道好は、左馬助と同じ井伊家与力家老の地位にある男である。与力家老は今川家家臣の顔も持つ家老で、今川から寄越されたお目付役、井伊家にとっては目の上のたんこぶだ。小野道好はその立場を笠に着て、度々井伊家を圧迫した。直親を讒訴《ざんそ》し死に至らしめたのもこの男である。領主不在をいいことに道好がよからぬ動きを取る虞《おそれ》は充分にあった。

左馬助は頭を下げたまま、続ける。

「なにとぞ、お考えいただけますよう」

先に顔を合わせたのは直親の葬儀だったから、半年ぶりに見えた恰好《かっこう》である。その時と比べても左馬助は白髪が増えた。頬がこけ、骨相の浮いた顔には、左馬助の辿《たど》った艱難《かんなん》辛苦が刻まれている。

思うところがあった。ふねはぽつりと切り出す。

「──わらわは、ただ、立花《たてばな》のように、お飾りとしてあればよろしいのでしょう?」

顔を上げた左馬助は、闇中で光明を見たかのような顔をした。

「好ましくはございませぬ。されど、今は乱世で──」

「なにもせぬでよいなら、戻りましょう。貴殿の厚意には応えなければなりませぬゆえ」

左馬助は床に額を擦りつけんばかりに平伏した。

与力家老ではあるが、左馬助が今川家と井伊家、両家のために力を尽くし続けてきたことは承知している。直盛が死んだ際、井伊谷を専横せんとした小野道好を抑え、直親を迎えたのも左馬助だった。

左馬助への報恩の情が、このときのふねを突き動かした。

かくして、ふねは井伊谷城へ戻り、左馬助の用意した相手、関口次郎を夫として迎えることになったのだった。

*

少し前のやり取りを思い起こしつつ、ふねは井伊谷城の天井を見上げた。雨漏りしているのだろうか、ところどころ黒ずんでいる。主不在から一年を数えずして、井伊谷城は腐れ落ちようとしていた。

ふと、関口次郎の面差《おもざ》しを思った。

次郎の実家、関口家は、今川家に連なる名家である。政略結婚の相手としては破格だ。この婚儀によって、井伊家は今川家連枝《れんし》の地位を得ることになる。

婚儀は、家と家とのかすがいに過ぎない。

世に政略結婚など掃いて捨てるほどある。が、妻が十七も年上で、夫が子供、などという例は、少なくともふねは聞いたことがなかった。

荒れ果て、干からびた土の晒《さら》された中庭を眺めつつ、ふねは息をついた。

「――ここには、立てる花もないか」


ふねは井伊谷城の奥に身を置いた。

いつまでも法体でいるわけにはいかない。ふねは、髪を伸ばした。毎日のように髪をすき、重い打掛《うちかけ》に袖を通した。

ふねは奥の取締役に目通りした。かつて守役を務めていた老女だ。柿の木に登って怒られ、泥遊びの挙げ句に召し物を汚して叱《しか》られた記憶が蘇る。向こうもそれは同じようで、「姫様の下で再び働けるとは幸せ者でございます」と袖で目尻を幾度となく拭《ふ》いた。そうやって久闊《きゅうかつ》を叙す取締役に、奥向きのことはそなたにすべて任せると言い置いた。

龍潭寺にいた頃と、やることは変わらない。龍潭寺の和尚から贈られた仏像に手を合わせ、縁側に座って外を眺め、日々をつれづれに過ごした。

髪が少し伸びたある日、ふねが表の廊下を歩いていると、左馬助に行き当たった。

関口家の男子を迎える大手柄をなしたことで、左馬助の家中での地位は盤石のものとなった。左馬助を悪く言う者はない。誰に対しても親切で、そのくせ武人肌の左馬助は、井伊家の一族郎党からも広く尊敬を集めている。

打掛を引きずり侍女を連れ歩くふねを一瞥《いちべつ》すると、左馬助は足を止め、白い頭を下げた。

「ご機嫌麗しゅう、奥方様。それにしても、頑固であられますな」

まだ祝言《しゅうげん》を挙げていない。奥方様呼びを訂正しようかとも考えたふねだったが、あえて捨て置く。

「頑固とは、なんたる言い草でしょう」

頭を下げたまま、左馬助は続ける。

「申し訳ございませぬ。されど、一度決めたらてこでも動かぬお姿は、父上殿によう似ておられる」

「父上と」

「父上殿も、頑固一徹のお方でござった。今川の戦での先陣など、適当にこなせばよいものと心得る国衆も多い中、直盛殿は常に勇猛果敢に戦っておられた。それゆえに、拙者《せっしゃ》も井伊家を恃《たの》みにしておりました」

「左様でしたか」

「されど、奥方様の頑固ぶりには、感心しませぬなあ」

左馬助は豪放に笑い、深々と一礼をすると縁側の向こうに消えた。

その背に、ふねは小さく非難の声を浴びせた。

「……話が違うぞ、左馬助殿」

城の奥には侍女や女中が多数侍《はべ》っている。井伊家の一族郎党や領民の娘たちだ。扱いによっては、領主の評判を左右しかねない。左馬助は、暗に奥の掌握を求めていた。しかしふねは、お気に入りの侍女を築地のように周りに侍らせて奥に引きこもり、奥方としての役目を投げ捨てた。家のために尽くせ。左馬助が言外に持たせたそんな含みを、ふねは黙殺した。

ある日、ふねは思い立ち、中庭に向かった。

野良着に着替え、鍬《くわ》を取ると荒れ果てた庭を耕した。立花に使う花を植える心づもりだった。これには侍女たちも慌てふためき、斯様なことをお方様がなさっては、と色をなした。しかし、ふねは相手にしなかった。

「寺におった頃は、こうして自ら土を耕し、花を丹精しておった。それに、立花の花もないではつまらぬ」

読経の合間に、のんびりと四季折々の風景を眺める。その生活は性に合っていたが、いかにせん、平穏が過ぎた。侍女たちが縁側でおろおろするのを尻目に、ふねは土をいじった。

その時もふねは、中庭を丹精していた。

夏の日差しの落ちる中庭に立ち、柄杓を手に水をやりつつ、菊の葉を裏返す。見ると、米粒ほどの大きさの虫が多数蠢《うごめ》いている。これらの虫は花の滋養を吸い、葉や枝、幹を枯らす。見つけ次第水で洗い流すべき虫どもだ。花の丹精の極意は、毎日のように懇《ねんご》ろに世話をし、先の禍根《かこん》を断つことだ。花や作物の丹精は戦場だ、一寸の虫にも五分の魂などという戯《ざ》れ言《ごと》は通用せぬ。そんな父の口吻《こうふん》をふねは思い出し、苦笑する。

中庭で作業に浸るふねに、縁側から声が掛かった。

「ご精が出ますね」

「ああ、次郎殿ではありませぬか」

顔を上げると、果たして次郎だった。次郎は縁側の際に立ち、中庭を眺めている。

自分が野良着姿だったことに気づいたが、取り繕いはしなかった。桶と柄杓《ひしゃく》を畑の側に置き、次郎の前に立った。縁側の上に立つ次郎の目は、ふねよりも少し高い位置にある。

「どうなさったのですか、次郎殿」

「ふね殿に逢いに伺いました」

次郎が大の大人だったのならば、あるいはふねがあと十年若かったなら、心が動いたかもしれない。しかし、次郎は頑是のない子供に過ぎず、ふねも心の其処此処《そこここ》に錆びが浮き、動かなくなっていた。

「左様ですか」

素っ気なく応じたふねは、縁側に座り、世間話を切り出した。

「このところ、左馬助殿に随分絞られているようですね」

次郎はふねの横に座る。人一人分の距離があった。

「ご存知でしたか」

「ええ。お話は伺っておりますよ。侍女たちが盛んにさえずっておりますから」

左馬助が次郎に武芸や学問を教え込んでいる、そんな噂《うわさ》は奥でも持ちきりだった。次郎をお飾りの領主とするつもりはないと見える。

「大変でございますね。無理をしてはなりませぬよ」

子供に諭《さと》す調子でふねは言った。

次郎は首を横に振った。

「嫌でございます。父上の期待に応えねば」

口答えされたことに、ふねは驚いた。次郎は常に従順だった。婚家井伊家への遠慮や、子供であるがための気後れもあるかもしれなかった。だからこそ、興味が湧いた。

「父上とは、関口越後様のことでございますね」

はい、と次郎は頷いた。

「井伊谷に来る際、父上に諭されました。そなたは今川と井伊家とを繋ぐ橋とならねばならぬ、今川と井伊家、共に栄えるための舵取りをせねばならぬと。そのために、力を尽くさねばなりませぬ」

子供のそれとは思えないほど、次郎の言葉には淀《よど》みがない。

ふねは訊《き》いた。何の含みもなく、ただ、純粋に。

「それでは、次郎殿お一人が苦労を背負い込むばかりではありませんか」

「これが、己の務めと心得ておりますゆえ」

ふねの胸が、じくりと痛んだ。思わず、言葉を重ねた。

「〝務め〟ほど苦しいものはないことを、わらわはよう知っております。次郎殿。もし、苦しくなって仕舞《しま》われたのなら、すべてを投げ捨ててしまってもよろしいのですよ」

一瞬、次郎の目が光った。しかしすぐに腕で顔を隠し、袖で乱暴に拭いた。

「何を仰いますか。わしは、井伊家の婿養子でございます。投げ捨てることなど、できようはずもありませぬ」

「いいえ、すべてはあなた様次第でございますよ」

訪れた沈黙に割って入るように、近習《きんじゅう》が現れた。左馬助が表で次郎を探しているらしい。

「ああ、稽古《けいこ》の約定《やくじょう》を忘れておりました。しからば、ふね殿、これにて」

ふねの返事を聞く間もなく、次郎はこの場を後にした。

中庭に残されたふねは、次郎の小さな後ろ姿を眺める。

痛々しくてならなかった。年端の行かない子供が、婿養子として、婚家を支える重圧に耐えている。自分の家のことなら諦めもつこう。だが、次郎にとって井伊家は、たまたま縁づいた婚家に過ぎない。

「可哀想《かわいそう》なお子よ」

ふねは次郎の姿を見送った後、庭の丹精へと戻った。この場には、人の世の理不尽はない。丹精した分だけ、花々は華麗に咲き誇っている。

翌永禄七年、大きな波乱が井伊谷を襲った。

新野左馬助が戦死したのである。

この頃、遠江では、国衆の離反が相次いだ。その鎮圧のために幾度となく今川家から出兵を命じられ、当主が不在であった井伊家は左馬助を代役に立てた。が、このお役目の最中、ある戦で流矢《ながれや》に当たり、帰らぬ人となったのだった。

左馬助の死は、今川与力、井伊家一族郎党の別を問わず、井伊谷の者を嘆き悲しませた。龍潭寺で開かれた葬儀は、半日経っても弔問の列が絶えなかった。

左馬助亡き後、井伊谷では小野道好が台頭した。今川の息がかかった与力家老、しかもかつて先代領主の井伊直親を讒言で陥れ、死に追いやった男である。井伊家一族郎党の反撥《はんぱつ》は大きかった。しかし小野道好は今川の威を楯に封殺し、筆頭家老に就いた。

小野道好は、次郎の元服を推し進めた。

「次郎様は御年十二歳。少し早いやもしれぬが、例がないではない。左馬助殿亡き後、井伊家には柱が要る。次郎様を元服させ奉り、井伊家を固めるのが先決と考えるが、如何《いかが》か」

評定の場でそう言い放つと、道好は、かつては左馬助の席次だった謁見の間の上段脇を占めると、だぶついた顎を指でさすりつつ、皆をねめつけた。反対を述べる者はなかった。部屋の中は重苦しい気配に包まれている。

ふねは、上段の間で口を噤《つぐ》み、ことの成り行きを眺めた。次郎が元服するとなれば、当然、次郎と祝言を挙げることになる。だが、それもこれも、既にお定まりのことだ。心は凪《な》いでいた。

ふねは横に座る次郎を一瞥した。青の肩衣《かたぎぬ》姿の次郎は、顔にいかなる感情をも乗せず、淡々と評定――小野道好の独擅場――を見下ろしていた。

この年、関口次郎は元服、同時にふねとの婚儀を行なった。小さいながら、宴《うたげ》も開かれた。左馬助が死んでからというもの、井伊谷は沈鬱《ちんうつ》な気配に包まれていた。そんな中で開かれた二人の婚礼は、井伊谷でも久々の慶事だった。しかし、ふねは一人、下を向いていた。気づいていたのだった。自分の心の奥底に、巨大な洞《うろ》があることに。

皆、晴れやかな表情で祝いの言葉を口にした。臣下に微笑《ほほえ》みを返すふねは、その実、ぽっかりと空いた大きな穴の存在に、一人、怯《おび》えていた。

結局己は、家を支える横木に過ぎないのではないか。そんな己の心の声が、婚儀の間中、ずっと頭の中でこだました。

かくして関口次郎は井伊次郎直虎《なおとら》と名を改め、ふねはその正妻となった。


その直後、新たな井伊家の船出を試すかのように、大問題が出来《しゅったい》した。

今川氏真より、徳政令《とくせいれい》（借金の棒引き）を発令すべしとの沙汰が下ったのである。

国衆の離反が相次ぐ中、遠江の人心を落ち着けたいという今川家の意向が働いたことは、ふねにも察しがついた。

徳政令問題は、井伊家を二つに割った。

領主としては、避けたい。が、家中には賛成派も多かった。氏真の息がかかる今川与力の家臣は徳政令に賛成の立場を取り、そこに一族郎党の賛成派が馳せ参じて大きな派閥となった結果、紛糾したのである。

ふねはこの話に関わろうとしなかった。己はお飾りと決め込み、井伊谷城の奥に引き籠もると中庭に立ち、草花の世話に当たった。

空を見上げる。夏の初めというのに、どんよりとした雲に覆われていた。今年は不作になるかもしれない。そう独りごちつつ、野良着の袖で額を拭き、桶と柄杓を手に、草花たちに水をやった。葉に巣食う虫どもを水で洗い流す。土いじりの間だけは、世の憂さを忘れることができる。毎日のように手を入れたおかげで庭の花々は伸び伸びと咲き誇り、立花に用いる花にも苦労しなくなった。

それでも、徳政令の余波が、ふねにも迫りつつあった。侍女や女中を通じ、井伊家の一族郎党や領民の陳情が届くようになったのである。それだけならば黙殺もできたが、侍女や女中らが親の属する派そのままに奥で仲間連を作り、反目し始めたのには閉口した。ふねは奥で働く者たちにいがみ合わないよう命じたものの、少し前までところどころで上がっていた笑い声が、奥から絶えた。

庭に分け入り、水を撒く。花一つ一つを眺め、虫をつまみ出し、足で潰す。そうすることで、ふねは枯れゆく奥の有様から目を逸らしていた。

水撒きが一段落し息をついたふねは、縁側に立つ青の肩衣姿の人影に気づいた。

次郎だった。

「殿」

ふねの呼びかけに、次郎は、奥方殿か、と力なく答えた。

次郎直虎となって一年ほど経ち、歳は十三を数えるに至った。かつては細かった手足にも肉がついてごつごつとし始め、見違えるほど上背も大きくなった。左馬助が死んでからも、一人で武芸の稽古や学問に精を出しているという。結婚して、互いの呼び名が変わった。だが、以前よりも、なおのこと心の距離は広がった。

次郎は目の下の隈を撫《な》でつつ、淡く微笑んだ。

「花の中におると、実に絵になるな」

結婚してから、次郎の言葉から敬語が消え、当主の振る舞いを見せ始めた。しかし、その姿を見る度、ふねは微笑ましさと同時に痛々しさを覚える。

ふねは軽く笑った。

「斯様な老女を捕まえて、生娘への殺し文句のようなことを仰るとは、殿はわらわを嬲《なぶ》っておいでてございますか」

次郎は痛みを堪えるような顔をした。その表情の意味が分からず、ふねがなにも言えずにいるうち、次郎はその表情を引っ込め、口を開いた。

「表では気が休まらぬ。奥で匿《かくま》ってはくれぬだろうか」

「勿論《もちろん》。奥《ここ》は殿の在所でございますゆえ」

「すまぬ。――少し、部屋で話さぬか」

ふねは人を呼び、次郎を奥の間へと送らせた。ふね自身は野良着を脱いで沐浴し、打掛に着替え直して奥の間へと向かった。

八畳一間の中では、次郎が脇息に寄りかかり、床の間に活けてある花を眺め、ぼうっとしている。しかし、ふねの訪れに気づいたのか、何度か目をしばたたかせ、口を開いた。

「この花は、奥方殿が」

「はい。自ら丹精し、活けましてございます」

「見事だな」

「手慰《てなぐさ》みでございますよ」

「上手く活ける極意はあるのか」

「いいえ、左様なものは。強いて言えば——世の怨《うら》みを、花にぶつけることでございましょうか」

くすくすと笑い口にした。本音を述べるときには、そうと気づかれないようさりげなく述べるのがふねの流儀だった。

しかし、次郎は痛ましげな顔でふねを直視した。心底を見抜かれているのか、冗語を解さない性質《たち》なのか、ふねには分からない。

次郎はまた立花に目を向けた。つられてふねもその視線に寄り添う。夏の初めの花々を集めた立花が床の間に飾ってある。立花の理《ことわり》に基づいて枝葉や花々が切り揃《そろ》えられている。しかし、ふねの目にはおぞましく映った。花を立てた人間の烈《はげ》しさが其処此処から溢《あふ》れ出て、花を汚しているかのようだった。物悲しげに立花を眺める次郎を前に、ふねはたまらず話柄《わへい》を変えた。

「お疲れのご様子。休んでおられるのですか」

「寝ておる」

「嘘を仰いませ。目の下の隈《くま》がひどうございます」

次郎は屈託なく笑った。

「奥方殿には、すべてお見通しだな」

「まことの夫婦なら、寝ているかどうかなど、たちどころに分かりますのにね」

ふねは密やかに笑った。自分たち夫婦のありようが、飯事《ままごと》のように思えたのだった。

二人は同衾《どうきん》していない。

新婚初夜も二人は共に枕を並べることはなかった。婚儀が終わってからは、次郎は表の一室、ふねは奥で寝ている。三十過ぎれば老女である。いくら妻とはいえ、夜の勤めまで果たすつもりはなかった。

とはいえ、誰かが、次郎の心と体を癒やさねばならなかった。

ふねは言った。

「殿、夜、奥にお渡りください。わらわの侍女に、井伊家の遠縁に当たる娘がおります。歳は十五、丁度良い年頃でございます」

側室を持て、と言外に薦めたのだった。

寝物語でしか吐露できないものもあるだろう。それに、井伊家の血を引く娘との間に子ができれば、この子を養子とし、跡継ぎに据えることもできる。次郎を箔付けする金屏風、それが自らの役目とふねは心定めている。

次郎は表情を凍らせた。

「要らぬ」

「何を仰いますか。あなた様のためにもなることでございますよ。子ができれば、あなた様のお立場はより固まりましょう。それに、あなた様には支えが必要です」

「分かっている。それでも、要らぬ」

「なぜ、そこまで、頑《かたく》ななのですか」

ふねは思わず訊いた。目の前の十三の少年の心内が、ふねには分からない。

次郎は突然、声を荒げた。

「頑ななのは、奥方殿、あなたのほうだ」

少年の、声変わりするか否かの若い声が、ふねを貫く。

「奥方殿は、いつも世を儚《はかな》むような物言いをして、老人であるかのように振る舞う。なぜだ。なぜそんなにも諦めた物言いをする」

ふねは、両手を自分の膝の上に載せ、強く握る。着物に、蜘蛛《くも》の巣のような皺《しわ》が走った。

「そういう風にしか、生きられなかったからでしょうねえ」

ぽつりと呟《つぶや》いた瞬間、胸の奥底から、何かがせり上がる感覚があった。ふねは戸惑う。自分の中に、まだ激情が残っていたのかと。長い寺暮らしの中で、抑え込み、丁寧に風化させせたはずの感情だった。そのどす黒くおぞましいものは、ふねの胸の中に満ち、やがて、口から溢れ出た。

「わらわは、ずっと、井伊家に振り回されてきました。井伊家は勇猛で鳴らした武家でございます。それゆえ、男子が儚くなるは常、わらの兄や弟も、戦で死にました。ゆえに、我が父直盛は、年の離れた従弟である直親とわらわを添わせて、井伊家を継がそうとしました。直親様とわらわは、許婚《いいなづけ》だったのです。されど、横槍が入り、父の目論見《もくろみ》は流れました」

与力家老であった小野道好の父が、直親の父を誅殺したのだ。これにより、直親は他国に落ち延びざるを得なかった。

「わらわは龍潭寺に身を寄せ、直親様のお戻りをずっと待ちました。父上も言いました。直親殿は、やがて井伊谷に戻る。その日を待つがよいと。わらわは待ち続けました。その甲斐《かい》あって、数年後、直親殿は井伊谷に戻られました。されど」

ふねは、両手を顔で覆った。涙を拭くためではない。夜叉《やしゃ》のように歪んだ顔を、誰にも見せたくなかった。

「直親殿は、逃げた先で、妻を迎えておりました。わらわはお役御免《ごめん》。それから、龍潭寺で一人、読経三昧の日々を送っておったのです」

直親が妻を連れて井伊谷に戻った。そう知った時、ふねの内にどす黒い炎が猛《たけ》った。戸惑った。この感情は何なのだと。今になれば分かる。あれは、許婚への思慕と嫉妬《しっと》だった。親同士の決めた結婚とはいえ、いや、だからこそ、ふねはずっと直親を心の真ん中で抱え、愛で続けていた。許婚はどんな人なのだろう。わらわのことを好いてくれるだろうか。殿の足を引っ張らぬような妻にならねば。そんな思いの悉《ことごと》くを、直親は踏み躙《にじ》った。ふねは泣き、怒り、ついにはすべてを諦めた。直親が誅殺された頃には、僅《わず》かばかりの胸の痛みの他に、何も感じなくなっていた。

ふねは、自分で活けた立花を眺めた。目が覚めるほどに美しい。だが、庭にぶちまけたくなるような衝動に駆られた。見てくれは綺麗に整えられている。しかしその佇まいに、小手先の技では隠し切れない屈折が覗く。

それまで黙りこくっていた次郎が脇息を蹴って起き上がり、ふねの両の手首を取った。そして、顔を隠すふねの手を引き剥がし、顔を見下ろした。

「それで、〝役目が重くなったら逃げればよい〟とわしに言うたか」

「はい。家のために死ぬなど、馬鹿馬鹿しいことでございます」

次郎はふねと目を合わせる。まるで、深い洞の底を見極めようとしているかのようだった。

「ではなぜ、あんなにも、中庭を綺麗に保つ。それに立花もだ。立花は、男の嗜《たしな》みだろう」

ふね一人で丹精した中庭は、今や紋白蝶《もんしろちょう》が飛び交い、四季折々の花が咲き乱れる、小さな名園となった。

「なぜ、でしょうねえ。ただ、己の随意となるのが、この中庭くらいしかなかったのやもしれませぬ。――強いて言うなら、父上がお好きだったから。父上の丹精なさった庭、父上の立花が好きだったから。それだけかもしれませぬ」

口にして、ふねは驚いた。それが、己の内心だったのかと。家に翻弄されてきた。その自分がなぜ。自分の紡いだ言葉に戸惑った。

次郎は鼻を鳴らすと、ふねの手首から手を放した。そして、その場で仰向けになって目を閉じた。

「ずるいな。わしに逃げろという癖に、そなたは――」

しばらくの後、寝息が聞こえ始めた。ふねは次郎の顔を覗き込む。あどけない、年齢相応の寝顔を浮かべ、次郎はまどろみの中に落ちていた。

「まことか」

知らせを受けたふねは、侍女を引き連れ、表へと向かった。ここ数年、奥から足を踏み出したのは、一族の法事の際に龍潭寺に足を伸ばしたときくらいのものだった。

曲がりくねった縁側を渡り、ある部屋に入った。表にある、次郎の寝所だった。

八畳一間の真ん中で、次郎は身を横たえていた。

夜着を被せられ、額や胸に血の滲《にじ》んだ晒《さらし》が巻かれている。目は開いていない。そのくせ呼吸は荒く、いやに胸が上下している。脇には医者が侍り、右手から脈を取っていた。医者の表情は暗い。その医者の様子を、部屋の隅に座る近習たちが固唾《かたず》を呑んで見守っている。近習たちも、腕を吊る者、顔中に傷がある者ばかりだった。

「何があったのですか」

近習の一人が言うには――この日、次郎は近習と共に井伊谷の巡検に当たっていた。しかし、突如、物陰から十名ほどの暴漢が現れ、乱闘となった。近習たちの手でなんとか追い払うことには成功したものの、次郎が大怪我《けが》を負った。

「下手人は捕まらないのですか」

手を打ってはおりますが、と、歯切れ悪く言う近習を眺めたふねには、察するものがあった。

暗殺だ。

次郎は反対派を切り崩し、あと数箇所で徳政が終わるところまで話を進めていた。奥からその様を見つめていたふねは、次郎の粘り強い戦い振りに感心したと同時に、心配もした。徳政は、土地の有力者である貸主の懐に手を突っ込む行ないである。その反撥が、最悪の形で表出したのではないか。

下手人の捕縛はならぬだろうとふねは心中で独りごちた。この一件は、井伊谷の有徳人《うとくにん》が関わっている。藪を突けば蛇が出てきかねない。なかったことにするなり、適当なところで手打ちをするなりして見過ごすほかなかった。

「何が徳政でしょうね」

古来より善政と謳《うた》われる徳政令は、実際には、発令する領主の徳を削る行ないである。借財が帳消しになれば借主は喜ぶ。だが、貸主からすれば大きな損失となり、その怒りが領主に向かう。そんなことは分かりきっていた。

呟いたふねは、次郎の枕元に座った。そして、夜着からはみ出た左手を強く握る。

「あなた様は、まことついておられませぬね。斯様な、斜陽の御家にやってきてしもうたのですから」

そう語りかけると、次郎の指が微かに動き、ふねの手を握り返したかと思うと、僅かに目を見開いた。

「ああ、奥方殿……か」

ふねの背越しに、近習たちの安堵のどよめきが起こる。そんな中、次郎は掠《かす》れた声で言った。

「奥方殿と話がしたい。皆、下がれ。医者もだ」

戸惑う近習たちだったが、刺すような次郎の一瞥を受け、皆、下がっていった。そうして部屋の中には、二人だけが残された。

ふねの手を握る次郎は、ははは、と短く笑った。

「柔らかい手でございますね」

祝言の日を境に使うようになった男らしい言葉遣いが剥がれ落ち、次郎は柔らかな言葉を口にした。ふねは、胸の痛みを覚える。次郎は無理をして井伊家当主を演じていたのだと悟ったのだった。

「老婆の手でございますよ」

強く手を握り返すと、次郎はふねの手をまじまじと眺め、目を潤ませた。

「お綺麗でございます」

「何を仰るのやら。次郎様はこれから、多くの女人に出会いましょう。さすれば、わらわになど目もくれますまい」

次郎は、拗ねるように鼻《す》を鳴らした。

「ふね殿より綺麗な方には出会えませせぬ。仮に、この危難を切り抜けたとしても」

「何を――」

「ずっとふね殿に口を塞がれておったような気がします。言う機を逃したくはございませぬ。今申し上げましょう。――わしは、ふね殿に惹《ひ》かれておりました。淡々と庭を守り、花を活けるふね殿に」

重い咳《せき》を繰り返した後、次郎は続ける。

「わしは次男坊。与えられた役割をこなさねば、放逐される立場でございます。だからこそ、もし駄目なら逃げてしまっても良いというお言葉が嬉しかった。でも、そんなあなた様の言葉だからこそ、わしは、逃げずに戦うことにもなりました。早く大人になって、あなた様に認めてほしかった」

ふねはようやく、次郎の心の奥底に隠れた洞の正体に気づいた。見覚えがあった。その暗がりは、ふねの抱えるものとよく似ていた。

次郎は天井を見上げた。その目はうつろだった。

「ああ、ようやく言えた。――されど、もう、時がありませぬ。無念でございます。あなた様と、井伊家を再興したかった。何より、我等のために」

次郎は苦しげに言った。

「ふね殿。偏狭な生ではございましたが、わしは自らの望むよう、生きました。ふね殿も、どうか、ご自分の望むまま、生きてくださいますよう。きっとそのほうが、楽しゅうございますから」

ふねの手を握る次郎の手が、ことんと落ちた。

それから、次郎は昏睡に入った。次郎は戦った。だが、数日後、ついに力尽き、帰らぬ人となった。

それからふねは、ある決断をした。

長く伸ばした髪を切り、男装したふねは「次郎直虎」を名乗り、徳政令の貫徹に力を尽くした。自ら馬を駆り反対派の有徳人の元を訪ね、徳政令の意義を諄々《じゅんじゅん》と説いて回った。反対派の一族郎党とも面会し、その不満に耳を傾けた。当初は話にもならなかった。が、幾度となく腹を割って話をするうちに、少しずつ歩み寄りを見せ始めた。そうして永禄十一年には、井伊谷領全域で徳政令が布かれた。

なぜこんなことをしたのか、分からない。見返りもない。誰も褒めてはくれない。孤独な戦いだった。ただ、脳裏には、自らが丹精した井伊谷城の中庭の姿が常にあった。

が、この年、ふねは井伊谷城を逐われた。

与力家老の小野道好が、突如井伊谷城を横領したのである。徳政令を推進する立場だったはずの道好は、反対派の不満をも吸い上げ、この暴挙に至った。ふねはその気配を察すると龍潭寺へと駆け込み、自らの身の安全を確保しつつ井伊一族を落ち延びさせた。

しかし、小野道好の専横も長くは続かなかった。反今川の近隣国衆が、三河《みかわ》で力をつけ始めた徳川家康《とくがわいえやす》を引き込み、井伊谷一帯も徳川の領地となった。かつてのふねならば、寺の縁側でこの世の流れを眺め続けただけだろう。だが、ふねは龍潭寺の奥であがきにあがいた。徳川家康に書簡を書き、小野道好の専横を訴え出たのである。これを受け家康は道好を処断、ふねは井伊谷の主の地位を取り戻した。

が、徳川による静謐《せいひつ》も長くは続かなかった。甲斐の武田《たけだ》が信濃から侵攻、井伊谷の地が切り取られたのである。ふねたち井伊家残党は井伊谷を脱出し、家康の客分として浜松《はままつ》城で雌《し》伏《ふく》の時を過ごすことになる。それでもふねは諦めなかった。

ふねのかつての許婚、直親には、正室との間に男子があった。この男子、虎松《とらまつ》を養子に迎えた。ゆくゆくは井伊家再興の旗頭にしようという腹だった。そうして天正三年、十五歳になったのを期に、虎松を徳川家に仕官させた。

その際、徳川家から、ある照会があった。

「井伊家の系譜と過去の文書を改めましたところ、今川の有力家臣関口家より直虎なる男子を迎えた様子。これは真《まこと》であられるか」

徳川からすれば今川は、大名として滅んだとはいえ、長らく苦しめられた不倶戴天《ふぐたいてん》の敵である。かつて今川に近い家の者を後継に迎えた事実がどう作用するものか、ふねには判断がつかなかった。が、少しでも虎松の心証を悪くするかもしれない事実は伏せるべきだ。覚悟を決め、言い放った。

「直虎は、井伊信濃の娘ふね、つまりわらわのことでございます。井伊家に男子が絶えましたため、一時、わらわが女地頭として立ち、難局に当たっておりました。関口某の男子なるは、誤伝でございましょう。何分その頃は、与力家老小野道好の専横甚だしい時節でございました。差し詰め、道好めが都合の良い絵空事を系譜に書き入れたのでしょう」

遣いはそれで納得した。

この件はずっと、ふねの心に刺さる棘となった。言い訳はできる。嘘も武略と開き直ることもできた。だが、自らの手で次郎の存在を抹殺した事実は変わらない。

年を経、虎松——井伊直政《なおまさ》が再興した井伊家の隆勢を眺めるごとに、ふねは次郎の末期《まつご》の言葉を鮮明に思い出すようになった。

次郎の心底は、未だに摑《つか》めずにいる。

だが、己の思いだけは、影のようについて回る。目を凝らせば、浮かび上がるものもある。

次郎が死んでからずっと、その面差しを背負い生きてきた。次郎の残した事業を果たし、井伊家再興のために力を尽くした。それはまるで、自分の心の中に棲《す》む次郎が一緒にことを果たしたかのようだった。

目を閉じれば、次郎がいる。それはきっと——。

屋敷の縁側で花を活けて過ごすある日、ふねは、ああ、と息をついた。

「次郎様は、いつの間にか、我が君となっておられたのですね」

次郎の顔が、瞼《まぶた》の裏に浮かんだ。次郎は、拗ねたように苦笑している。遅すぎはしませぬか、そう言いたげに。

その時活けた花は、春の日差しの中で、絢爛《けんらん》に咲き誇っていた。かつてのふねの立花にあった刺々しさは、不思議と、影も形もなかった。

新説

女城主・井伊直虎は「男」だった？

井伊直虎といえば「女城主」や「女地頭」と呼ばれることもあるように、戦国期に女性ながら遠江国井伊谷の領主を務めた人物として知られている。この井伊直虎＝女性説は、井伊家の菩提寺・龍潭寺に伝わる『井伊家伝記』に基づくものとされ、同書によれば、当主・井伊直盛の娘が出家して「次郎法師」を名乗り、井伊家の男子が相次いで亡くなったため惣領となったという。

一方、「直虎」の存在を示す史料としては、永禄11年（1568）の蜂前神社に伝わる文書に、今川家の重臣・関口氏経と連名で「次郎直虎」と署名が残るのが唯一である。そのため通説では、井伊直盛の娘が還俗して当主となり、直虎を名乗ったと解釈されてきた。

しかし、近年、直虎の出自が明記された史料が発見された。彦根藩井伊家の家老・木俣家伝来史料である『守安公書記』収録の『雑秘説写記』（井伊達夫氏所蔵）には、「関口越後守（氏経）の子を井伊次郎にし、井伊谷を与えた」「新野殿（左馬助）の甥である井伊次郎殿」という記載があるという。これが正しければ、井伊直虎は男性であり、これまでの歴史解釈が大きく変わる。

黒田基樹『井伊直虎の真実』（角川選書）によると、まだ幼かった関口氏経の子が、直盛の娘との結婚を前提に婿養子となり、次郎法師と名乗った後、直虎と改名した可能性があるという。一方で次郎法師は従来通り井伊直盛の娘のことであり、直虎とは別人という説もある。戦国史研究者の中でも解釈は割れ、結論は出ていない。

先述の「蜂前神社文書」が出された当時、井伊家は徳政令を巡って内部分裂の危機にあったらしい。その直後に徳川家康による遠江侵攻があり、井伊谷も占拠されたため、これ以降、直虎がどうなったのかは不明である。

凪《なぎ》の見た星

天野純希

一

凪《なぎ》は大きく息を吸い、晩秋の澄んだ気で胸を満たした。

「今朝は、富士のお山がことの外きれいね」

「まこと、美しゅうございます」

応じたのは、父の郎党の娘で、十八歳になる侍女の里《さと》だ。凪はこの七つ下の侍女を妹のようにかわいがっている。

城下にある屋敷からこの湊《みなと》まで歩くのが、凪の毎朝の習いだった。身籠ってからも、それは変わっていない。

早朝の湊は、漁から戻った舟で賑わっていた。今日は特に大漁らしく、漁師や水揚げを手伝う女たちの表情は明るい。

十八歳まで過ごした伊勢《いせ》の海も好きだったが、この駿河《するが》の海もまた別な趣きがあっていい。広々として、晴れた日には富士の山や、対岸の伊豆《いず》まで見渡せる。

ここからさほど遠くない黄瀬川《きせがわ》の地では、武田《たけだ》の御屋形様と隣国北条《ほうじょう》家の軍勢が睨《にら》み合っているというが、戦の気配はこの江尻《えじり》まで届いてこない。湊には、いつもと変わらぬ日常があった。

童《わらべ》の時分から、凪は海と船が好きだった。亡き母によると、赤子の頃の凪はどれほどぐずっても、海に連れ出せばたちまち泣き止んだという。

いつか、自分も船乗りになる。そのために、野山を駆け回って体を鍛え、武芸の稽古《けいこ》にも励んできた。

元々、凪は女子にしては体が大きく、膂力《りょりょく》も強い。同じ年ごろの相手であれば、家中の男子たちに剣でも弓でも負けたことがなかった。

女子の身ゆえ、船乗りになるという夢は叶わなかったが、腹の子が男児であれば、やがて向井《むかい》家の船団を率い、この海を縦横に駆け回ることになる。

腹の奥で、子が身動《みじろ》ぎした。そなたも海が好きか。凪は微笑《ほほえ》み、腹をそっと撫でる。

凪は、伊勢の海賊衆・向井伊賀守正重《むかいいがのかみまさしげ》の長女として生まれ、海と船を眺めながら育ってきた。

父が武田信玄《しんげん》の招きに応じ、一族郎党を引き連れて駿河へと移り住んだのは今から七年前、元亀三年（一五七二）のことだ。駿河を版図に加えて間もない信玄は、自前の水軍の編成を急いでいた。そのため、千百八十貫文という破格の禄で、父を招いたのだ。

その際、正重は武田家家臣・長谷川長久《はせがわながひさ》の子である伊兵衛正勝《いへえまさかつ》と凪を娶《めあ》わせ、婿養子に迎える。

先妻に先立たれた正勝は、凪よりも十七歳年長だった。歳は父子ほども離れていたが、正勝は温和で物腰も柔らかく、凪が知る誰よりも心優しい。

夫婦仲はすこぶる良好で、しばらくは子宝に恵まれなかったものの、三月前に懐妊がわかった。この乱世ではこれ以上望めないほどの幸福を、凪は感じている。

不意に、馬蹄の響きが聞こえてきた。

振り返ると、使い番らしき騎馬武者が一騎、城へ続く街道を駆けてくる。戦場から駆け通してきたのか、具足や母衣《ほろ》には何本か矢が突き立っていた。まさかと、凪の胸はざわつく。

「凪さま……」

不安げな顔で、里が袖を引く。

「落ち着きなさい、里。我らも、屋敷へ戻りましょう」

使い番は、西から駆けてきた。それが意味するのはただ一つ。

徳川《とくがわ》軍が、駿河へ攻め寄せてきたのだ。

この満ち足りた日々が終わりを告げるのではないか。急ぎ足で屋敷へ向かいながら、凪はその予感に体を震わせた。

二

舳先《へさき》が砕いた波が、顔に降り注いだ。

波は高く、船は上下に大きく揺れているが、凪は両足をしっかりと踏ん張り、甲板に立ち続けた。十五人いる配下の女子衆も、弱音を吐かず耐えている。

凪と女子衆は、小袖《こそで》に半袴《はんばかま》、胴丸《どうまる》に籠手《こて》、脛当《すねあ》てを着け、頭には鉢金《はちがね》を巻いていた。腰には大小二刀を帯び、弓や薙刀《なぎなた》など、各々が得手とする武器を手にしている。

太鼓の音に合わせ、櫓を漕ぐ水夫たちの掛け声が響く。

二十丁櫓、長さ十間余の関船《せきぶね》は、高い波を掻き分けながら東へ進んでいた。凪の乗るこの関船も合わせ、五艘が船団を組んでいる。これが、向井家の抱える軍船のすべてだった。

目指す先は、沼津《ぬまづ》の三枚橋《さんまいばし》城。北条家に備えた城で、この数年で大改修が施され、武田水軍の東の一大拠点となっている。

「すぐに音《ね》を上げると思っていましたが、大したものです」

言ったのは、一つ下の異母弟、兵庫助正綱《ひょうごのすけまさつな》だ。

母の身分が低かったため継嗣《けいし》の座は正勝に譲っていたが、その死により今は向井家の当主となっている。武張ったところがなく、どこか恬淡《てんたん》として掴《つか》みどころのない人となりは、あまり海の男らしくない。

「鍛えに鍛えてまいったゆえ、多少の波など、どうということもありません」

「それは頼もしいことです。しかし、本気で戦に出る気ですか、姉上」

「無論のこと」

「しかし、相手は徳川ではなく、北条ですよ」

「構いません。徳川は、北条に呼応して持舟《もちふね》城を攻めた。ならば、北条もまた、我らにとっては仇敵《きゅうてき》です」

今から七か月前の天正七年（一五七九）九月、凪はすべてを失った。

黄瀬川で武田勝頼《かつより》自ら率いる軍が北条軍と対峙《たいじ》している最中、徳川軍が駿河持舟城へと攻め寄せた。

持舟城には、父の正重と共に、正勝が城番として兵を率いて詰めていた。

だが、持舟城の守兵数百に対し、徳川軍は一万余。衆寡敵せず、城は陥落する。勝頼本隊が急遽引き返したため徳川軍はすぐに撤退したものの、正重と正勝は落城時に自害して果てていた。

夫と父の死を知ったその日、腹の子が流れた。

文字通り、体の一部をもぎ取られたような気がした。誰を憎めばいいのか、何にこの感情をぶつければいいのかもわからない。

起き上がれるようになると、凪は薬師が止めるのも聞かず、庭で朝から日が落ちるまでひたすら木剣を振ることを幾日も続けた。

意味などなくとも構わない。掌《てのひら》の皮が破れ、血だらけになっても振り続ける。そうしていなければ、おかしくなりそうだった。

――私は、向井家を東国一の水軍の家にする。それが、私の夢なんだ。

不意に、いつか聞いた正勝の言葉が蘇った。あれは、正勝が持舟城に赴く前夜だった。

「義父上は、この歳までさしたる武功もない私を婿に迎えてくれた上、継嗣にまでしてくださった。この恩に報いるため、私は向井の家を大きくし、その名を天下に響かせたい。大それた夢だと、笑うかもしれないが」

星空を見上げながら照れ臭そうに語る正勝に、凪は「いいえ、笑いません」と頭を振った。

「女子の身なれど、私もできる限りのお手伝いをさせてください。二人でともに、その夢を叶えましょう」

夫と父の仇《かたき》を討つ。そして、正勝の夢を自分が受け継ぐ。

心に決めると、身も心もいくらか軽くなったような気がした。

しばらくすると、薙刀を手にした里ら数人の侍女が、武芸の手ほどきを請うてきた。

「私の幼馴染《おさななじ》みは、持舟城にいました。気が弱くて武芸なんてからきしのくせに、〝手柄を立てて出世して、いい暮らしをさせてやる〟なんて言って。戻ったら、祝言《しゅうげん》を挙げるはずだったのに……」

日頃はおっとりとした里の目には、抑えきれない悲しみと、怒りの色が滲んでいた。

「ですから、私たちも、凪さまの仇討ちに加えてください」

仇討ちを口にしたことはなかったが、里にはお見通しだったのだろう。他の侍女たちも、あの戦で親兄弟や夫、想い人を失くしたのだという。

請われるままに武芸を教えているうち、新たに一人、二人と加わり、やがて十五人に達した。凪の侍女や城で働く女たちが主だが、中には徳川家の足軽に村を焼かれた百姓の娘もいる。

たった十五人、しかも女子。戦場に出たところで、何ができるわけでもないだろう。だが自分にはもう、失うものなど何もない。

戦場で足手まといにならないよう、集まった女子たちをさらに鍛え上げた。同時に、正綱に頼み込んで、戦に出る許しを求めた。

元々、西国では水軍を率いた女子の例がいくつもある。

瀬戸内で大内家と戦った大祝《おおほうり》家の鶴姫。古くは元寇で蒙古軍に立ち向かった播磨局《はりまのつぼね》。数年前には、備中《びっちゅう》常山《つねやま》城主・上野《うえの》隆徳《たかのり》の妻が、城を囲んだ毛利《もうり》家の大軍を相手に三十余名の女子を率いて戦い、壮絶な最期を遂げたという。

そうした話を毎日繰り返し、時にはおだて、時には脅しつけもした。

「しかし姉上。家来の中には、女子に戦をさせるのを嫌がる者も少なくないのですよ」

「陸での戦ならばともかく、船戦ならば身軽な女子も戦えます。元より正綱殿は、私に弓でも剣でも敵わなかったでしょう？　女子に戦ができぬなどということはありません」

三月に及ぶ説得を経て、ようやく正綱は凪たちが戦に出ることを認めた。もっとも、持舟城の戦で多くの郎党を失ったことで、純粋に人手が足りないという事情もあるが。

そして、半年に及ぶ厳しい戦稽古を経た天正八年（一五八〇）閏三月、再び大戦の気配が漂ってきた。

三枚橋城のさらなる改修を進める武田家に対し、北条家が伊豆と駿河の国境に大軍を集めはじめたのだ。

武田勝頼は、五年前に長篠設楽原《したらがはら》で織田《おだ》・徳川軍に大敗を喫し、一昨年には越後《えちご》上杉《うえすぎ》家の内紛への対応を巡って、北条家とも対立を深めていた。

東駿河の守りの要である三枚橋城が奪われれば、武田家の衰勢は決定的なものとなる。北条の動きを知った勝頼は、直ちに駿河の武田方へ駿河・伊豆国境への出陣を命じた。


戦を前にした三枚橋城は、軍兵と軍船で溢《あふ》れ返っていた。

城外の千本松原《せんぼんまつばら》には一万六千に及ぶ大軍が陣を布き、城内の湊には武田水軍の船がひしめき合うように停泊している。中には、関船をはるかに凌ぐ大きさの安宅船《あたけぶね》も見えた。

安宅船一艘《そう》、関船三十七艘の他、小型の小早船《こばやぶね》が二十余艘と、武田水軍の総力と言える陣容だ。大将格の土屋豊前守貞綱《つちやぶぜんのかみさだつな》以下、小浜民部左衛門景隆《おはまみんぶざえもんかげたか》、伊丹大隅守康直《いたみおおすみのかみやすなお》、間宮武兵衛《まみやぶへえ》、造酒丞《みきのじょう》兄弟ら、主だった水軍の将たちも集っていた。

陸上の軍勢を率いるのは、真田昌幸《さなだまさゆき》、小山田昌成《おやまだまさなり》、春日信達《かすがのぶたつ》、山県昌満《やまがたまさみつ》、内藤昌月《ないとうまさあき》といった武田家の重臣たちだった。勝頼も戦支度が整い次第、甲府から駆けつけるという。

対する北条軍は、陸上では当主氏政《うじまさ》自らが率いる二万の大軍が三島《みしま》に進出し、伊豆の長浜《ながはま》城には水軍が集結している。

「御屋形様をお迎えする前に、まずは敵の水軍を叩く」

城での軍議から戻った正綱が、向井家の主立った者たちを集めて言った。女子である凪は、正式な軍議に出ることができない。

正綱は近隣の絵図を広げ、三枚橋城から南東にあたる海辺の城を指した。内浦《うちうら》湾と呼ばれる深く広い入江の奥に築かれ、多数の船が停泊できる地形になっている。

「明朝、この長浜城を攻める。出陣するのは、我ら向井家の船団のみだ」

「何と。正気ですか」

「そのような愚かな策を、いったい誰が……」

口々に喚《わめ》く郎党たちに向かい、正綱は「俺だ」と笑った。その顔つきには、不敵さと自信がありありと滲《にじ》んでいる。

「確かに、北条の水軍は船の数も大きさも、我らとは比べ物にならん。まともに戦えば、瞬く間に粉砕されるだろうな」

正綱の言う通り、北条水軍は、武田家のそれをはるかに凌駕する規模を誇っている。百年近くにわたって伊豆・相模《さがみ》を領し、房総《ぼうそう》の敵との船戦もしばしば起きていたため、早くから水軍の育成に力を注いできたのだ。

それに対し、駿河を領有して十年にも満たない武田家の水軍は、今川家の旧臣や伊勢・志摩から招いた海賊衆を中心に編成されていて、北条水軍に比べると寄せ集めの感が否めない。

「だが、我らにあって、北条の水軍にないものがある。長く海賊衆として己の足で立ってきた、経験と矜持《きょうじ》だ」

凪たちに向けて、正綱は続ける。

「我らは父祖の代から伊勢、志摩の海で津料（港湾使用料）や上乗《うわのり》（水先案内料）を取って自活し、己の意志で、己が敵と定めた相手と戦ってまいった。だが東国の水軍は、陸の大名の下、ぬくぬくと生きる飼い犬だ。その違いを、見せてやろうではないか」

三

深い闇の中、波と櫓を使う音、そして女たちの息遣いだけが聞こえていた。

先刻に比べ、揺れがだいぶ小さくなっている。恐らく、船は長浜城のある内浦湾に入ったのだろう。

凪と女子衆は、正綱の座乗する向井家の旗船に乗り込んでいた。他に、男の武者がおよそ二十人。これに水夫や下人を合わせ、七十人ほどがいる。

戦が、目の前に迫っていた。掌にじわりと汗が滲む。聞こえてくる女子衆の息遣いも、わずかに荒くなっている。

北条水軍は、安宅船を中心に編成され、関船、小早船はさほど多くないという。だが、武田家が一艘しか持たない安宅船を十艘も擁していた。そんな相手にたった五艘の関船で攻めかかるなど、やはり正気の沙汰とは思えない。

いや、怖気づくな。恐怖を振り払うように、闇の向こうへ視線を向ける。

敵船の影が、無数に見えた。

城かと見紛うほどの巨大な船影は、安宅船だろう。やはり、十艘いる。他にも、関船と小早船が合わせて数十艘。

次第に、湊が近づいてくる。

船着場の東の岬に築かれた長浜城がはっきりと見えた。人が動いている気配はない。敵はいまだ寝静まっているらしい。

戦力が大きく劣る武田水軍の方から攻めてくることはないだろう。しかも、勝頼が戦場に到着する前に仕掛けてくるはずがない。ゆえに、敵の警戒には隙がある。正綱のその読みは、見事に当たっていた。

東の空が白みはじめてきた。こちらの船の旗印が、日の光に照らされる。掲げているのは、以前の戦で手に入れた北条家の旗だ。

「よし、総櫓《そうろ》でひた走れ」

正綱の下知。船がぐんと速さを増す。弓を手にした兵が、両舷に並ぶ。

「安宅船には目をくれるな。狙いは敵の関船と小早船だ。やれ！」

正綱が、高く掲げた右手を振り下ろした。光の尾を引いて、火矢が飛ぶ。

船着き場に繋留された敵船から、次々と火の手が上がった。ここにいたり、ようやく敵陣から鉦《しょう》や太鼓が打ち鳴らされる。

湊に建ち並ぶ長屋から、兵や水夫が飛び出してきた。城からは矢と鉄砲を撃ち掛けてくるが、ほとんどの矢は海に落ち、倒れる味方はいない。

「もう十分だ。退くぞ」

味方の船団が舵を切り、回頭をはじめる。

焼くことができたのは、関船が七、八艘、小早船が十数艘といったところか。正綱は、分厚い垣立《かきたつ》で覆われた安宅船を焼くのは困難と見て、最初から標的から外していた。

こちらが湊から離れるや、炎上を免れた敵船が動き出した。追ってくるのは、安宅船が一艘に、関船が十艘ほど。

「このまま入江を抜ける。淡島《あわしま》の西岸に沿って、北へ向かえ！」

長浜の湊から北へ十町ほど進んだところに、淡島と呼ばれる小さな島がある。それを掠《かす》めるように、味方の船団は北上した。そこからさらに二里ほど北西へ進めば、味方の軍が布陣する千本松原だ。

背後から、どん、という腹の底に響く音が聞こえた。

続けて、船団の後方にいくつかの水柱が上がる。

安宅船から放たれた、大鉄砲だ。身を竦《すく》ませる女たちを、凪は「怯《ひる》むな！」と叱咤《しった》する。

安宅船は大きいぶん、櫓の数が多く、ずんぐりとした見た目以上に小回りが利く。だが、細身で尖った舳先を持つ関船には、速さで勝てない。よほど近づかれない限り、大鉄砲を恐れる必要はなかった。

「案ずるな。あの間合いなら、当たりはせぬ」

よほど運が悪くなければ、という言葉を凪は飲み込む。頭ではわかっていても、恐怖を拭《ぬぐ》い去るのは容易ではない。夫も、こんな恐怖の中で戦っていたのだろうか。

淡島を右手に見ながら、北上を続けた。

敵は、一定の距離を保ったまままついてくる。敵が「追いつけるかもしれない」と思う距離を維持し続けながら逃げる正綱の指揮は、見事なものだ。

淡島を過ぎ、舵を北西に転じて外海に出た。波が高くなり、船足が落ちる。

振り返ると、敵の安宅船が近づいていた。矢倉の上に、弓、鉄砲を構えた敵兵がびっしりと並んでいる。

「正綱殿！」

「ご案じめされるな、姉上」

落ち着いた声音で、正綱は後方、淡島の方角を指した。

敵船団に向かって、別の船団が接近している。関船がおよそ二十艘。安宅船も一艘いる。掲げるのは、武田家の旗だ。

「淡島の北側に、味方の船団を伏せておきました。我らも反転しましょう」

前後から挟撃される形になった敵が、闇雲に矢と鉄砲を放ちながら、散り散りになって逃げはじめた。逃げ遅れ、火矢を浴びた敵の関船が三艘、黒煙を噴き上げている。

「正綱殿、追い打ちの下知を」

「やめておきましょう、姉上。戦はまだ、はじまったばかりです」

「しかし、安宅船が逃げていきます」

「十艘のうち、一艘沈めようと沈めまいと、大差ありません。それより、この勝利で向井水軍の武名は高まり、それがしの発言力も増す。そちらの戦果の方が重要です」

まだ二十四と若く、家督を継いだばかりの正綱を軽んじる者が、武田水軍のみならず、向井の家中にも少なくないのだろう。それを覆すために、この奇襲を企てたということか。

この弟は、武芸こそ人並みで何を考えているのかもわからないが、家中の誰よりも頭が切れる。そのことを、凪は今さらながら思い出した。

四

幾度かの小競り合いはあったものの、大きなぶつかり合いはないまま四月に入った。

北条水軍は、しばしば物見の小早船を出してくるものの、こちらが迎撃に向かうとすぐに逃げ去っていく。陸上でも、勝頼はいまだ甲府にあり、三島の北条軍は動きを見せていない。

戦況は、完全に膠着《こうちゃく》していた。

「このまま戦が終わってしまうということも、あるのですか？」

水面の先に見える伊豆半島を眺めながら、凪は正綱に訊《たず》ねた。

武田水軍は、交替で海上の警固に当たっている。この日は、向井家の担当だった。

「まるで、戦が終わっては困るような口ぶりですね」

「正直なところ、よくわかりません」

戦は恐ろしい。だが戦わなければ、正勝の望みを叶えることはできない。

凪は軍議に出られないので詳しくはわからないが、先の奇襲の成功で、正綱の発言力はいくらか増したらしい。若い正綱を侮っていた古参の郎党たちも、今では正綱を当主として仰ぎ見ている。

もしかすると、向井家を東国一の水軍に押し上げるのは、この正綱なのかもしれない。

そんなことを考えていると、ふと、視界の中で何かが動いたような気がした。

「前方に船影！」

見張りの兵が叫ぶ。目を凝らすと、長浜城の方角から、続々と船影が湧き出してきた。

物見などではない。十艘の安宅船すべてが出てきている。明らかに、決戦を挑む陣容だ。

「本陣に伝令。敵水軍襲来。至急、全船を出陣させられたし」

正綱の下知を受けた小早船が、陸へ向かって漕ぎ出す。

「正面から迎え撃つつもりですか、正綱殿」

「ここで退けば、千本松原の味方が砲撃を受けます。そこへ、三島の敵に攻め寄せられれば……」

味方はひとたまりもない。三枚橋城は落ち、武田家は駿河一国を失いかねない。そうなれば、向井家に帰る湊はなくなる。

「策を巡らせている暇はありません。ここは運を天に任せ、乾坤一擲《けんこんいってき》の勝負に挑む他ありますまい」

将兵に向かって、正綱は声を張り上げる。

「皆の者、聞け。この一戦には、我が向井家、ひいては武田家の命運がかかっている。心してかかれ！」

向井家を、皆をお守りください。正勝に向かって祈り、凪は次第に近づいてくる敵の船団を見据えた。

味方は安宅船一艘、関船三十七艘、小早船二十艘。対する北条水軍は安宅船十艘、関船と小早船がおよそ二十艘ずつ。全体の数こそ互角だが、安宅船の多寡は戦力を大きく左右する。味方は明らかに劣勢だ。

期せずして、両軍の主力同士が真正面からぶつかり合う形になった。だが、後手に回った味方に陣形を組む暇はなかった。統一された指揮は望むべくもなく、それぞれの家が船団を組み、各自の判断で動いている。

敵は、一艘の安宅船と数艘ずつの関船、小早船で十の船団を形作り、それを横に大きく広げながら前進してくる。数でこちらを陸際まで押し込み、矢弾で撃ち沈める戦法だろう。

両軍の距離が縮まり、砲撃戦がはじまった。

大鉄砲、鉄砲、弓。数では、すべて敵が上回っている。味方は射竦《いすく》められ、早くも圧倒されていた。すでに、黒煙を噴き上げている船もいくつか見える。

間合いがさらにつまり、筒音が大きくなった。火薬の臭いが鼻を衝き、立ち込めた硝煙で視界が霞《かす》む。

凪たちの乗る船にも、無数の矢が突き立った。鉄砲玉が垣立に当たり、木片が飛び散る。激しい音と共に甲板に穴が開き、近くにいた侍女が悲鳴を上げた。

安宅船の矢倉の上から撃ち下ろされた、大鉄砲だ。安宅船の矢倉は関船よりもはるかに高く、こちらが撃った鉄砲はほとんど効果がない。

「敵に船を寄せろ。乱戦に持ち込め！」

正綱が下知を飛ばす。敵味方が入り乱れれば、大鉄砲は使いづらくなる。

だがそのぶん、船同士が押し合うような形になった。船が衝撃と共に大きく揺れる。左舷に、敵の関船がぶつかったのだ。

「火矢、放て！」

ぶつかった敵船に、火矢が射込まれる。たちまち、火の手が上がった。すぐさま、逆櫓で敵船から離れる。炎に包まれた敵兵が海へ飛び込み、浮かび上がったところへ味方の矢が降り注ぐ。

船から落ちることはすなわち、死を意味する。陸の戦とはまた違う恐怖に、凪は体を震わせた。

また別の敵船がぶつかってきた。小早船が二艘。垣立に敵の投げた鍵縄が食い込み、船足が止まる。

「斬り込みがくるぞ。備えよ！」

正綱が叫んだ直後、右舷から敵が這《は》い上がってきた。甲板で、激しい斬り合いがはじまる。

乗り込んできたのは、二十人ほどだ。

得物を打ち合う音。敵味方が打ち鳴らす太鼓の音。喚声と悲鳴。血と潮、硝煙の臭いが入り混じり、吐き気が込み上げる。

私はなぜ、こんなところにいるのだろう。本当なら今頃、生まれた子に乳を……。いけない。余計なことを考えるな。凪は頭を振り、腰の刀を抜いた。

恐れるな。戦え。己に言い聞かせる。奴らは仇だ。父も、正勝も、この体に宿っていた小さな命も皆、あの者たちのせいで奪われたのだ。

「武田の山猿が、海で我らに勝てると思うたか！」

敵の一人が、獣じみた叫び声を上げた。

顔の半分を髭に覆われた、屈強な男。斬りかかった味方を一刀の下に斬り伏せると、凪へ視線を向ける。

「女子を船に乗せるとは、我らを愚弄いたすか！」

その血走った目に見据えられ、一瞬、体が強張《こわば》った。

次の刹那、男がこちらへ踏み出し、刀を振る。甲高い音と同時に両手が痺れ、刀が弾き飛ばされた。

慌てて飛び退いたが、濡れた甲板に足を取られ、尻餅をつく。脇差を抜こうとするが、手に力が入らない。追ってきた男が、刀を振り上げる。

「凪さま！」

飛び出したのは、里だった。

薙刀の柄で、男の斬撃を受け止めている。だが、男は素早く刀を引き、斜めに斬り上げる。

里の首筋から、血飛沫《ちしぶき》が上がった。里はそのまま膝をつき、前のめりに倒れる。

「あ、ああ……」

覚えず、声が漏れた。

「女子が出しゃばるゆえ、かような目に遭うのじゃ」

男が吐き捨てるように言った。

殺してやる。

呟《つぶや》くと、体が勝手に動き出した。甲板を蹴る。駆けながら身を低く屈め、落ちた刀を拾った。

気づいた男がこちらに向き直るが、凪はそのまま、男の足元へ滑り込むように刀を振る。膝を深く斬りつけられ、男が倒れた。凪はその背後から、逆手に握り直した刀を振り下ろす。

切っ先が、男のうなじに突き立った。両手でさらに力を加える。びくりと体を震わせ、男は動かなくなった。

殺した。吐き気を伴う不快さが、全身を駆け巡る。殺すことも殺されることも、覚悟していたはずなのに。

「凪さま、ご無事ですか?」

駆け寄ってきた郎党に、何とか頷きを返した。

斬り込んできた敵は、すでに討ち果たされたようだ。

目を見開いたままの里の瞼《まぶた》を閉じてやり、手を合わせた。里を死なせたのは、自分の臆病さだ。唇を噛み、込み上げる嗚咽《おえつ》をどうにか堪えた。

気づくと、敵が遠ざかっていた。いや、味方が後退しているのか。

ようやく、戦況を見渡せた。燃えているのは、多くが味方の船のようだ。味方は散り散りになり、西へ後退している。そのまま船を捨てて、陸地へ上がる者も出ていた。

敵はこちらを追撃せず、陸地の武田軍の陣へ向けて大鉄砲を放ちはじめた。

砲撃を受けた味方は、浜辺に巡らせた土塁から矢と鉄砲で応戦してはいるが、大鉄砲が相手では勝負にならない。

このまま敗けるのか。向井の武名を高めるどころか、家そのものを失ってしまうのか。

「姉上」

正綱が、敵の中央に位置するひときわ大きな安宅船を指した。

「あれが、敵の旗船です。あの安宅船に、梶原《かじわら》備前守《びぜんのかみ》景宗《かげむね》が座乗しているはず」

梶原備前守景宗。北条水軍の総大将だ。紀伊《きい》の海賊出身で、北条家の先代当主・氏康《うじやす》に招かれて東国に移ったという。房総の里見《さとみ》家との海戦では、数多くの武勲を挙げていた。

「あの船だけを狙い、梶原の首を獲る。それ以外に、勝ち目はござらぬ」

軍略には疎いが、正綱の言う通りなのだろう。だが梶原の安宅船は、敵船団の分厚い壁に守られている。梶原の首に届くとは思えなかった。

「恐らく十中八九、全滅でしょうな。しかしこのまま退いたところで、武田家は駿河を失う。

我らに残された道は、北条に降るか、武田家にとどまって海を捨てるかの二つ」

「私は、どちらも選びたくありません」

海に生きる武士が、海を捨てるなどあり得ない。だが、北条に降りたくもない。童じみた我《わ》が儘《まま》だとわかっていても、凪は言った。

「戦いましょう、正綱殿。死して名を残すのもまた、一つの道でしょう」

「わかりました。皆の者」

正綱が将兵に呼びかける。

「命が惜しい者があれば申し出よ。止めはせぬゆえ、船を下りるがよい。生き延びることは、恥ではないぞ」

一族郎党から雑兵、水夫にいたるまで、誰も動かない。

振り返り、女子衆の顔を見回した。いずれも表情は硬いが、恐怖に呑まれている者はいない。その目には、強い意志の光が灯っている。

「では、まいるとしようか。全船、反転し、北条勢に向かえ」

正綱が下知した直後、一艘の小舟が接舷してきた。土屋貞綱からの伝令だという。

「向井殿の奮戦はあっぱれなれど、すでに勝敗は明らか。速やかに船を捨てて陸に上がり、本隊に合流されたし」

「申し訳ないが、それはできかねる。海賊衆が船を捨てるは、末代までの恥に候」

追い立てるように使者を帰すと、五艘の関船は再び戦場へ向かって動き出した。

五

南へ大きく迂回し、陸の武田軍と向き合う北条水軍の背後に回り込んだ。

凪は南東。潮流も、南から北西へ向かっている。帆を上げると、ぐんと船足が速まった。

一艘の安宅船が回頭し、関船と小早船を二艘ずつ従えてこちらへ向かってくる。たった五艘の関船など、これで十分だと見ているのだろう。

「雑魚《ざこ》に構うな。このまま突き進め！」

味方の五艘は、敵船団の脇を掠めるように進んだ。左舷の垣立に、矢と鉄砲玉が突き刺さる。

安宅船が放った大鉄砲が、味方の一艘の帆柱をへし負った。そこへ、敵の関船と小早船がぶつかる。船足が止まったその船に、敵兵が斬り込んでいく。

「我らに構わず、進まれよ！」

船頭が叫んだ。正綱は頷き、前方を指す。

「突っ込むぞ。火矢、放て！」

凪と女子衆も、弓を手に火矢を放った。

左手から向かってくる関船が、煙を上げはじめる。だが、味方も何人かが矢玉を受けて倒れていた。帆は何箇所も破れ、ほとんど役に立たなくなっている。

炎に包まれた敵船を横目に見ながら、さらに前進した。

左右から、新手が迫ってくる。降り注ぐ矢玉が倍増した。甲板には楯が並べられているが、敵の矢で針山のようになっている。

一人、また一人と、兵や水夫が倒れていった。凪のすぐ脇にも、敵の矢が突き立っている。女子衆は、三人が深手を負い、一人が喉を射抜かれて死んでいた。

味方の一艘が、鍵縄に絡め取られた。何とか切り離そうとしているが、死肉に群がる鳥のように敵の船が集まっている。救い出す余裕はなかった。

敵船の分厚い壁に、囲まれつつあった。敵の旗船は、まだ遠い。間に、二艘の安宅船が立ちはだかっている。

やはり、届かないのか。歯噛みした時、誰かが声を上げた。

「見ろ、味方だ!」

左手に、船団が見えた。安宅船を中心に、二十艘ほどが敵の横腹へ突っ込んでいく。敵は、明らかに動揺していた。

「まだ勝ち目はあるぞ。我らは引き続き、敵の旗船を目指す!」

正綱が叫ぶ。力を取り戻したかのように、船足が増した。櫓床の漕ぎ手たちは限界に近いはずだが、それでも力を振り絞って漕ぎ続けている。

向井の船団は、二艘の安宅船の間を縫うように前へ進んだ。敵味方が入り乱れているため、大鉄砲は使えない。

それでも、激しい矢玉の雨に味方が次々と倒れていく。何度もぶつかられた船体は方々に亀裂が入り、浸水が激しくなっている。

だが、敵の旗船まであと一町ほどに迫っていた。

「よし、小舟を下ろせ」

伝令用の小舟には、ありったけの火薬と油が積まれていた。数人の漕ぎ手が乗り込み、舳先を旗船に向けて進んでいく。他の二艘も同じように小舟を下ろし、旗船へ向かわせていた。

こちらの意図を察した敵の関船が、小舟に舳先を向けた。正綱は、それを阻止するように船を動かす。

「小舟を守れ。残った矢を射尽くしても構わん」

関船とぶつかった。火矢を射込み、燃え上がらせる。反対側からも、別の一艘が接舷してきた。

鍵縄も投げず、敵が斬り込んでくる。向こうも必死なのだと、凪は思った。刀を抜き、声を限りに叫ぶ。

「者ども、ここが死に場所ぞ！」

乗り込んでくる敵兵を、手当たり次第に斬って回った。

激しい斬り合いになっている。何人に乗り込まれたのかもわからない。正綱も、自ら刀を抜いて戦っていた。

数人を斬って刃毀《はこぼ》れだらけになった刀を投げ捨て、向かってきた相手に組みつく。脇差で、脇の下の鎧の隙間を抉《えぐ》った。相手の刀を奪い、横から斬りかかってきた敵兵の喉を貫く。そのまま持ち上げて、海に投げ落とす。

視界の片隅で、女子衆の一人が倒れた。幼い頃から凪に仕えてきた侍女だ。

駆け寄ろうとした刹那、左の二の腕に鋭い痛みが走った。

振り返り、刀を振る。激しく噴き上がる返り血で、目の前が赤くなった。喉を斬り裂かれた敵が崩れ落ちる。

斬られた傷は、浅くはないが、動かせないほどではない。まだ戦える。

不意に、熱風が肌を打った。

敵の旗船にぶつかった小舟が、巨大な火柱を上げている。ほとんど間を置かず、さらに二つの火柱が立ち上る。漕ぎ手は、ぶつかる寸前に海へ飛び込んだようだ。

敵の旗船が傾いていた。

船腹に穴が開いたのだろう。多くの兵を乗せているぶん、一度沈みはじめると早い。傾きは見る見る大きくなっていく。

斬り込んできた敵が、逃げはじめた。

周囲の敵船が離れていく。敵全体が、敗走をはじめたのだ。他の武田水軍が、追い討ちをかけている。

凪は甲板に立ち尽くし、その様を呆然《ぼうぜん》と見つめていた。

「凪さま」

女子衆が集まってきた。

わずか五人。あとは討たれたか、立ち上がれないほどの深手を負ったのだろう。

「勝ったのですね？」

訊ねられ、凪は答えに窮した。

甲板には、敵味方の骸《むくろ》が折り重なっている。見知った顔も多くあった。これを、勝利と呼んでいいのだろうか。

だが少なくとも、向井家の人々が生きる場所を守ることだけはできた。正勝は、褒めてくれるだろうか。

「皆の者、よく戦ってくれた。梶原の首こそ獲れなかったが、これで戦の帰趨《きすう》は決した。我らは追い討ちには加わらず、生き残った者を拾い、三枚橋城に帰還しよう」

疲弊しきった様子で、正綱が命じた。

ともかく、向井家の戦は終わった。安堵すると、急に肩の傷が痛みはじめた。血塗れの刀を海に投げ、とてつもなく重く感じる胴丸を脱ぎ捨てる。晒《さらし》を巻きつけ、きつく縛った。

「我らは、傷を負った者の手当てを。敵味方の別なく、生きている者は助けてあげましょう」

帆柱の近くで、倒れた誰かが起き上がろうとしていた。足に深手を負っているらしい。袖印《そでじるし》は血で汚れていて見えないが、敵か味方かなど、もうどうでもよかった。

歩み寄り、「立てるか？」と声を掛けた。肩を貸してやろうと、しゃがみ込む。

かすかに頷いたその兵が、月代《さかやき》を剃っていないことに気づいた。女。だが、配下の女子衆ではない。

「そなたは……」

言いかけた刹那、声が出なくなった。

胸に、何かが突き刺さっている。視線を落とし、脇差で刺されたのだと気づく。

「敵の憐れみは受けぬ」

脇差が捻られた。口から血が溢れ出す。

「……武田は、夫の仇だ」

言うや、女は脇差を引き抜き、自らの首筋を切り裂いた。

ああ、そうか。血溜まりに顔を埋めた女の姿に、凪は当たり前の事実を思い出した。戦で大切なものを奪われたのは、自分たちだけではない。

どこで間違えてしまったのだろう。わからない。もう、疲れた。

「凪さま！」

「姉上！」

いくつもの声が重なる。

空が見えた。仰向けに倒れているらしい。なぜか、痛みは感じない。

夕日が眩《まぶ》しい。いつの間にか、日が暮れかけていた。赤と藍色が混じり合った美しい空が、立ち上る幾筋もの黒煙で汚されている。

もしも生まれ変われるのなら、もっと平穏な、血も硝煙も臭わない海に漕ぎ出したい。

「正綱……」

「はい、姉上。ここにおります」

「後を、頼みます。血の、流れない海を……」

「はい。必ずや……」

正綱が声を詰まらせた。女子たちの啜《すす》り泣く声が聞こえる。

空の色が、濃くなっていた。星が一つ、瞬いている。いつか、正勝と二人で見上げた星。

手を伸ばすが、届きそうもなかった。

新説

東国の海賊は「傭兵」だった?

天正8年(1580)、駿河湾を舞台に武田氏と北条氏、両軍の海賊による大規模な海戦が行われた。北条軍は伊豆の長浜城を拠点に、巨大な安宅船10艘を筆頭とした船団を展開。一方、武田軍は沼津に三枚橋城を築き、中型の関船を多数運用して対抗した。戦いは何度かに及んだとみられるが、最終的な決着には至らなかったようだ。

「海賊」と聞くと、略奪や無法者といった印象を抱きがちだが、戦国時代の海賊は現代のイメージとは異なる側面を持っていた。例えば、瀬戸内海で活動した村上海賊は、戦時には海上で軍事活動を行い、平時は関料(通行料)を徴収することで生計を立てていた。また、船主が自分の船に海賊を乗せる「上乗り」という風習もあり、これによって他の海賊からの襲撃を防ぐ役割を果たしていた。

ただ、近年の研究によると、西国と東国では「海賊」の在り方に違いがあるという。駿河湾や江戸湾など、東国で活動した海賊は、主に大名に仕える海の武士団であり、西国のような「賊」としての側面はあまり見られない。また、西国の海賊は焙烙火矢を用いる一方、東国の海賊は敵船を陸地へ追い上げて決着をつけるのが習いだったという(山内譲『海賊の日本史』講談社現代新書)。

ちなみに、北条軍の梶原景宗は紀伊、武田軍の小浜景隆は志摩、向井正綱は伊勢出身の海賊だった。北条氏や武田氏は土着の海賊に加え、他国の勢力をヘッドハンティングしていたのだ。

戦場となった千本浜には現在、首塚の碑が立っている。これは明治33年(1900)の暴風雨によって露出した遺骨を弔うために築かれたものだ。調査によると、100体以上に及ぶ骨は室町時代から戦国時代にかけてのものとされ、そのうちの3分の1はなんと女性だった。地元では駿河湾海戦の戦死者の骨といわれているが、詳細は不明である。

幼《おさな》馴《な》染《じ》み

秋山香乃

一

生きる意味が見いだせなかった。いったいいつからだろう。

夫が死んだときだろうか。

いや、違う。あの時は幼い娘を抱えていた。哀しくて絶望して、世界は灰色に変わったが、それでも……。

(私が守らなければ、敵国に残された娘は、どうなってしまうのだろう……私がしっかりしなければと、気が張っていた)

その娘も今はもう嫁ぎ、守るものは無くなった。

貞春尼《ていしゅんに》は、浜辺まで馬を歩ませながら、そろそろ自分は夫の許《もと》へ旅立ってもいいのではないかと考えていた。

月のない夜だ。真っ暗闇の中、明かりも持たず、住まいのある城下から一里と十町ほどの道のりをゆるゆると進む。

そろそろ潮のにおいが風に運ばれ、鼻先をくすぐりだす。海が近い。

海に用があるわけではない。ただ、ひとりになって、これからのことをじっくりと考えてみたかった。できれば死に場所も探したい。遠州灘《えんしゅうなだ》の藻屑《もくず》となって、死に顔を誰にも見られず消え去るのも悪くない。

しばし馬上で目を閉じて神経を研ぎ澄ますと、波の音が流れてくる。その音の中に雑音が混ざった。

（誰かくる）

今しがた自分が通ってきた方角から、馬蹄の響きが微かに聞こえる。二騎、近づいてくるようだ。

貞春尼の心はざわめいた。こんな夜中に女独りで出かけるなど軽率だったという悔いが、たちまち襲った。

（どうしよう）

もうすぐ砂浜だ。開けた場所に出たら馬を疾駆させよう。貞春尼は馬の歩みを急がせた。

浜に出たとたん、馬の腹を蹴る。すでに目は闇に慣れてきたとはいえ、速度を上げるには覚束《おぼつか》ない。だが、馬自身は夜もよく見えている。

（私が怖がりさえしなければ大丈夫）

後ろの何者かも浜に出たようだ。同じように馬を駆ったらしい。二人いるはずだが、一騎分の足音が明らかに自分を追ってくる。

怖い、と貞春尼は感じた。このとき、

「日奈《ひな》殿、於日奈殿、待たれよ」

得度《とくど》する前の名で呼ばれた。

声にあまり覚えはなかったが、どうやら知り合いらしい。

相手が自分を知っているからといって安堵してもよいものだろうか。第一、なぜ馬上の尼が自分だと知れたのか。

新月の夜に城下を抜ける怪しさから、いらぬ疑いを掛けられぬよう事前に番所に申し出て、許しをもらっていた。番所の者が後をつけてきたのだろうか。

女独りを心配したのか、怪しげな行いを見張ろうとしたのか。

(でも、それなら私のことは「尼殿《あまどの》」と呼ぶはず。真名を知っている男なんて、この浜松《はままつ》に兄以外でいるだろうか)

「あっ」

と尼から声が漏れた。いる。ただひとり、いるではないか。浜松城主徳川家康《とくがわいえやす》その人が。

だが、まさかという気持ちが先に立つ。

(殿様自らがなぜ。偶然行きあったとか……いいえ、それなら私がだれか、この暗がりの中で後姿を見ただけで、わかるはずがない)

おそらく番所の知らせを受け、追ってきたのだろう。

「於日奈殿、待たれよ。怪しい者ではない。家康だ。次郎三郎だ」

まだ二人の間に距離があるため、男が声を張り上げて名乗る。

(ああ、やはり)

貞春尼は、手綱《たづな》を引いて下馬した。城主が追いつくのを、低頭して待つ。乗馬のため野袴《のばかま》に尼頭巾を被っただけの姿が恥ずかしかった。もっとも、この闇ではさほど見えはしないだろう。

「顔を上げて楽にされよ。我らは幼馴染みではないか」

途中から走るのを止め、近くまで馬を歩ませた家康は、気さくに声を掛けてきた。

違和感が湧き上がる。貞春尼の知る家康は、無口で向こうから話しかけてくることなど滅多になかった。それに、昔はもっと高い声をしていた。今は柔らかな温かみのある声だ。

それも仕方がない。尼が知っているのは、少年のころの家康だ。

最後に二人が会ったのは、貞春尼が十二歳のとき。家康はひとつ下の十一歳。実に、二十六年ぶりの再会である。

「久しいな」

闇夜ゆえ、家康がどんな顔をしているかわからなかったが、声にはあくまで懐かしさが滲《にじ》んでいる。

「此度《こたび》、西郷局《さいごうのつぼね》様ご懐妊の由、真におめでとう存じます」

貞春尼は、このごろ城下でもちきりの話題、家康の妾《しょう》に上がったばかりの西郷局がさっそく身籠ったことを、寿《ことほ》いだ。

西郷局は未だ十八歳だがすでに後家で、母の再婚先に身を寄せていたのを、屋敷を訪問した家康に見初《みそ》められたという。浜松城の御殿に部屋を与えられ、間もなく懐妊した。このため、家康の三人目の側室となった。

家康の喜びは、一通りではないと聞いている。

(築山殿《つきやまどの》は、今頃どんなお気持ちで過ごされていることか)

築山殿とは、家康の正妻のことだ。嫡男信康《のぶやす》の生母だが、夫婦仲は冷え切っていることで有名だった。

(父子仲も悪くなっていく一方だとか……)

家康は信康とも険悪になりつつあるのだと、みなが話しているのを耳にしたことがある。

この話を聞くと、貞春尼は十一年前に亡くなった自分の夫と信康を、どうしても重ねてしまう。

夫も、領主である父親との仲が拗《こじ》れ、とうとう最後は謀反の咎《とが》で廃嫡。寺に幽閉された。本当に夫が謀反を起こそうとしたのか、貞春尼は知らない。

互いの間に誤解があったのだという話も聞くし、いや、世代交代を望んで父親を実際に排除しようと企んだのだとも言われている。

頼めば面会は許されたが、貞春尼はその件について、一度も夫に問いただささなかった。自分が何か問うことで、これ以上辛い気持ちにさせたくなかったからだ。

それに、せっかく家族で過ごせる貴重な機会を、自分の不用意な言葉で息苦しい時間へ変えたくなかった。

(私はあの人……太郎様と子らがいれば、それでよかった)

多くのことを望んだわけではない。そう思っていたが、心の通じる家族と過ごす時間というものは、この戦国の世では最も貴重で得難《えがた》いものだったのかもしれない。

夫が幽閉され、自身は館に軟禁状態が続いてもなお、時おり家族と寄り添える時間を設けてもらえるだけで、貞春尼は幸せだった。

(でもあの人は違った。忸怩《じくじ》たる思いを抱えて辛そうだった)

心の不調が体に現れ、病に倒れた。貞春尼の願い虚しく、やがて儚《はかな》くなった。

同じ不幸が徳川家では起こらなければいい……と願うばかりだ。

貞春尼は、促されるまま再び馬上の人となり、家康の横で馬を歩ませた。

「こんな暗闇の中、何をしようとしていたのだ。いささか奇行が過ぎるようだが」

家康が当然の疑問を口にする。

死に場所と死に時を探っておりました。新月は潮の高低差が激しい故、あっさりと逝けるのではないかと、下見に参りました——とは、まさか言えない。

「引き潮が見たくて……」

嘘ではない。

「見えるのか」

家康の問いが可笑《おか》しく、貞春尼は笑った。

「何も見えませぬ……。こんなに見えないとは思いませんでした」

「闇の帳《とばり》の深さを知らぬとは、そこもとは夜に出歩いたことがさほどないのだな」

確かにそうだ。しかし、二度ほど夜に外で過ごしたことがある。

一度目は満月の夜。駿府《すんぷ》の城下を抜けて、安倍川《あべかわ》沿いに浜へ下った。今まさに隣にいるこの男と一緒に。

懐かしい子供のころの思い出だ。あのときは、兄もいたし姉もいた。家康はまだ竹千代《たけちよ》と呼ばれていて、お供の少年たちも何人か付いてきた。姉が兄の馬に共に乗ったから、自分は家康の馬に乗せてもらった。

大人には内緒の、子どもたちだけの大切な秘密の記憶である。

姉とは最後の思い出となった。あの後すぐに、流行《はや》り病で母も姉も遠く旅立ったからだ。もし姉が亡くならねば、築山殿ではなく、貞春尼こそが家康に嫁ぐはずであった。

（そして太郎様の許へは、姉上が……）

家康には何も伝えられていなかったから、知らぬ話だろう。それでも甲斐《かい》へ嫁ぐ出立の朝、この男は駿河《するが》の瑠璃色の海に育てられた巻貝の殻をひとつ、手渡してくれた。それは、潮の残り香を、ふわりとまとっていた。

華やかな花嫁行列の輿の中で、貝を耳に充て、二度と見ることがないかもしれぬ故郷の海を思い、少女は一筋の涙を流した。嫁ぎ先の海の無い武田《たけだ》の領土に入ったときに、歯を食いしばる思いで、「竹千代」に貰ったその貝を捨てた。

思い出がわっと蘇り、貞春尼の胸が郷愁に軋む。生まれ育った駿府は十年も前に武田に侵攻されて灰燼《かいじん》に帰し、貞春尼には帰る故郷がない。

この修羅の世に、行き場がない兄妹の身を、幼馴染みの家康が引き受けて、浜松城下に住まわせてくれた。一度は、敵同士となって干戈《かんか》を交えたというのに。

顔が見えなくて良かったと貞春尼は思いながら、家康の言葉にうなずく。

「次は満月に参りましょうか。されど、煌々《こうこう》と照る月は世捨て人には似合いませぬしなあ」

「そんなものか……」

家康は否定もせずに、貞春尼の言葉を受け入れる。こういう朴訥《ぼくとつ》としたところは昔のままだ。旧懐に釣られ、浜松に身を寄せて以来五年間ずっと言いたかったことを、貞春尼は口にした。

「兄とその妻子に加え、妹の私まで城下に迎えてくださり、徳川殿の御厚情を深謝いたします」

今更と思うだろうか。だが、これまでは対面の機会がなかった。今夜はたまたまこういうことになったが、今後二度とないかもしれない。

家康は、「うむ」と鷹揚《おうよう》に答える。

本当は「なぜ」と問いたかった。なぜ徳川殿は、一度は敵となった落ちぶれた旧主今川《いまがわ》家に、手を差し伸べてくれたのか。

いや、そんな話は幾らでもある。浅井《あざい》家が京極家を、織田《おだ》家が斯波《しば》家を、斎藤家が土岐《とき》家を……。

旧主を手厚く保護すれば、義理堅い印象を世間に与え、ひいては他国と同盟も結びやすくなる。さらに、旧主の旧領に切り込む際の大義名分にも使える。

だが、あえて訊《たず》ねてみたかった。「なぜ」と。そんなことをしても、本音が聞けるとは思えない。だから貞春尼は、このときもやはり何も訊《き》かなかった。

「感謝していると言うのなら、礼を貰っても良いか」

家康が、この男らしからぬことをふいに切り出す。

「それはもちろん。私にできることならば」

そう、少しでも恩を返せるなら、心より嬉しい。そうすることで、現世への心残りが一つ減る。

「駿府で別れてから、そなたが我が浜松に流れてくるまでのおおよそ二十年、いかように過ごしたか教えてくれ」

「えっ」

貞春尼はあまりに意外な家康の申し出に戸惑った。

それは、出戻った生家を婚家だった武田に攻められ、徳川に攻められ、兄の妻の生家である北条《ほうじょう》に今川の家督を奪われ、その代価に領地に住まわせてもらったものの結局は追われ、徳川を頼る以外よすがのなかった歴史である。

語ってもよいが、楽しい話ではない。それなのに、「毎月」と家康は言う。

「新月の夜に少しずつ話してくれ」

秋風に煽《あお》られ、尼頭巾が音を立ててはためく。昼間と違い、夜の海を渡った潮風の冷たさに、貞春尼は身震いした。

「これからは季節柄、海辺は辛かろう。城に登るがよい。さように手配しておく」

家康は、毎月一度、登城せよと言う。

貞春尼は、おかしなことになったと慌てた。

「さ、されど……」

家康は、幼馴染みの尼と昔話をするほど暇な男ではない。今年（天正六年）は越後《えちご》の上杉《うえすぎ》家では棟梁の謙信《けんしん》が死んだため、後継者を巡って内乱が勃発した。その争いに首を突っ込んだ武田勝頼《かつより》の隙を突き、徳川も戦《いくさ》を仕掛けている。

（そんな時期になぜ……）

口ごもる貞春尼に、

「恩返しをしてくれるのであろう」

家康が「否」と言えぬ形で畳みかける。貞春尼は息を呑んだ。あっという間に自分が追い詰められたことに気付いたからだ。

間違いなくこの「恩返し」には、政治的な意図が絡んでいる。だが、どう絡むか読み解けない。なにかとんでもないことに巻き込まれようとしている予感に、貞春尼は怯《おび》える。

「こんなことが恩返しになるのでございますか」

「なる。よいな」

強めの口調だ。ああ、これは命令なのだ。

「承りましてございます」

相手にどんな思惑があるにしろ、零落した今川の姫だった尼に、これ以外の返答が許されたであろうか。

己一人の話ではすまない。徳川に庇護されたすべての今川関連の者たちの今後と、引き換えにせねばならぬ返答だ。

毎月、新月の夜に、かつて幼馴染みだった城主に、自身の物語を聞かせに城へ通うことがこれで決まった。ただの道楽のような命令だが、その実、貞春尼は何一つ間違ってはならぬ務めである。細心の注意を払って語らねばならない。

横で家康がふっと笑った気がした。貞春尼は弾かれたように家康を振り返ったが、やはり闇の中、表情は窺《うかが》えない。

「供の者を待たせてあるゆえ、今宵《こよい》はここまでといたそう」

家康は馬首を返した。

その背を見送りながら、しばらくは夫の許へ行くのはお預けになったのだと、貞春尼は苦笑した。家康が、「もうよい」と言うまでは、死ぬわけにいかない。

(それでも数か月の違いでしょうゆえ、太郎様……今しばらくお待ちくださいまし)

尼は、心中で夫に話しかけた。

二

あの日から、貞春尼は新月の夜に浜松城へ登り、家康の前で自らの歩んできた道を語る……という奇妙な「恩返し」を務めている。

最初の夜は、甲斐の武田信玄《しんげん》の嫡男・太郎義信《よしのぶ》に嫁いだときの話をした。これは、今川と武田と北条が結んだ駿甲相三国同盟のためだ。

今川の嫡男・氏真《うじざね》には北条の姫が、武田の嫡男・義信には今川の姫が、北条の嫡男・氏政《うじまさ》には武田の姫が嫁ぐことが決まった。

だから、五日間かけて貞春尼は駿府から武田領へと赴いた。中冬の底冷えする季節である。

武田方は、八百五十人もの武士が煌《きら》びやかに着飾って、十二歳の姫君を出迎えてくれた。

甲府《こうふ》に着くと、武田家居城躑躅ヶ崎館《つつじがさきやかた》の中に、新たに若夫婦のための西屋形が建築されていた。

貞春尼はその地で、生まれて初めて男を愛した。

「太郎様が謀反人となるまでの十三年間は、どなたからも優しくしていただきました」

貞春尼の言葉に、家康が眉根を寄せる。

「幸せだったと申すか」

「はい」

「義信は対外的には病死となっているようだが、その実、信玄に腹を切らされたとも聞いておる」

（尋問のよう……）

うっかりため息を漏らさぬよう気を配りつつ、貞春尼は首を横に振った。

「病に倒れたのです。最後にこの手で看病をさせていただきました。こと切れる瞬間も、娘と一緒にその場におりました」

「左様であるか……信玄は我が子を殺さなかったか」

蝋燭《ろうそく》の揺れる焔に照らされた家康の顔に、暗い影が差す。

義信が死んだ後も、貞春尼は信玄によって甲府に留め置かれた。本来なら、今川家に帰さなければならない。

兄の氏真が、北条を通して「妹を戻して欲しい」と、信玄と粘り強く交渉を繰り返した。貞春尼が駿府の土を踏んだのは、夫の死から二年数か月過ぎた後のことである。

「その間、殺されるという恐怖はなかったのか」

家康が訊く。

「殺されるかもしれないという思いは常にありました。けれど、冷たく扱われることもなく、実際に危険な目に遭うたことはございません」

「信玄はそこもとにとって、どのような男に映ったか」

「優しい義父でございました」

「されど、駿府に侵攻したではないか。憎くはなかったか」

貞春尼は何も答えなかったが、「そうか、憎かったのだな」と家康は口の中で呟《つぶや》きつつうなずいた。

その日の話はここで終わり、二月目の新月では、駿府が武田の軍勢に蹂躙《じゅうりん》された日の話に移った。

「駿府に戻ってから髪を下ろしたのであろう」

その日は、顔を合わせたとたん、藪から棒に家康が訊ねた。

「さようでございます」

「何故だ。亡夫の供養のためなら、亡くなってすぐに出家しそうなものだが」

「武田にいる内は、私の方から何かことを起こして刺激したくはございませんでした。今から思えば咎められるわけもございませんが、怖くて……」

怖かったのは武田だけではない。あの頃の自分は今川の棟梁となった兄の心も疑った。髪を下ろせば、もう女としての利用価値がなくなる。婚姻の手札に使えぬ女を、今川が無理を通してまで武田から取り返してくれるだろうか。

貞春尼は、駿府に戻ると同時に髪を下ろした。駿府の鬼門の方角、沓谷《くつのや》にある龍雲寺《りゅううんじ》で尼をしていた祖母の寿桂尼《じゅけいに》の、身の回りの世話を手ずからするためだ。そのころの寿桂尼は病勝ちで、貞春尼が共に寺に住みたいと申し出ると、皺《しわ》の深い目尻を下げて喜んでくれた。その際、寺に住むならと、ごく自然の成り行きで仏門に入った。

祖母は貞春尼が故郷に戻った翌月に亡くなった。亡骸は龍雲寺に眠っている。永禄十一年（一五六八）のことだ。

この年は、今川家にとっては辛い年になった。十二月に入って寒風を切り裂くように、信玄が今川領へ一万二千の兵を引き連れ、雪崩《なだ》れ込んできたからだ。

知らせを受けた兄の氏真は、武田勢を迎え撃つため、二万五千の軍勢で進軍した。目指すは狭隘《きょうあい》の地、薩埵《さった》峠だ。大軍を一気に通すことのできぬ彼の地を、兄は戦場に選んだ。

だが、戦が始まる前に勝負は付いていた。信玄は今川の部将のうち、二十一人をすでに篭絡し、寝返らせていた。そうとはしらず氏真は、敵となった軍勢を率いて進軍した。

日本史上、これほど多くの家臣から、一度に裏切られた棟梁はかつていない。

「されど、五郎（氏真）は生きて帰った」

ぽつりと家康が呟く。

その通りであった。兄は不思議な男で、裏切り者だらけの戦場から、怪我一つなく戻ってきた。裏切っておきつつ、誰も討ちかかってはこなかったのだ。

氏真は無事だったが、駿府の城下は蹂躙された。あの時、外のざわめきにまさかという思いで屋敷を飛び出した貞春尼の目に、信じがたいものが飛び込んできた。霜枯れに色づいた山の上の賤機山《しずはたやま》城に、幾つもの武田の旗がひるがえっていた。

「嘘……」

足から力が抜け落ちて、貞春尼は膝を突きそうになった。この世の全ての者が自分の敵に回ったような絶望感の中、たたらを踏んでどうにか座り込むことだけは避けた。

城下は逃げ惑う人の波で混乱を極め、あちらこちらから悲鳴のような声が上がっていたが、まだ実際に敵兵が攻め込んだ気配は無かった。だとすれば、あの旗は誰が掲げたのか。城下の人々を追いやっているのは何者たちなのか。やはり裏切り者の手によるものか。

貞春尼は娘を抱き、北条から嫁いできた兄の妻である志寿《しず》らと合流した。

「武田の軍勢が城下に到達する前に、安倍川を越えましょう」

貞春尼は西岸へ渡ることを提案した。駿府が落ちたときは今川の最後の要・朝比奈泰朝《あさひなやすとも》が城主を務める掛川城《かけがわ》へ入ることが決まっていた。だからその途上の真言宗の大寺・建穂寺《たきょうじ》で兄を待とうと考えたのだ。

逃げるときは、目立たぬことが肝要だ。輿《こし》は使えない。女たちは志寿に仕える北条家家臣、伊豆の大仙山城城主・西原家の者たちに守られながら、建穂寺に徒歩で向かい、来るか来ないかわからぬ氏真を待った。

「さぞ、恐ろしかったろう」

家康が唸《うな》るように言う。貞春尼は素直にうなずいた。

「生きた心地がしませんでした」

自分たちだけで掛川城を目指すには距離がありすぎる。もし、氏真が討ち死にしていたら、この寺に潜んで北条の援軍を待つ方がいい。

志寿は北条の姫だが、北条家当主・氏政の妻は武田の姫だ。氏政夫妻は鴛鴦《おしどり》夫婦で有名である。それゆえ、北条が今川に味方をしてくれるか覚束《おぼつか》なかったが、援軍が来ることを一筋の希望とした。

女たちの不安をよそに、兄は生きて建穂寺に現れた。まるで奇跡のようだ。涙の再会を果たした貞春尼らは、夜陰に紛れて掛川城を目指した。

「五郎はどのような様子であった。さぞ、気落ちしていたであろう。どうやって立ち直ったのだ」

家康は珍しく身を乗り出すようにして当時の氏真の様子を訊ねた。

「いつも通りでございました」

貞春尼の答えが面白くなかったか、家康はむすりと腰を落ち着かせる。

「桶狭間《おけはざま》の戦いで東海一の弓取りと称えられていた父が首を取られたときに、兄は一生分の狼狽《ろうばい》をやりつくしたのだと申しております」

貞春尼が付け足す。

「それもそうだな」

家康は納得したように首肯した。

三度目の新月は、掛川城籠城戦の話をした。掛川城を攻めたのは、目の前にいる家康である。

家康は付け城を幾つも新たに作り、翌年（永禄十二年）の三月まで激しく攻めたが、城は危なげなく持ちこたえた。

このため、焦った家康が、和睦という二文字をちらつかせ始めた。氏真が和睦を受け入れ、城を家康に明け渡したのが五月半ば。

家康にとって楽しい話でないうえ、女である貞春尼が何をしたわけでもない。だからさらりと話すにとどめた。

ただ、

「あんなひどい裏切りにあったあとで、まだ二千もの男たちが今川と運命を共にしようと思ったことに、私はたいそう驚きました」

と徳川家とは関係のない部分に対して、正直な感想を話した。

また、

「北条殿が武田と手切れの道を選び、今川に付いたことも……」

貞春尼は驚いたのだ。

武田と徳川に挟まれた形で攻められた今川だが、そこから先は、武田と北条の戦いとなり、今川は徳川勢のことだけを考えていればよくなった。

こちらの出来事は、家康に不利に働いたので、語るのは控えめにした。

本当は、兄の守る城はすぐに落ちると覚悟していたのに不思議と持ちこたえ、無事に生きて出られたことに、貞春尼は一番驚いたのだ。

家康は、和睦時の約束を守り、武田から駿府を取り戻して氏真に返してくれた。

だが、そのときには、今川のために幾千もの血を流した北条に報い、氏政の長子国王丸《くにおうまる》を養子に迎えて氏真は隠居していた。今川は実質、北条のものとなり、武田はすぐにまた駿府を奪還した。

ほんの一日、貞春尼は兄夫婦と共に、焼け野原となった駿府を見にいった。瓦礫《がれき》と化した灰色の城下は、祖母の寿桂尼が女だてらにかつて生涯をかけて作り上げた、今川の栄華と繁栄の象徴だった。

これが「負ける」ということで、「滅びる」ということなのだと、荒廃した景色を目に焼き付けながら貞春尼は泣き崩れた。

「けれどあれできっと兄も私も、過去は過去と踏ん切りがついたような気がいたします」

泡沫《うたかた》のような時間であったが、駿府を一度は取り戻してくれたことを、貞春尼は深く感謝して家康に頭を下げた。

四回目の新月では、大平《おおひら》城籠城の話をした。掛川城を出たあと、貞春尼は兄夫婦に付いて大平城に入った。ここは、掛川城を家康に渡すため、急遽築城させた全長一丁あまりの小さな山城だ。

「今川の最後の城だ」

兄がそう言って笑った。

この男はここで死ぬ気だ、と貞春尼は気付いた。

大平は、北条領と隣接し、伊豆から見て武田方への最前線に当たる。籠城中、駿府と沼津の中間にある北条一千余の守る蒲原《かんばら》城が、武田の大軍の前に陥落した。城兵が全滅したと知らせが入り、大平城兵を震撼《しんかん》させた。明日は我が身という空気が満ちたが、逃げ出す者はいなかった。

吹けば飛ぶような小さな城だ。守ったところで明日に繋がるものは何もない。この城は、今川の者が今川の城で今川の矜持《きょうじ》を示して討ち死にするために、存在しているようなものだ。それでもみな怖かったはずだ。貞春尼も覚悟はできていたが、生き物としての本能の部分が、どうしようもなく怯えた。

武田勢は周囲の北条の城から攻めていった。大平城などいざとなれば指一本で潰せるといわんばかりだ。

翌永禄十三年の年が明け、氏真は女子どもを大平城から北条領相模《さがみ》に脱出させることを決断した。

「話はつけてあるゆえ、北条の庇護の下、達者で暮らせ」

兄の言葉に、

「情けのうございます」

貞春尼は抵抗したが、

「なにがあっても太郎殿との忘れ形見を守るのが、そなたの務めではないのか。死ぬのは簡単なことぞ。いつでもできよう」

と諭され言葉を失った。

兄の子を身籠っていた志寿も、子を生かすために夫と別れて北条を頼ることを決意した。男には男の役目があるように、女の人生にもまた負けられぬ戦いがあるのだと、そのとき貞春尼は強く思った。

大平城はその年の五月に武田方に攻められたが、一瞬のうちに飲み込まれるかと思った誰もの予想に反し、落城しなかった。三か月後、武田勢はいったん包囲を解いた。

ちょうどそのころ、志寿の父で隠居していたとはいえ、実際の北条氏の采配をいまだ振っていた氏康が病に倒れ、危篤状態に陥った。氏真は氏政の呼び出しに応じて北条氏本拠地小《お》田原《だわら》へ見舞いにいき、そのまま大平城へは帰してもらえなかった。

氏真の心中には嵐が渦巻いていたに違いないが、二度と会えないはずの兄との再会に、貞春尼は子どものように声を上げて泣いた。

こうして今川家は、北条の世話になることとなったのだ。


五回目の新月の夜がやってきた。

もう話も今日で終わるだろう。そうすれば、半年ほど遅れたが、今度こそ貞春尼は夫の許へいける。

だが、それでいいのだろうか。

兄が小田原へ姿を見せた時、愛する者が生きているというだけで、どれだけ己の心の支えとなるか、過去を語る中で貞春尼は思い出していた。

(逆の思いを、兄上に味わわせることになる)

北条領では、小田原から少し離れた早川《はやかわ》という地で、今川主従は暮らした。むろん只飯《ただめし》というわけではない。氏真とその家臣らは、北条と武田の戦に参陣した。

転機は、氏康が元亀二年（一五七一）初冬に亡くなったことで訪れた。己の時代がくるや、氏政は敵対していた武田と手を結び、旧今川領は武田のものだと認め、北条は手を引くことを宣言した。大名としての今川家はここで終わった。

このため、いったん今川の家督を継いだ国王丸も養子縁組を解消した。

兄も自分ももう、この世のどこにも居場所がなくなった。根無し草のようだと、貞春尼は自分たちの身の上を思った。北条領にはいられない。だが、早川を去ったらどこにも行き場がない。

「それでこのわしを頼って、浜松へと来たのだな。五郎は、人生の土壇場で良い判断をした」

家康は、不思議と満足そうだ。

「ありがとう存じます」

貞春尼は、再び礼を述べた。

氏真は、武田が徳川領を侵したことを知り、かつての幼馴染みを頼る決断をした。貞春尼の目から見ると、駿府が侵略されて以降、兄は常に一貫してぶれていない。武田と干戈を交えることができる場所に、身を置いている。ゆえに最初は北条に、後は徳川の下に付くことに甘んじた。だが、そのことを貞春尼は家康には言わなかった。

話はこれですべて終わった。だのに、来月にまたくるよう家康は命じた。

嫌な予感がする。

三

いつしか桜の季節になっていた。来月には家康と西郷局の子が生まれる予定で、城下は活気に満ちている。

この月の新月も、貞春尼は城へ登った。ただこの日は、夜ではなく昼に呼ばれた。さらに、待っていたのは家康だけでない。身重の女も横に控えている。自分から見て、娘ほどの年の女人だ。

ああ、このお方が西郷局様なのかと、貞春尼は合点した。

(なんて華奢《きゃしゃ》で儚げで可愛らしいお方なのだろう)

家康の一目惚れだったと聞いている。出会ったその日に妾として取り立てたとも。

(次郎三郎殿は、こういうお方が好みなのか……なるほどなあ)

自然と貞春尼の目尻が下がる。

産み月が近いうえ、目が悪いとのことだから、今日の会談は昼になったのだろう。

家康に紹介され、貞春尼が挨拶《あいさつ》を述べると、

「よろしくお頼みいたします」

西郷局は、妙な返しをした。

（頼むとは何のことだろう）

身重を理由に、西郷局はそれで下がった。

「来月には生まれる予定だ。男女どちらが生まれても、その子の後見役をそこもとに頼みたい」

家康の言葉に、えっ、と貞春尼は目を見開く。

「この半年ばかり、そなたの人柄、教養、頭の良し悪しなど、申し訳ないがはからせてもらった。何《いず》れも申し分ない。さすがはかつて最高の文化を華開かせたと謳われた駿府の、今川の姫である」

この家康の言葉は、恐ろしい意味をはらんでいる。

大名家の奥向きの采配は、通常なら正妻主導で行われる。そうであれば、妾から生まれる子の後見役を、家康が独断で決めるのはおかしな話なのだ。

正妻の作る奥とは別に、独立させて西郷局の奥をもう一つ作るということだろうか。そんな馬鹿なと思うだに、貞春尼の背に冷たい汗が流れる。

（あのう、お方様（築山殿）はご存知なのですか）

確かめたいが、口に出さぬ分別が貞春尼にはあった。

何も言わない貞春尼に、家康はさらに告げる。

「自分語りをさせたときが一番、その者の底がちら見えるものよ。そこもとは辛い道のりを歩んだはずだが、どんなことも他人のせいにはしなかった。また、ただの一度も、誰の悪口も口にせぬ。自慢もなければ、ことさら己が可哀そうな女だと訴えることもなく、掛川城の戦いの下りではわしに気遣いさえ見せた。わしの子も、次はそのような人物に育って欲しいものよ」

（次は……）

貞春尼は、たった三文字に込められた家康の不満を聞き逃さなかった。それは、嫡男の信康が、そのように育たなかったと言ったに等しいのだ。信康は、自我が強いが、覇気がある。言い変えれば、人を強く引き付ける魅力はあるものの、協調性に欠けて柔軟な対応が苦手である。

そして今、徳川家中を二つに裂こうとする動きを見せている。そのことは、強大な力を握った同盟国の織田家との関係性が当初とは変わり、今はまるで徳川方が臣従しているかに見えることへの家臣らの不満と絡まり、家康を追い込みつつあった。

（太郎様のときと似ている）

貞春尼の心がざわめく。あのときも、織田と手を組もうとする信玄への反発が根底にあった。義信が新しい武田を模索したように、信康ももっと強い徳川を望んでいる。

だが、硬すぎるものは、強い力に叩かれればぽきりと折れる。何度か交わして耐えるだけのしなりがなければ、やがてその家はもっと強い家の前に滅ぶだろう。

信康をこのままにしておけば、徳川は滅びる――そう家康が判じたというのなら……。そして、正妻の築山殿を交えずに、側室の子の後見役となる介錯《かいしゃく》（後見）上臈《じょうろう》が決まるのなら、もしも男児が生まれれば、そちらが嫡男に取って代わり、信康が排除される未来をすでに家康は見据えているということなのだ。

貞春尼は家康の腹の中に恐ろしい考えが芽生えているのを覗き見て、息を呑んだ。

「どうであろう。引き受けてくれるか」

家康は頼んでいるようで、これは命令だ。

答えようとする貞春尼の唇が震える。家康の目が真っすぐにこちらを見定めている。射貫《いぬ》くような目のまま、次の瞬間、家康は心にまとった鎧を脱いで、初めて本音を覗かせる言葉を口にした。

「わしは今、賭けをしておる。生まれてくる赤子が男か女か」

これは恐ろしい告白だ。

男なら、この天正七年（一五七九）は徳川家にとって、決して忘れることのできぬどす黒い年となる。

「運命は切り開くものである。されど時に、天の声を聞かねばならぬ。信康に」

家康の声が震えた。

「天命はあるやなしやと」

信康に天命があれば、子は女が生まれよう――そう家康は言ったのだ。

家康の膝に置かれた手がきつく拳を作った。

（ああ、この人の心は泣いている）

そう気づいたとき、貞春尼はこの幼馴染みと共犯者になる覚悟をもった。両手をついて平伏する。

「謹んでお受けいたします」

翌月、西郷局は男児を生み、その子は長丸《ちょうまる》と名付けられた。後の徳川秀忠《ひでただ》である。

同じ年の八月に築山殿が殺害され、九月には信康が自害させられた。

すべてが家康の意思である。

貞春尼は家康の希望通り、介錯上臈として女家老の役割を担い、秀忠の養育を引き受けた。


あれから二十六年が過ぎた。慶長十年（一六〇五）。秀忠は征夷大将軍に補されるため、十六万騎を従えて上洛した。

貞春尼は、その行列を沿道の人々に交じって見つめ、赤子の秀忠を最初に抱いた日の手の感触を思い出していた。

（ほんに、御立派になられて……）

貞春尼は、この二十六年間、ただの一度も死にたいとは思わなかった。ただただ、秀忠様をお守りし、お育てするのだと――それ以外は何も考えなかった。その生活は、明日からも続く。自分の寿命が尽きるまで、貞春尼は秀忠と御台所に我が身を捧げ尽くすつもりでいる。

それでも、秀忠が二代将軍となるのはひとつの区切りであった。肩の荷が軽くなった気分だ。

夕暮れ時になると、今は京に住んでいる兄夫婦の庵《いおり》を訪ねた。そこで意外な事実を知ることになる。

あの新月の海辺で聞いたもう一つの馬蹄の音は、氏真のものだったという。

兄は、貞春尼が亡き夫の許へ行きたがっているのだと気付き、かつての友だった男の前で不安をぽろりと口にした。家康は聞き流さなかった。

「わしがなんとかしよう」

と引き受けてくれたのだという。

それから、

「幼馴染みだからな」

ぽそりと付け足したらしい。

貞春尼が没したのは、この七年後の慶長十七年（一六一二）の中秋。山が赤く燃え立つ季節だ。

今川の尼は、最後まで徳川に仕えて往生した。

新説

徳川秀忠を育てたのは、今川義元の娘だった

江戸幕府の二代将軍・徳川秀忠は天正7年（1579）、浜松で生まれた。家康にとっては三男に当たるが、誕生して5カ月後に長兄の信康が自害し、次兄の秀康は豊臣家の養子となったため、最終的に徳川家の家督を継ぐことになった。

そんな秀忠の出生について、今川家が大きく関わっていたことが近年明らかになっている。黒田基樹『徳川家康と今川氏真』（朝日新聞出版）によると、今川義元の娘・貞春尼が、秀忠が誕生して間もなく上臈（女性家老）に任じられ、後見役を務めていたというのだ。

貞春尼は天文21年（1552）、今川・武田・北条による「駿甲相三国同盟」締結の証しとして、武田信玄の嫡男・義信に嫁いでいる。この同盟により三家は背後を脅かされる懸念を除いた。今川家は尾張の織田家と、武田家は越後の長尾景虎（上杉謙信）と、北条家は関東の旧勢力との戦いにそれぞれ集中できるようになった。ちなみに、今川家の嫡男・氏真（貞春尼の兄）のもとには、北条家の娘・早川殿が嫁いでいる。

結婚後、貞春尼は義信との間に一人娘を儲けたという。ところが、永禄8年（1565）、武田家を揺るがす大事件が起こる。義信が父・信玄に対して謀反を企てていた疑いが浮上したのだ。これにより、義信は幽閉され、2年後には死去してしまう。夫を亡くした貞春尼は駿府へと帰国するものの、その後の信玄による駿河侵攻を受け、兄・氏真と共に北条家、そして徳川家を頼ることになった。

家康が貞春尼に秀忠の後見を命じたのは、教養があり、京とのつながりが深い今川家の家格を重視したものと考えられる。戦国大名としての今川家は滅亡したが、その後も江戸幕府を支える人材として大きな存在感を発揮したのである。

家康、買いませんか

木下昌輝

松平広忠《まつだいらひろただ》はひたすらに苦悩していた。

織田《おだ》につくべきか、今川《いまがわ》につくべきか。

目の前には、二通の書状があった。広忠に降伏を促す、織田家と今川家からのものだ。

今、松平家は東西から挟撃されている。西からは尾張《おわり》の織田信秀《のぶひで》が、東からは駿河《するが》の今川義元《よしもと》が。東の今川義元は、縁戚関係にある戸田《とだ》家が抑えてくれている。多大な犠牲を払ってではあるが。今橋《いまばし》城は今川の猛攻で落ち、当主の戸田康光《やすみつ》は虜囚《りょしゅう》の身になったとも捕らえられた後に息を引き取ったとも。さらに、その嫡男の尭光《たかみつ》が籠る田原《たはら》城も今、落城の危機にある。

一方、西の織田家はどうか。こたびの織田信秀の勢いは容易ならぬものがある。

広忠は窓から西の空を見た。土煙がもうもうと上がり、その下に旗差物《はたさしもの》が連なっていた。

ここ岡崎《おかざき》城から西に五町（約六キロメートル）ほどいったところにある安城《あんじょう》城を、織田家が一気に攻め落とした。安城城は幾度も織田の攻めを跳ね返した要衝である。が、東西からの挟撃に十分な兵を送ることができず落城した。

もはや、広忠のいる岡崎城を遮るものは矢作川《やはぎがわ》だけだ。

判断を誤れば、また国を失ってしまう。身につける甲冑がずしりと重くなった。

「わしは、この岡崎の城を決して手放さぬ」

思わずそう声に出していた。松平広忠は二十二歳の若武者だが、目尻や口元には浅くない皺《しわ》が入っている。広忠が父の松平清康《きよやす》を失ったのは十二年前の天文四年（一五三五）、十歳のころだ。松平家は、織田信秀と尾張国の森山《もりやま》で対陣中であった。乱心した家臣の凶刃《きょうじん》で父は落命、さらに別の家臣の裏切りによって広忠は岡崎城も追われ、伊勢《いせ》国へと落ち延びた。家臣たちの協力で三河《みかわ》に入国したのが、十年前の十二歳のころ。岡崎城を取り戻したのが、八年前の十四歳のころだ。以来、八年間、なんとか、この岡崎の城を守りぬいてきた。

広忠は、己の顔に刻まれた皺を指でなぞる。伊勢国で忍従していた頃を嫌でも思い出す。卑屈に笑い、いつも庇護を求めた。あんな暮らしはごめんだ。

ふと隣室の気配に気づく。妙に静かだ。まさか、いなくなったのか。尻を持ち上げて、「竹千代《たけちよ》、いるのか」と襖《ふすま》を開けた。

四歳の童《わらべ》が、人形を手にしゃがみこんでいた。

「あ、父上」

広忠の嫡男の竹千代が顔を上げた。女童と同じくらい言葉が達者だが、四歳の身では戦《いくさ》のことを理解できぬのか、いつも通りの風情《ふぜい》だ。大きな耳たぶが揺れているが、これは生母の於大《おだい》からゆずられた特徴だ。手にある人形は、長い髪を持ち美しい紫の衣を着ている。

「こんな女々しいもので遊ぶな。楊弓や武者人形で遊べ。おい、真喜《まき》はどこだ」

広忠の怒鳴《どな》り声に反応して、細身の女人が現れた。頬はこけ、顔色も悪い。

「なんですか」と、掠《かす》れた声で問う。見れば打掛《うちかけ》の下に経帷子《きょうかたびら》を着込んでいた。真喜という

この女人は、同盟する戸田康光の娘で、広忠の継室である。父と兄の無事を祈り、寝ずで経を上げ、今もこのような疲れ果てた姿を見せている。

「竹千代がこんなもので遊んでおった。そなたは継室とはいえ、松平家の正室だ。竹千代めをしかと育てよ」

広忠の最初の正室は、尾張と三河に勢力をはる水野《みずの》家から嫁いできた於大で、竹千代を産んだ。が、水野家との同盟関係が決裂、離縁した。そして、継室として戸田家の娘——真喜を迎えたのだ。血のつながっていない竹千代を、真喜が疎ましく思っているのは知っている。また、竹千代もそれを察して、真喜に懐こうとしない。

広忠は真喜の耳元で囁《ささや》く。

「竹千代は、今川か織田に質として送ることになる。送られた先で、今のような情けない遊びに興じられてみろ。松平家はいい笑い者だ」

ぴくりと真喜の眉が動いた。

「竹千代様はどちらに送られるのですか。まさか、今川家ではないでしょうね」

ぐっと言葉に詰まった。真喜の実家の戸田家は、今川家の猛攻を受けている。竹千代を今川家に送るということは、仇《かたき》に服属するということだ。

「それを今、思案しているのだ」

「織田家以外に、竹千代様を送る道はありませぬ。なぜ、迷うのですか」

「織田家とは父の代以来の仇敵ぞ」

「母上」

ふたりの口論を止めたのは、竹千代のか細い声だった。はっと振り返る。見ると、竹千代が人形を頭の高さにして、抱いていた。

「母上、元気にしておりましたか。竹千代は元気でしたぞ」

かっと血が上った。この期におよび離縁した妻——於大を慕うのか。於大の実家の水野家は今、織田家と同盟しているのだぞ。人形を奪い、問答無用で首を引きちぎった。竹千代の顔がゆがみ、瞳から大粒の涙がこぼれだす。耳をつんざく泣き声もあがった。

「真喜、何をしている。あやさぬか」

しかし、真喜は聞こえぬかのようにそっぽを向く。織田家に竹千代を送ると決めるならばあやす、そう全身がいっていた。

「くそ、誰か、誰か、おらぬか」

鎧《よろい》がこすれる音がする。が、竹千代の泣き声を聞いたのか。近づく足音が止まった。この非常の時に、竹千代の相手をするのが億劫《おっくう》なのだ。

「誰ぞ、あるか。侍女はいないのか」

「侍女たちは、安城から逃げてきた者たちの手当てをしております」

真喜の言葉がさらに広忠を苛立《いらだ》たせた。

「お待たせしましたぁ」

頓狂《とんきょう》な声がして現れたのは、小太りの二十代前半の男だ。鎧も小具足も身につけず、派手な柄の小袖《こそで》を着ている。違う柄の小袖を左右であわせることを片身がわりというが、この男が着ているのは一体何着の小袖をあわせたのかというほど多くの柄が縫い合わされている。

かなり不器用な針仕事とみえ、みみずがはうような縫い痕が滑稽《こっけい》だ。いや、さらに異様なのは、べったりとおしろいを塗りつけた顔である。

「えらい、すんまへん。若様をあやすために化粧をしとりまして」

扇子で己の頭をはたくと、ぱぁあんと心地よい音がした。この男は又右衛門《またえもん》という旅の道化である。旅の一座に加わり芸をし、岡崎城下を訪れたが、戦雲が漂い一座が城下を離れる中、遊女屋で寝すごし逃げ遅れたという間抜けだ。が、その放埓《ほうらつ》な芸は、広忠や竹千代らの鬱屈《うっくつ》を散じるにはちょうどよく、城の御殿に出入りさせている。

「若様、どないしはったん。そんなに泣いたらあきまへん。あれ、いつもの人形は——ひゃあ、首がちぎれてるわ。そら、泣くのも無理ないわ」

人形を指さして、大袈裟《おおげさ》に驚く。

「竹千代はもののふの子だ。男らしいもので遊ばせて、あやせ」

床に落ちていた楊弓を拾って、又右衛門につきつける。

「へえ、では、見事にこれで芸をしてみせましょ。竹千代様、見て見て」

又右衛門が楊弓に小さな矢を番《つが》えた。そして、引き絞る。

「竹千代様見てなはれや。わての弓の腕前を」

はっとした。矢の先には花が生けられた瓶がある。まさか、あれを射抜くのか。

「よせ」「やめなさい」

広忠と真喜が同時に声をあげた。それが合図だったかのように、又右衛門が手放す。矢ではなく弓を。しなっていた弓が、矢と弓弦を握ったままの又右衛門の顔を盛大に打った。

「いったぁぁぁ。放す方の手ぇ間違えたぁ」

又右衛門がのたうち回る。ぷっと笑い声が聞こえた。竹千代からだった。両肩を震わせ、腹を抱えて笑いだす。のたうちまわる又右衛門がちらとこちらを見て、舌を出した。どないでっかという声が聞こえたような気がした。

こんなものは武士の遊びではない。道化の戯《たわむ》れだ。が、今はこれ以上、竹千代にかかずらわいたくなかった。

「よく相手をしておけ」

「へえ、子をあやすのは得意ですから」

そういって又右衛門は両手をもんだ。報酬をよこせということだ。無言で頷いたら、襖が開く。小具足《こぐそく》に身を包んだ近習《きんじゅう》たちだった。

「そろそろ、評議の刻限です」

硬い声でいう。

「わかった。行こう」

近習の後をついて、評定《ひょうじょう》の間を目指す。列席する家臣たちの半分はどこかに傷を負っていた。さらしから血が滲《にじ》んでいる者も多い。

「皆も知っての通り、織田今川両家から文《ふみ》が来ている。内容は両家ともに同じだ。降伏し、質として竹千代をよこせ、とな」

すでに周知のことなので、みな黙っている。

「とここにいたっては、どちらかの家に竹千代を人質として送り、その軍門に降る。織田か今川か、みなの忌憚《きたん》ない意見を聞きたい」

広忠が座を見回す。織田と今川の仲が磐石《ばんじゃく》なわけではない。情勢の変化の結果、一時、手を組み、松平家を蚕食《さんしょく》しただけだ。この戦さが終われば、両家は鉾盾《ほこたて》になってもおかしくない。ならば、どちらに降伏するかで、松平家の未来が大きく変わる。

「織田弾正《だんじょう》殿の勢い侮るべからず」

「いや、遠江《とおとうみ》駿河の二ヶ国を領知する今川こそ侮るべからず」

「短慮はいかんぞ。北条《ほうじょう》斎藤の動きも加味して動くべきだ」

諸将は活発に意見を出すが、どれも決め手に欠ける。ただ、広忠の悩みが増すばかりだ。

「某《それがし》が愚考しますに」

一際大きな声を出したのは、阿部定吉《あべさだよし》という老将だ。白く豊かな髭《ひげ》が実に頼もしく映る。

「ここは今川家に竹千代様を送るべきかと」

「なぜだ、存念を申せ」

「今川家は足利《あしかが》一門で、守護の家柄。一方の織田家は主家を下剋上せんとする道理知らず」

それだけの理由か、という言葉を広忠は呑み込んだ。

定吉は忠臣である。事実、広忠が岡崎城を追われ、伊勢で不遇をかこっているときも常にそばにいてくれた。

が、忠心と才幹は別だ。

この男は、とてつもなく愚鈍なのだ。

広忠の父清康は乱心した家臣に討たれたが、その家臣とは阿部正豊《まさとよ》――阿部定吉の嫡男なのだ。阿部正豊の行動に不審な点があり、皆がそれを定吉に忠告したが聞く耳をもたず、あげく正豊は馬のいななきを主君の松平清康が己を殺す討ち手を派したと勘違いし、刀をとり本陣へと斬り込み凶行に及んだ。

「何より織田家は、先君の仇であります」

定吉の声に何人かが居心地が悪そうに尻の位置をなおした。先君、松平清康を弑《しい》したのは阿部正豊だが、それは織田家にそそのかされたものだと定吉は思っている。もし、そうであるならば、父が横死した後、織田家はここ岡崎まで攻め寄せていたはずだ。が、そうはならなかった。父の死は不幸と不運が重なった結果で、対陣する織田信秀自身にとっても信じ難い出来事だったのだ。が、忠臣定吉にとっては、そうは映らないようだ。

胃の腑《ふ》がきりきりと痛む。阿部定吉はどうしようもない愚物だ。ただ名門というだけで、今川家に竹千代を送れ、という。

何より、今の窮地を呼び込んだのは定吉だ。松平家には、力をつけてきた松平信孝《のぶたか》という一族衆がいた。広忠にとっては叔父にあたる。信孝の才幹によって、松平家は父以来の敵の織田家と和睦し、さらに東の今川家と誼《よしみ》を通じようとした。

それをよしとしなかったのが、阿部定吉だ。松平信孝が今川家に使者として赴いている最中に兵をあげ、信孝を家中から追放してしまった。その結果、信孝とつながっていた織田家、顔を潰された今川家が手を組み、松平家を東西から挟撃するに至った。

疫病神《やくびょうがみ》め、と広忠は心中で吐き捨てる。定吉が舵をとれば、松平家という船は沈む。

「今川家に竹千代様を送るなど、もってのほかです」

女の叫び声がした。見ると、評定の間の入り口に、真喜が立っている。打掛は脱ぎ、経帷子姿だ。水に濡れており体に帷子がはりついているのは、水垢離《みずごり》をしていたからだろう。

「今川家は、私の父の仇です。織田家こそが、我らを正しい道に導いてくれます」

感情だけで口走る真喜の論は、定吉以上に愚かだ。

「守護代家臣の織田家に仕えるなど、外面が悪うござる」

定吉の的外れの反論に、さらにこめかみが痛くなる。

「ぎぉやぁぁぁぁ」

凄まじい悲鳴が聞こえた。

皆が一斉に立ち上がり、廊下へと出た。白塗りの又右衛門がのたうちまわっている。それを見る竹千代が、又右衛門を指さして笑っている。

「竹千代、これは何事だ」

「又右衛門が、さっきから一向に矢が射れないのです。自分を弓で打ってばかり。ほら、又右衛門、矢を射って」

「はいな」と又右衛門が飛び上がった。どうやら苦しんでいるふりをしていたらしい。

「さいぜんから全然、矢が放たれへんわ。どうやったらええんやろ。せや、右手と左手を逆にしたらええんやわ」

左右逆の手で楊弓を引き絞る。そして手を放すと、また弓を持っている方が離れて、又右衛門の大きな顔を打擲《ちょうちゃく》した。

「いったぁぁぁぁ」

竹千代がきゃっきゃと笑い声をあげる。

「その方ら、今は軍議の最中であるぞ」

足元でわざとらしく痛がる又右衛門を怒鳴りつけた。

「はて、何の軍議でっか。籠城以外に手はないでしょ」

「竹千代様をどちらに送るのかを議しているのだ」

怒鳴りつけたのは、定吉だった。

「馬鹿」と、小さく叫ぶ。見れば、竹千代が呆然《ぼうぜん》と立ち尽くしている。

「へえ、若のことでえらい大将様が集まって話しあってはったんですか。けど、一番大切な人の意見、聞いてないやないですか」

又右衛門は竹千代を見た。

「若ぁ、今川か織田、どっちの人質になりたいでっか」

「馬鹿か、貴様は」

又右衛門に馬乗りになった。そして拳を振り上げる。

「殿、織田家からの使者が来ました。すぐの面会を所望しています」

飛び込んできた声のせいで、拳が振り下ろせなかった。

「別室で待たせろ」

気を取り直して又右衛門の胸ぐらを摑《つか》む。

「ひやぁぁ、ごめんなさい。なんで怒ってはるかわからへんけど、ごめんなさいぃぃ」

「いいから、黙れ」

「織田家の使者は、松平信孝様です」

「なんだと」

思わず広忠は言上《ごんじょう》する武者を見た。信孝は松平家を追放された後、織田家と結びこたびの安城城攻めでも先手を任されていた。

「信孝様がすぐの面会を所望しております。いかがいたしますか」

武者がそういう背後から、人の気配がした。床板を軋《きし》ませて誰かが歩いてくる。

長身で半ば白髪の武者——松平信孝だった。

「信孝殿、よくもおめおめと」

定吉が遮るようにして、信孝の前に立った。

「阿部、久しぶりだな。それに真喜殿に殿も、ご無事のようで何より」

信孝は竹千代に目をやった。先ほどの笑顔が嘘のように、呆然と立ち尽くしている。

「これはちょうどいい。竹千代様もおられる。ということは、まだ今川殿には送っておらぬということ。はやまっているのではないかという某の思いは杞憂《きゆう》だったようですな」

信孝はそういうなり、自ら評定の間へと歩む。勝手知ったる城をいいことに、悠然と席についた。かつて家臣団筆頭の信孝が座っていた席だ。先ほどまでは、阿部定吉が座していた。

「みな、早く席につけ。評定が始められぬ」

信孝が主人然とした声で言い放った。

「そうです。殿、はよ席についてくんなはれ」

馬乗りにされている又右衛門が情けない声を出す。

「くそ」と吐き捨てて、広忠は上座に戻った。又右衛門のせいで気をのまれ、なぜか信孝に評定を主導する位置を奪われてしまった。定吉はじめ家臣たちも不満顔でつづく。入り口に真喜が座り、その肩ごしに竹千代が不安そうに見つめている。さらにその背後には、白塗りの又右衛門が喧嘩《けんか》でも見物するかのような風情で覗きこんでいる。

「さて、不幸にも定吉の策謀で殿と袂《たもと》を分かちましたが、某が第一に考えるのは松平家の存続のみ。敵ではなく、松平一族衆筆頭として意見させてもらいます」

定吉は不満げだが、抗弁はしなかった。まずは、信孝の言葉を聞いてからということか。

「申せ」と、広忠は短く許可を与えた。

「竹千代様は織田家に送るべきです」

「愚策だ」定吉が拳で床を叩きつけた。「織田は守護代家臣で、尾張半国を統治するにすぎない。対して今川家は守護の家柄で、駿河遠江二ヶ国の主。竹千代様は今川に送るべき」

先ほどまでは、定吉は愚物だと思っていたが、こうして信孝と相対し弁を聞くと理は通っているように聞こえる。国力を見れば、確かに今川家が上だ。

「お主の物差しでは話にならんな」

薄い笑みを浮かべつつ、信孝はつづける。

「確かに今川家は国力では織田家よりも上だ。しかし。その後背には北条家がいる」

今川家と北条家は二年前まで河東《かとう》一乱と呼ばれる戦さを続けており、未だ鉾盾の間柄だ。

「今、北条家が駿河に攻め込めば、今川はすぐに兵をひく。二ヶ国の雄とはいえ、東に強敵が控える今川家は実はそれほど脅威ではない。それよりも躍進著しい織田家に竹千代様を送るべきだ」

真喜がうんうんと何度も頷いている。広忠の考えも傾かざるをえない。

「今川は武田と同盟しているのだ。北条は武田が抑えているのを知らぬのか」

定吉の弁に、広忠の心がまたしても傾く。

「それに躍進著しいといっても、信秀めは尾張一国さえも掌中にできておらぬ」

勝ち誇るように定吉がいった。

「だからこそだ」

みなが不審げな表情を浮かべる。

「織田はまだ今川より小さい。だからこそ、織田家はきっと我ら松平家を頼みにする。が、今川家はどうだ。二ヶ国を掌握する今川家にしてみれば、松平家などちっぽけな国人にすぎない。末席を与えられ、こたびのような戦さでは真っ先に危地へと送り出される」

「なるほど」と、何人かが声を漏らす。信孝が広忠に顔をやった。

「竹千代様は織田家に送るべきです。織田家ならば、我らを軽く扱うことはありませぬ」

ずいと、信孝が前に出た。

「ちがいます。国力と家柄の差は歴然。竹千代様は今川家へ送りましょう」

信孝を押し除けるようにして定吉も前に出る。真喜は、背後から無言で圧をかけてくる。

口を開こうとするができない。どちらに竹千代を送るのが吉なのだ。くじ引きがあれば、それに行《ゆ》く末《すえ》を決めてほしかった。

＊

織田家に送るべきか、今川家に送るべきか。

岡崎城の櫓《やぐら》の上で、広忠は沈思していた。頭上には大きな月がかかっており、月光が三河の地に降り注いでいる。西には、矢作川沿いに布陣する織田軍の陣地があった。篝火《かがりび》が煌々《こうこう》と連なっている。一方の東はそうではない。丘陵が連なり、そのひとつにある医王《いおう》山に今川勢が砦をひとつ普請したと聞いている。ただ、さらに東方にある田原城を攻めているため、兵の気配は薄い。

今すぐに攻めてくるとすれば織田家だ。ならば、織田家に竹千代を送るべきかもしれない。信孝の弁を思い出す。織田家は巨大でないからこそ、よい待遇で迎えてくれる。一理あると思った。定吉とちがい、信孝は頭が切れる。その点でも頼もしい。

なのに、なぜ信孝の案を躊躇《ちゅうちょ》するのか。

広忠は盛大にため息を吐き出した。信孝は信用ならない。父の清康が横死し、岡崎城を家臣に乗っ取られた。裏切った家臣のひとりが信孝だった。そして、三河に再入国した広忠に、岡崎城入城の道をつけたのも信孝だ。内通し城門を開き、広忠を迎えいれた。信孝は味方を二度裏切っている。彼の提案に野心がないとは言い切れない。

だからといって、定吉の弁にのって今川につくのも躊躇せざるを得ない。

櫓の梯子《はしご》がぎいぎいと鳴った。誰かが登ってくる。

「お呼びをうけて参上しました。又右衛門ですぅ」

「上がれ」

太り肉《じし》の又右衛門が入ってくると、一気に櫓の中が狭くなったような気がした。

「何の用でしょうか」

昼のときのように白粉《おしろい》は塗っていない。こうしてみると目鼻口の形はいい。ただ、輪郭その他がたるんでいるのだ。

「信孝が今、岡崎城にいるのは知っているな」

信孝はいわば人質だ。城にいる間は、織田方は攻めないという意思を表している。

「知っております」

「探ってくれぬか」

「何をですか」

「信孝の心の内を、だ。お前は人の懐に入るのが上手《うま》い。きっとできるはずだ」

家臣の誰かに任せてもいいが、信孝の縁者から企みが漏れてしまうかもしれない。一方、又右衛門は旅の道化ゆえ知己がいない。

「信孝は油断ならぬ男だ。松平のためといっているが、その内実、家を乗っ取るつもりやもしれん。その心の内を――」

「探る必要はありまへんで」

「な、なんだと」

「実はですね。先ほど、弓の稽古《けいこ》しとったんです。若様を喜ばせる芸を身につけようと思ってね。弓持っている手を放すいう芸も、いずれ飽きられますから。お城の曲輪《くるわ》の一角で、おもろい射ち方ないかなぁって」

いうなり又右衛門は逆立ちした。器用に片足を水平にし、もう一方の足を曲げる。

「まさか、足で射ようとしたのか」

「ご明答、さすがは殿様」

逆立ちのまま足の裏で柏手を打つ。

「けどね、そしたらいつもと勝手がちがって矢を射ってしもたんです。弓の方を放さなあかんのに。んで、矢がピャーと飛んでいって」

逆立ちをやめて、手振りで矢が飛んでいく様子を再現する。

「ほんだら、薮の中へと消えたんですけど、どすっ、うぎゃーーーってえらい音がしたんです。あわてて駆け寄ったら、忍びの者が倒れとったんです」

「な、なんだと」

「ほんで、最初は岡崎城の忍びやと思って、これは殿様に叱《しか》られるから隠そうとしたんです。そしたら懐から書状が出てきて、しかもうまいこと封が解けてて。ほんまですよ。わてが封解いたわけちゃいます。ほんで月明かりの下で見たら、信孝様宛の織田方の書で」

「な、な、な、な」

「こりゃ、一大事やーーって思ってたら、近習の方から殿がお呼びやっていわれて、もう何が何やらで駆けつけたんですわ」

「その書状はあるのか」

「はい、もちろんです」

差し出された書を、広忠はもぎとった。目を文字に這《は》わす。織田家の重臣、平手政秀《ひらでまさひで》からの書状だ。ぶるぶると手が震えてくる。

太平《おおひら》、作岡《つくりおか》、和田《わだ》の三ヶ所に砦を築くよう、信孝に指示している。この三地は、岡崎城よりも東に位置する。つまり、西の安城城と信孝が築く三つの砦で、広忠のいる岡崎城を包囲しようというのだ。

さらには——竹千代を人質に送ったら、速やかに広忠を隠居させ、信孝が家督を襲うべし——と記されている。

「おのれ、信孝め」

衝動にかられ書状を引き裂きそうになった。

「大変なことがおきてまんなぁ」

「このことは他言無用だ。櫓を降りよう。こうしてはいられん」

広忠は素早く梯子から降りる。そうしつつも思考を巡らした。やっと決心がついた。やはり信孝は信用がおけない。才はあてにならぬが、定吉の案にのるしかない。

竹千代を駿府に送り、今川家の軍門に降る。

そのためにまずせねばならぬのは、竹千代を一刻も早く駿河に送ることだ。三つの砦の普請がはじまれば、それも難しくなる。

「大丈夫でっか。わてで何か手伝えることがあれば、手伝いまっせ」

中腰になった又右衛門が近づいてきた。お前のような下賤《げせん》な者に何を――と言おうとして、竹千代が又右衛門に懐いていることを思い出した。梯子の下で待機していた近習をまず呼び寄せる。

「今川家に竹千代を送ることに決めた。今すぐだ。十人ほど信頼できる手勢を集めろ」

近習の顔色が変わった。

「その十人に今から竹千代と共に今川家へといってもらう。信孝には絶対に気取《けど》られるな。これは松平家の命運を左右する一大事ぞ」

硬い声で返事をした近習は、城の闇の中へと消えていった。離れて様子を窺っていた又右衛門を手招きする。その耳元に囁《ささや》きかけた。

「又右衛門、手伝え。今から竹千代を今川家へ送る」

「えーーーーー」

「大きな声を出すな」

「竹千代の若様は、今川家に行きたいっていわはったんですか」

そんなことはどうでもいい、と怒鳴りつけそうになった。

「ゆえに今から竹千代を起こして、出立させる。お主も同行せよ。あれは、お前に懐いているゆえな」

又右衛門は露骨に嫌な顔をする。

「貴様、わしの企みを聞いたのだぞ。協力する以外の道があると思っているのか」

腰の刀に手をかけて凄《すご》んだ。

「わかりました、わかりました。けど、手当は弾んでくださいよ」

「勿論《もちろん》だ、一貫文くれてやる」

「いっかんもぉん、それ少なないですか」

「貴様、嫌なら命はないぞ」

「わかりました。やります、やりますから」

又右衛門が肥えた体を幾度も折り曲げる。

「よし、では、竹千代のいる寝所へ行くぞ」

広忠は又右衛門と共に足音を消して城内を進む。本丸の御殿に入り、しんと静まり帰った廊下を歩く。時折、又右衛門の歩みが大きな軋みをたて、広忠の心の臓が跳ねた。

もうすぐ竹千代の寝所につく。

「あのー」

背後から又右衛門が声をかけた。

「なんだ、静かにしろ」

「やっぱり、一貫文は少なくないですか」

じろりと睨《にら》んだ。

「わて、人の売り買いもやってまんねん」

珍しいことではない。戦さで人をさらい、その身代の金を得る。あるいは、城下で人市を開き売る。この乱世では当たり前の光景だ。

「大体の相場いうのがあってですね。この前、わてが人を売ったときは二貫文でした。猿みたいな顔した学のない尾張中村の童が、に・か・ん・も・ん」

又右衛門が指を二本突き出した。

「竹千代を売るわけではない。誠心の証として、今川家に一時、養育を頼むだけだ」

「けど、気持ちが乗らへんのですよ。わかるでしょう」

こんな下賤な男の気持ちなどわかろうはずがない。童の子守りをするだけで一貫文と思えば、決して安くはないはずだ。が、ここで騒がれたくなかった。

「わかりました。駿府にくまで共をせよ」

「えー、おーきにです。嬉しいわぁ」

「静かにしろ。手を叩くな。ただし、竹千代が駿府につくまで共をせよ」

「えーー、わて京に行きたかったのにぃ」

「なら、別の者に頼むまでだ」

「わかりましたよ。駿府まで、若様の子守りせえいうんでしょ」

そうこうしているうちに、竹千代の寝所の前まで来た。寝ずの番の侍女はうたた寝していた。岡崎城の敗兵の手当をして疲れ果てたのだろう。好都合だと思い、そっと襖を開けた。部屋の中央に小さな寝具があり、そこに竹千代が寝ている。いけ、と顎《あご》で指示した。身を屈めて又右衛門が近づき、耳元で「若、若」と声をかける。

「なぁにぃ、又右衛門」

あくびまじりの声が聞こえてきた。

「若、今、お月さんがありえんくらい大きくて綺麗《きれい》なんですわ」

「それでぇ」

今すぐに寝入りそうな声で竹千代が答える。

「一緒に観に行きまひょ」

「いいけどぉ」

「ほな、抱き上げまっせ」

又右衛門は器用に竹千代をおぶった。一瞬だけ開いた竹千代のまなこはまた閉じられ、健やかな寝息を漏らしている。

よくやった、という意味をこめて深く頷いた。足音を消して、また廊下を歩く。

「一の曲輪の松の大樹の下に部下がいる。急ごう」

「ああ、待ってください」

「なんだ」といった瞬間、又右衛門の片腕が広忠の首にまわった。

「き、貴様——」

叫ぼうとしたが無理だった。又右衛門の腕は太く硬かった。背中に感じる腹も、だ。密着されて初めて気づいたが、この男の体には贅肉《ぜいにく》というものがほとんどない。出た腹も筋肉で盛り上がっていた。

「殿様、すんまへん。やっぱり十貫文は安うおますわ」

なんとか逃れようと体を捻《ひね》ると、さらに腕が首に深く入った。

「あんま騒いだらあきまへん。若が起きる」

この男は竹千代を背負ったまま、片手で広忠の首を絞めているのだ。何より、なぜか脇差や短刀を抜けない。そうしようとすると、金縛《かなしば》りにあったかのように体が動かなくなる。

「ええ、判断です。刃を手にかけたら首の骨、折らしてもらいますさかいに」

己は、まさかこの男に恐怖しているのか。だから、刃を抜けないのか。

「わ、わかった、ひゃ、ひゃっかんもん」

「百貫文ですか。ざんねーん。実はもう竹千代様の買い手はついてまんねん。それより高い値付けしてくれはるんなら考えるけど」

「い、いく、いく――」

「いくらってきいてるんですか。先方の提示した額はですねぇ、銭五百貫――」

声が聞こえたのは、そこまでだった。風景から急速に色が失われ、窓の先の庇にかかる大きな月が広忠が見た最後の景色だった。

＊

誰かが頬を叩いている。はっとまぶたが上がる。まず広忠の目に飛び込んできたのは、窓から差し込む強烈な陽光だった。それを背にする人影もある。

「だ、誰だ」

「御辺は、間違いなく松平広忠殿か」

「そうだ。貴様は誰なのだ」

体を起こすと、どうやら己は甲冑《かっちゅう》を着たまま寝ていたようだ。

「信孝」と、人影が冷酷な声を飛ばした。

「は」と信孝の声がして、もうひとつの人影が近づいてくる。

「この男、松平広忠で相違ないか」

「はい。間違いありません」

目が回復してくる。信孝の姿がわかった。呼びつけた武者は誰なのだ。歳のころは四十の手前ほどか。漆黒の甲冑に身を包んでいる。細面《ほそおもて》の顔に、固そうな口髭が伸びていた。

「こやつは何者なのだ。織田家の使者か」

信孝が見知らぬ男と目を見合わせた。そして、苦笑を漏らす。

「そうだ。又右衛門だ。奴はどこへいった」

がばりと起き上がる。また、信孝が見知らぬ男と目を見合わせる。

「広忠殿、今はそれどころではない。周囲をよくご覧あれ」

信孝が心配そうに声をかける。急いで外へ出た。曲輪には、松平家の葵の旗差物はどこにもない。かわりに翻っているのは、木瓜《もっこう》――織田家の家紋を染めた旗差物ばかりだ。

「こ、これはどういうことだ」

「実は昨夜のうちに、我らは信孝殿と内通して城を落とした。城門を秘密裏に開けてもらってな」

男が鋭い口髭をしごいていう。

「では、貴様は」

男の目が半眼になり、酷薄の色が増した。

「お控えなされませ。こちらは尾張守護代家臣にして尾張の出来物、織田弾正忠信秀様にござりますぞ」

「な、な、な……」

広忠の足が震えてくる。

「ご安心されよ。夜のうちの奇襲、それに信孝殿の調略のおかげでほとんどの者を捕えるだけですんだ。死者はおらぬ」

信秀の声に、信孝が誇らしげに咳払《せきばら》いした。その背後を、縄を打たれた男たちが歩かされている。そのうちのひとりは、阿部定吉だ。

「まあ、苦労したことがあるとすれば貴殿を探すことだ。まさか、こんなところで寝て……いや身を隠しているとはな。さて、その上で聞きたい。竹千代殿はどこにおられる」

問う信秀の瞳がぎらりと光った。

「近習十人ほどを松の大樹の下で待たせていたのはもう知っている。近習が口を割った」

頭がついていかない。

「そ奴らがいうには、竹千代殿を今川家に送る手筈《てはず》で、松の大樹の下で待っていたが、竹千代殿も貴殿も現れなかったと聞いている」

「それは――」

ずきりと喉が痛んだ。又右衛門だ。奴が竹千代をさらったのだ。

「又右衛門はどこに」

また、信孝と信秀が目を見合わせた。

曲輪の一角では鳩が呑気《のんき》に地面に落ちた木の実を啄《つい》ばんでいる。枝の上にいる猫があくびをしているのがやけに目についた。

竹千代の小さな腕に抱かされたのは、五貫文の銭の束だった。

「これの百倍が竹千代坊ちゃんの命の値段ですわ。五百貫」

にこにことした声で、又右衛門がいう。

「ど、どういうことなの」

朝日が竹千代の足元から長い影を伸ばしている。遠くに見えるのは、岡崎城だという。

「若の身柄を五百貫で買いたいいう御仁がおったんでね。ほな、わしが竹千代様をさらってきますわぁって請け負ったんですわ」

幼い竹千代でも、この男がひどいことをいっているのがわかる。

「さあ、坊ちゃん、行きまひょか。お客さんが首を長くして待ってはりますで」

ふるふると首をふると、竹千代の腕の中にある銭の束が耳障りな音をたてた。

「ほな、ここにずっといときますか。それでも構やしまへんで、わては」

又右衛門が広い背中を見せる。そして大股で歩きだした。ふと眼差しを感じた。牢人だろうか、見窄《みずぼ》らしい男たちがこちらをじっと見ている。目は血走っていた。岡崎城には見知らぬ旗が翻っているのがかろうじてわかった。もう、あそこには帰れない。

竹千代は必死に又右衛門の背中を追いかけた。振り向いた又右衛門が銭の束を取り上げ、風呂敷に包んだ。それを竹千代の小さな胴体にくくりつける。

「若、落としたらあきまへんで。さあ、行きまひょ」

体に巻きつけたことで、銭の重さは幾分かましになった。時折、すれ違う足軽《あしがる》や山伏《やまぶし》、母親に抱かれた赤子も竹千代と同じく命に五百貫の値がつくのだろうか。そんなことを考えながら、必死に又右衛門の後を追った。

「ねえ、織田家に売られるの」

太陽が中天に達するころ、竹千代はそう問いかけた。

「なんで、そう思わはるんです」

「だって、西に歩いているもん」

今までの太陽の向きでそう当たりをつけた。

「うーん、残念ながらちゃいますね。もし、織田家に売るんやったら、わざわざ岡崎の城から逃げる必要ないでしょ。城に戻って引き渡せばええだけやし」

又右衛門はこきこきと首を鳴らす。

じゃあ、誰が竹千代を買うのだろうか。尾張の百姓だろうか。それとも美濃の商人か。あるいは京の公家《くげ》か。皆目、見当がつかない。

「けど、いずれ、竹千代様は織田家に売られると思いますわ」

「どういうこと」

「今川にしてみれば、これで竹千代様を人質にできへんってなったらごっついカッコ悪いことですねん。守護が出し抜かれたやなんて、外聞悪すぎますわ。せやからねぇ、何がなんでも奪いにきます。で、そうなると、今川に対抗できるほどの気概と力をもち、かつ竹千代様を手元に置きたい方となると織田弾正忠家しかあらしまへん。だから、客はすぐに織田家に若を渡すと思いますわ」

又右衛門はごそごそと懐をさぐり、握り飯を取り出す。大人の拳より大きいそれをふたつに割って、竹千代に渡してくれた。

「五百貫を出した人はそのこと知ってるの」

そう問うてから、握り飯にかぶりつく。大きい。きっと竹千代は半分も食べればお腹がいっぱいになってしまう。

「ええ、それを覚悟で、わてから五百貫で竹千代様を買ういいましてん」

又右衛門も握り飯にかぶりつくが、一口でほとんどを口の中に放り込んでしまった。

「どうしてかな」

「どうしてやと思います。考えてみなはれ。その間は子守りせんでええから楽や」

又右衛門は指についた米粒をなぶっている。

夜が来た。火は焚《た》かず、又右衛門は着ていた派手な小袖を寝具がわりに地面にしいた。そこにゴロリと横になり、脇の下で竹千代は銭を包んだ袋を抱いて寝た。不思議と悲しくなかった。銭を包む袋から懐かしい香りがしたのと、それ以上に又右衛門の脇からにじむ匂いで鼻がひんまがりそうだったからだ。

「わかったよ、又右衛門。きっと五百貫で買って、一千貫で売るんだ。そうでしょ」

朝起きるなり、竹千代はそういった。

「惜しいぃ」

又右衛門は、大袈裟に指を鳴らす。

「当たりに近いから、干し魚あげますわ」

干し魚を半分引きちぎり、渡してくれた。塩味が口の中に心地よくしみた。米と一緒に食べたら美味《おいし》そうだと思った。銭の袋を胴体に巻きつけてもらってまた旅にでる。途中で又右衛門が喉渇いたというので、水筒を預かり川の水を汲んでやった。もらうばかりでは悪いと思ったのだ。草鞋《わらじ》の紐《ひも》をうまく結べないので、又右衛門に何度も教えてもらった。

「なんで、間違いなの。さっきの答え」

ひとりで満足いく結びができるようになってから聞いた。

「一千貫で売るなら別に、織田家やなくてええでしょ。今川に売ればいい。きっとその方が高く売れる。織田より今川の方が銭持ってますからね」

「じゃあ、五百貫で買う人はきっと今川が嫌いなんだ」

「あー、なるほど、そういう考え方もあるか。けど、当たりやないですわ」

「えーー、もう教えてよ」

そう愚図《ぐず》ると、又右衛門が竹千代の胴体を摑んでひょいと持ち上げた。

「若、あそこにりんごうの実ぃがなってるわ。ちょい早いけど、なんとか食べられそうや。取れまっか」

竹千代は腕をのばすが指がかするだけだ。又右衛門は何度か跳躍して、実に届かせようとするが上手くいかない。

「又右衛門、このまま投げて」

「ええんでっか」

「けど、受け止めてよ」

ぽーんと投げられた。枝ごとりんごうの実に抱きつく。落ちる背中を硬い両腕が受け止めてくれた。

「若、ようやった」

「又右衛門、欲しい」

「そりゃ欲しいわ」

「じゃあ、教えて」

「うーん、しゃあないな、りんごう欲しいから教えてあげますわ」

りんごうを渡すと、又右衛門は素手でばきりとふたつに割った。片割れを口にすると全く甘くなくて酸っぱいだけだった。吐き出したいのを我慢して呑み込む。

「さあ、又右衛門、教えて」

「客に直接聞きなはれ」

「え」

「ここは尾張と三河の国境ですわ。ほら、竹千代様を買いたいいう客がおますわ。ああ、安心して、五百貫は前払いでもろてます」

又右衛門が小高い丘を指さした。尾張と三河の国境。ここにはある豪族が蟠踞《ばんきょ》している。今は織田家と同盟し、かつては松平家とも――

竹千代のまなこが見開かれる。丘の上にひとりの女人がいた。紫色の小袖を着て、手をあわせ必死に祈っている。その背後には侍女や小姓と思しき若い男女が控えていた。

わなわなと竹千代の体が震えだす。

小姓のひとりが紫の小袖の女人の肩を叩き、竹千代を指さした。

「於大様」と、侍女が女性に呼びかけたような気がした。女性が立ち上がる。そして、まろぶようにかけてくる。

「たけちよ」と、悲鳴のような声が聞こえた。竹千代のまなこから大粒の涙が溢《あふ》れる。女人の声が鼓膜を揺らし、記憶を呼び起こす。肌に己を産んでくれた女人の温かみが蘇る。

竹千代も走ったが、よろよろとしか進めない。負った銭袋がごつごつと背中に当たる。

「ははうえぇ」

そう叫んだ時、女人がぶつかるようにして抱きついてきた。痛いほどに抱きしめられる。けど、苦しいとは思わなかった。

「たけちよぉ」

そう咽《むせ》ぶ女人の声は湿っている。竹千代は頬を濡らす涙が、自分のものか母のものかは区別がつかなかった。

母の匂いの中で、竹千代の肌が蕩《とろ》けていく。

天文十六年、通説では竹千代こと四歳の徳川家康《とくがわいえやす》は、今川家に送られる途中で戸田家によって強奪され、尾張の織田弾正忠家へ売られたことになっている。その額は一千貫文。

しかし、近年の研究で、天文十六年に織田信秀が岡崎城を占拠していたこと、さらに戸田家が今川家に攻められ滅亡の危機にあったこと、がわかっている。

戸田家には、今川家に送られる竹千代を奪還して織田家に送る余裕があるとは思えない。何より岡崎城は信秀に占領され、松平家は織田家の軍門に降っている。

今までの通説が成り立たない。

岡崎城が信秀の手によって落ちた時、竹千代は織田家に人質として送られたのではないか、という説が近年、有力になっている。

この件については、家康自身の口からも語られている。『駿府記』という史料では、最晩年の家康が、自身の幼少の時の思い出を家臣の以心崇伝《いしんすうでん》らに語った内容を記している。

「又右衛門 某《なにがし》という者あり、銭五百貫御所（家康）を売り奉《たてまつ》る」

この又右衛門が何者かはわかっていない。少なくとも戸田家には又右衛門という者は存在しないようだ。

竹千代という名前だった家康を売った又右衛門とは何者なのか。そして、彼は誰の依頼で竹千代をさらい、五百貫で売ったのか。

全くの謎である。


どさりと音がして、於大が――母がやっと竹千代を解放してくれた。背に負っていた袋の結びがとけ、その中身がこぼれている。

「竹千代、それは何なのです」

「又右衛門に背負わされたのです」

「ああ、又右衛門、あの男が。けど、なぜ、こんなものを」

袋からこぼれたのは銭ではなかった。小石が乱雑に散らばっている。いつのまにすり替わっていたのだ。

振り返ると、派手な小袖を着た又右衛門が背中を見せて歩いていた。指を天に突き出し、銭の束をくるくると器用に回している。横にあるりんごうの木を太い足で蹴ると、いくつかの実が落ちる。それを、片手で器用に全て摑み取った。

しゃりしゃりと音が聞こえるのではと思うほど、うまそうにむしゃぶりついている。

ふと、目を小石の山に落とす。

紫の衣を着た女人の人形があった。どうやら小石と一緒に、袋の中にまぎれこんでいたようだ。父によってもげられた首はつながっている。よほど不器用な者の針仕事のようだ。みみずが這うような縫い痕は乱暴だが、どこかおかしみに溢れている。
母子がりんごうの木に目を戻した時には、もう男の姿はどこにもなかった。
三河と尾張の国境に風が吹き抜ける。りんごうの木の枝がいつまでも揺れていた。

新説

竹千代（家康）は売られてなかった？

徳川家康の幼少時代は波乱に満ちたものだった。天文11年（1542）、岡崎城主・松平広忠の嫡男として生まれたが（天文12年生まれ説もあり）、3歳の時に実母の於大が離縁となり、離れ離れに。当時の松平氏は、尾張の織田氏と駿河の今川氏の強国にはさまれていたため、竹千代（家康の幼名）はお家存続のためにいわゆる「人質生活」を送ったことで知られる。

これまでの通説によると、天文16年（1547）、広忠は今川家への恭順の証しとして、竹千代を人質に差し出すべく、田原経由で駿府へと送り届けようとした。ところが、田原城主の戸田康光は竹千代を船に乗せ、尾張へと向かってしまう。康光は織田家に通じていたのだ。『三河物語』によると「康光は織田信秀に永楽銭千貫目で竹千代を売った」という。

ところが、最新の研究によると、この年に織田信秀が岡崎城を攻撃していたことが明らかになっている。天文16年の文書と推定される「菩提心院日覚書状」には、「広忠は信秀に降参し、命からがらの様子だった」という記述があり、天文17年に北条氏康が織田信秀に宛てた書状にも「岡崎の城は織田軍が押さえた」とある（村岡幹生「織田信秀岡崎攻落考証」／大石泰史編『今川義元』戎光祥出版所収）。

このような背景から近年は、戸田氏が竹千代を拉致したのは後世の創作であり、広忠が降伏の証しとして織田家に差し出したのではないかと考えられるようになった。ただ、そもそも竹千代が織田家の人質になったという逸話自体が、後世に記された史料にしか見られないため、真相ははっきりしていない。

最終的に広忠は今川方に帰属したものの、天文18年（1549）に死去してしまう。このため、竹千代は今川家の保護下に置かれ、駿府へと送られることになった。以降、永禄3年（1560）に岡崎城へ帰還するまでの12年間を、駿府で過ごすことになる。

女難の相

蒲原二郎

延徳三年（一四九一）六月晦日　伊豆《いず》国三嶋《みしま》

その年の夏は、いつにも増して暑かった。

石巻三十郎《いしまきさんじゅうろう》は三嶋大社への参詣を済ませると、境内脇の大樹の根元に腰を下ろした。

（これは、たまらん）

時折、風も吹いてきて、一休みするには格好の場所だった。蝉が頭上で喧《けたた》しく鳴いている。着物は汗でびしょ濡れで、肌にまとわりついていた。三十郎は、額の玉のような汗を指で掻き取ると、腰にさしてある竹筒を引き抜きいた。栓を抜いて、勢いよく水を喉に流し込む。箱根の坂を下ってきて、さらにこの暑さだった。武辺で知られる侍も、さすがに少し疲れていた。

（ちと、道中を急ぎ過ぎたやもしれぬな）

三十郎が峠道を急いで下ったのには理由があった。路次、道端の地蔵に何気なく手を合わせた途端、急に嫌な予感がしたからだった。三十郎は唐突に合戦や騒擾《そうじょう》が起こる際、このような気分になることが多かった。

（さて、杞憂《きゆう》であればよいが）

三十郎はそんなことを考えながら、少し離れた参道を行き交う人々を、横目で眺めた。さすが、名高き伊豆国の一宮《いちのみや》。おまけに夏越《なご》しの祓《はらえ》の日とあって、社には老若男女、多くの参詣者が訪れていた。茅《ち》の輪をくぐって、半年分の穢《けが》れを落とし、残り半年の無病息災を願うのだ。境内付近には、食い物などを売る商人も立っており、神社は賑々しい雰囲気に包まれている。三十郎も酒売りに頼み、空の瓢《ひさご》に清めとばかりに酒を注いでもらっていた。

（それにしても、どこかおかしいような……）

目に映る光景に違和感を覚えた三十郎は、それとなく人々の観察を始めた。そしてすぐに、はたと気付いた。

（武士が多い。今、このあたりには戦《いくさ》はないはずなのだが）

三嶋大社は源 頼朝《みなもとのよりとも》も信仰した、貴賤《きせん》を問わず崇敬を集める古社である。祭礼の日でもあり、侍が多く訪れても、何ら不思議はなかった。しかし、ざっと見渡しただけで百人以上というのは、いささか数が多過ぎる。また、武士の多くは、複数の供の者を連れており、中には中間に、鎧櫃《よろいびつ》や槍まで持たせている者もいる。神社への参詣にしては、出で立ちも含めて、物騒としか言いようがない。

そんな事を考えていると、一陣の風と共に、老いた僧侶が近づいて来るのが見えた。顔に刻まれた深い皺《しわ》に、白く濁った目。僧侶はかなりの高齢らしく、体も骨ばっている。

「もうし。そこのお方」

僧侶は、三十郎の側で立ち止まった。

「拙者《せっしゃ》か？　何かご用かの？」

三十郎が返事をすると、僧侶は軽く頭を下げた。

「急に喉が渇いてな。すまぬが、水を持っていれば、一口もらえないだろうか？」

三十郎は首を振った。

「残念ながら、水は今、飲み切ってしまってな。時に、御坊はこのあたりのお方か？」

「左様。それが何か？」

「だったら、酒がある。飲まれるか？」

三十郎は周囲の不穏な雰囲気が気になっており、峠で感じた嫌な予感もあって、ここで情報を集めるのも悪くないと考えた。

「おお、それはありがたい。願ってもないこと」

「よければ、隣に腰をかけなされ」

老人は、差し出された瓢に喜んで手を伸ばした。二人して木の下に座り、酒を飲んでいると、自然と世間話に花が咲く。

「それにしても御坊。初めて三嶋の大社《おおやしろ》に来たのだが、どうも武張《ぶば》っているような気がする。ここはいつも、こんな有り様なのか？」

するとと酔いもあってか、老僧はカラカラと声を立てて笑った。

「それを言うなら、弓や鎧を携えて、社に参っている貴殿も、拙僧には物々しく見えるがのう」

三十郎は老人の視線の先にある、脇に置かれた己の長弓や靭《うつぼ》、鎧櫃を見て、苦笑した。

「たしかにそうですな。しかし、それがしは関東より戻って参ったばかり。武具こそ持っているものの、他意はござらん」

「ほう、関東から」

「左様。生国《しょうこく》は三河《みかわ》にござる。関東で山内殿《やまのうち》（山内上杉家《うえすぎ》）のご家来にお仕えしていたのだが、近頃は戦も少なく、食いあぶれてしまってのう」

「それで、お国に戻るというわけですな」

「然り。で、箱根《はこね》の峠を下ってきて、せっかくなので、名高い三嶋社への参詣を果たそうとしたのでござる。ところが、武家の姿がやたらと目に付くので、もしや戦でもあるのかと思うてのう」

「ああ、それだったら」

老僧は物憂《ものう》げな表情で返事をした。

「四月に北条《ほうじょう》の御所様（足利政知《あしかがまさとも》。いわゆる堀越公方《ほりごえくぼう》）がお亡くなりになってな。お世継ぎをめぐって、家中が揉めているらしい。もしかしたら、それが関わっているのやもしれぬな」

「北条の御所様とは、鎌倉《かまくら》に入ることができなかった公方様のことでござるか？」

「左様。京の都の、大樹《たいじゅ》（征夷大将軍）様の御連枝《ごれんし》であらせられたお方よ。本来なら関東の公方様として、坂東を治めるはずであったが、結局は伊豆一国の主として終わってしまったのう」

「なるほど。それでいささか物々しいのか」

「詳しいことは、出家のわしにはよくわからぬ。ただ、元々伊豆は関東の山内殿の御分国。

御所様のご家来は京より参った方も多いゆえ、色々とあるのだろう。いずれにせよ、もうすぐ御所様の百箇日のはず。何事もなくあって欲しいものよ」

二人はその後、他愛もない会話のやり取りを続けた。しばらくしてほんのりと顔を赤くした僧侶が、やおら立ち上がる。

「やれやれ、すっかりご馳走《ちそう》になってしまったのう。では、そろそろお暇《いとま》するか。それにしてもいい気分じゃわい。礼といってはなんだが、お主にこれから役立つことを教えて進ぜよう」

三十郎は、ほろ酔い老人の戯言《ざれごと》と思い、頬をゆるめた。

「なんと、なんと。それは恐れ入る」

「では、善い事と悪い事が一つずつある。どちらから聞きたい？」

三十郎は苦笑した。

「おいおい、悪い事があるのか」

「人生、生きていれば酸《す》いも甘いもある。ただ、未来の凶事も、知ってさえおれば、転ばぬ先の杖というもの」

「なるほどな。では、まずは善い事の方から聞きたい」

「承った。さすれば、善い事というのは、貴殿の主が大名になるということじゃ。しかも二か国の大大名にのう」

「馬鹿な。拙者は浪人の身。主君などおらぬ」

三十郎が怪訝《けげん》な顔をしても、老いた僧侶はそ知らぬ風だった。

「まあよい。次は悪い事の方じゃな。悪い事というのは、お主に女難の相が出ているということじゃ」

「女難の相⁉」

「左様。しかも大層悪いものじゃぞ。下手をすると命取りになる。気をつけなされ。女子は弱そうに見えて、なかなか強《したた》かな生き物にございますでな」

続けて僧侶が語るには、三十郎はそれさえ乗り切れば、大いに運が開けるという。

「気を悪くしないでくだされ。禍福はあざなえる縄の如《ごと》しとも申しますでな。貴殿は信心深いお方のようじゃで、三嶋大明神のご加護もござろう。大事なのは慈悲の心を持ち、神仏の御心にかなうことでございますぞ。さすれば手も増え、三本となろう」

言い終えると僧侶は、どこへともなく去って行った。またもや風が吹いてくる。三十郎はその後ろ姿を目で追いつつ、僧侶の言葉を思い返した。

「女難の相か。何やらおかしな事を申される坊様であったな」

実をいうと、女難の相というのは、三十郎にとって降ってわいたような話ではない。三十郎は、昔から高い身長と凛々《りり》しい容姿を褒められることが多かった。ただし、そのせいで女人や、男色を好む者から言い寄られることも多く、あまり快く思ってはいなかった。だから口周りやあごに髭《ひげ》を蓄え、顔かたちを少し隠している。

「それにしても新九郎《しんくろう》様が国持ち大名になる、か。なんとも不思議な話よのう。おまけに手も三本か。わけがわからぬ」

三十郎は少しだけ口角を上げると立ち上がり、尻についた土埃《つちぼこり》を払った。そして南に向けて足を投げる。

（余計な仕事が増えたが、まあ、致し方あるまい）

老僧との会話で、だいぶ気持ちも和んだが、峠から感じている不安感は少しも払拭されていなかった。三嶋で物騒な光景も目にし、むしろそれは増幅されてすらいた。本来であれば、東海道を西に向かうつもりだったが、せっかくなので、伊豆の北条まで足を伸ばすことにする。職務として、主への土産話《みやげばなし》は多ければ多い程いいし、関係国のきな臭い情勢に関する情報は、価値があるはずだった。

（それが、間者《かんじゃ》の仕事だからな）

三十郎の鋭い眼差しが、行く手を遮るかのように立つ、夏の陽炎《かげろう》を追う。その日、三十郎は北条から狩野川《かのがわ》を少し遡ったところにある、相識《そうしき》（知人）の家に宿をとった。


翌日、三十郎は早朝に起床し、北条へと向かった。天気も良く、暑さも蝉しぐれも、昨日と変わらなかったが、緊張のせいか、それらを感じることはあまりなかった。日頃から肌身離さず持っている弓と靭《うつぼ》だけを携え、ひたすらに道を急ぐ。そして北条に着くと、御所近くの、大通りに面した築地の下に腰を下ろした。そこには日影ができており、少しは暑さをしのぐことができた。壁に背を預けて座っていると、やはり多くの侍が三嶋の方からやってきては、あちこちの屋敷の中に吸い込まれていくのが見える。それどころか、時が経つにつれて、修善寺《しゅぜんじ》の方からも騎乗の侍衆や武器を携えた男たちが現れ、やはり被官衆の屋敷の門内に消えていった。

(これは一戦あるぞ)

歴戦の武士は、弓を手元に引き寄せた。すでに太陽は中天よりかなり西にある。

(何かあるなら、夕刻だろう)

三十郎は腰を上げると、北条御所を見下ろす位置にある小山に登った。木々の間に身を隠し、寝殿造りの雅やかな建物の様子をひっそりと窺《うかが》う。やがて日は傾き、逢魔が刻がおとずれた。すると法螺貝の音を皮切りに、あちこちの屋敷から武装した男たちが現れ、次々と御所に向かって駆け出した。中には騎馬武者も相当数いる。そして陣太鼓や陣鐘の音を合図に、一斉に襲いかかった。

(来た!)

三十郎が固唾《かたず》を呑んで見守る中、御所の門はあっさりと破られ、鯨波《げいは》とともに、武者たちが館の中に乱入した。後は乱世の常道で、凄惨《せいさん》な殺戮《さつりく》と略奪が始まった。攻める者の喚声《かんせい》と、逃げ惑う者たちの悲鳴が入り交じり、御所は一気に地獄の様相を見せた。

「殺せ、殺せ!」

「御台《みだい》と御曹司《おんぞうし》は、必ず始末しろ!」

怒声や罵声に交じって時折、夕暮れを告げるひぐらし蝉の慎ましやかな鳴き声が聞こえてくる。建物からはすぐに火の手が上がり、なんとか御所から逃げ出そうとする男女の姿が散見されたが、瞬《また》く間に獰猛《どうもう》な侍たちの餌食《えじき》になっていく。さすがの三十郎もあまりに悲惨な光景に、眉をしかめた。

するとその時、女が三人、御所の方から三十郎のいる山に、命からがら分け入ってくるのが見えた。

(館の者だな)

三十郎は関わり合いになるのを避けるため、場所を移そうとした。しかし、先頭を走る女の横に、小柄な少女の姿があるのを目にした途端、足が止まった。

「女たちが逃げたぞ」

「取り逃すな！　必ず捕まえろ！」

さほど離れていない山の麓には、後を追ってきた荒々しい武者たちの姿が見える。

(どうやら、こちらに来る)

三十郎はその場に踏みとどまり、さらに様子を窺った。色鮮やかな小袖《こそで》を着た、館でも位が高いと思われる女は、純白の襦袢《じゅばん》姿の娘の手を引いて、必死の形相で山肌を駆け登ってくる。その足元は裸足《はだし》だった。ところが女は、木の根か何かにつまずいたのか突然、短い悲鳴とともに、前のめりに地面に突っ伏した。後ろから登ってきた、下女らしき中年女が、連れて転んだ少女を、無理やり抱きかかえようとする。

「早く！　姫様を連れて逃げて！」

転んだ女は、倒れたまま絶叫した。

(姫様だと⁉)

三十郎は動揺した。

(もしかして、亡くなった御所様の娘か？　いかん、これは面倒な事になった)

そしてどうすべきか迷っている内に、女たちは後をつけてきた男たちにすっかり取り囲まれてしまった。

「見ろ、姫がいる！　これで褒美《ほうび》は我らのものだ！」

「おまけに上臈《じょうろう》もだ。こいつは高値で売れるぞ」

乱取りを目論《もくろ》む者たちが、目を血走らせてにじり寄る。

「大人しくしろ！　騒いだら殺す！」

できるだけ厄介事は避けたい三十郎は、女難を警告されていたこともあり、どうすべきか大いに迷った。が、

(ええい、慈悲の心というやつだ！)

靭から矢を取り出すなり、瞬く間に弓を引きしぼった。次の瞬間、

「がっ‼」

放たれた矢が一人の男の頭を貫いた。続いて小さく風を切る音とともに、もう一本の矢が隣の男のふくらはぎに突き刺さる。

「だっ、誰だ⁉」

残った男はあわてて周囲を見まわしたが、すぐにのどを射抜かれ、崩れ落ちた。

（暑いせいか、腹巻姿の者ばかりで助かった。鎧兜《よろいかぶと》を着込まれていたら厄介であった）

三十郎は、足を押さえて転げまわっている男の側に音もなく近づき、脇差しを抜いて腰を落とした。そして切っ先を相手の喉元に突きつける。

「動くな。喚《わめ》くな。俺の問いに答えたら、これを刺すのはやめてやる。一体、お前たちは誰の下知で御所を襲った？　言え」

男の顔は激痛と恐怖で歪んでいた。

「ちゃ、茶々丸《ちゃちゃまる》様だ。御台様と弟君・姫君を殺《しい》し奉り、茶々丸様が御所の跡を継がれるということで、わしらは集められたのだ」

「茶々丸様か。たしか御所様の別の奥方が産んだ長男だったな。しかし、茶々丸様はまだだいぶ年若かったはず。それなのに果たしてそんな絵を描くことができるのか？」

「知らぬ。わしらは茶々丸様と近しい、狩野《かのう》様に呼ばれたのだ。知っているのはそれくらいだ」

「なるほど。狩野は、中伊豆の国人。坊様が言っていた通り、家中で跡目をめぐる争いがあったというわけか」

「そんなことより、わしを見逃してくれ。約束は守ってくれるのだろうな。命だけは助けてくれ」

「俺は嘘が嫌いだ。刺しはせん」

そう言うと、三十郎は脇差しで男の頸動脈を掻き切った。絶叫と共に、鮮血があたりに勢いよく飛び散る。

「もっとも、こういう使い方はするがな」

男が息絶えたのを確認すると、三十郎はおもむろに立ち上がり、女たちに目を落とした。女たちはしばらくの間、呆然《ぼうぜん》としていたが、やがて血だまりを見て我に返ったのか、顔を引きつらせて、後ずさった。少女は怯えきった表情で上臈の元へ駆け寄っている。その様子に、三十郎もさすがに苦笑した。

「おいおい、せっかく助けてやったのに、それはないだろう」

すると、身分の高そうな女は、少女を抱きしめながら、三十郎に頭を下げた。

「すみません。礼を申します。私は御所様の姫君にお仕えする者。こちらにおわすは、その姫君にございます」

三十郎は何度か、小刻みにうなずいた。落ち着いてよく見ると、女はまだ若く、品のある美しい顔立ちをしていた。

「そうか。やはりな。で、どこか逃げるあてはあるのか？　ここにいたら危ない。あてがあるなら、急ぎ立ち去った方がいい」

途端に女の顔が曇った。

「そんな所は、どこにも……」

「そうか。だったら」

「だったら、私の実家にお越し下さい。三嶋の百姓家ですが、姫様やお駒《こま》様くらいでしたら、お匿《かくま》いできます！」

唐突に口を挟んできたのは、下女らしき中年女だった。

「フキ、本当にいいの？　だったらすぐにでも」

「やめておけ」

割って入ったのは三十郎だった。

「茶々丸様についたやつらは、三嶋大社の夏越の祓にかこつけて、兵を集めた節がある。道も当然、番手を置いて押さえているだろう。それに御所の上臈様ともあろうお方が、裸足で三嶋まで歩いて行くのか？　正気の沙汰ではないだろう」

「しかし、他に逃げるあてなど、どこにもありませぬ」

駒と呼ばれた女が、今にも泣き出しそうな顔で言う。三十郎は首を振った。

「最後まで聞け。拙者はこれでも御所様にお仕えするれっきとした奉公衆の家来だ。名は石巻三十郎という。一応、主の義理もあるし、乗りかかった船だから、お前たちを助けてやろうかと思っている。ここから左程遠くないところに田中という村がある。そこが主の所領だ。三人くらいなら、しばらくの間、匿うこともできるはずだ」

「それは、まことですか⁉」

駒は喜び、表情を明るくした。対照的にフキは露骨に渋い顔をした。

「お駒様、そう簡単に人を信じてはいけませせぬ。どこの馬の骨とも知れぬ男です。それに先程このお侍は、敵を助けると言いながら、結局、無慈悲に殺《あや》めたてではありませんか。信用なりません」

「助けるとは、ひと言も申しておらん。俺は嘘は嫌いだ。ついでに人を攫《さら》って売り買いするような外道も大嫌いだ。生かして、加勢を呼ばれても困るしな」

三十郎が不機嫌な口調で答える。

「そこまで信用ならぬのであれば、我が主の名を教えてしんぜよう。拙者が仕えているのは、伊勢新九郎盛時《もりとき》というお方だ。今は都で大樹（足利将軍）の申次衆《もうしつぎしゅう》としてお仕えしているが、以前は駿河《するが》の大名、今川竜王丸《いまがわたつおうまる》様の後見役のようなことをしておられた。その傍ら、先代の御所様に見込まれて、ここの奉公衆にもなっていたのはご存じだろう。これでよいか？」

駒の顔が再び明るくなった。

「駿河の伊勢新九郎様なら、存じております。甥御様のために、奪われた今川屋形の家督を取り戻すお手伝いをされたお方ですね」

「左様」

その時、山の麓から、複数の男たちの怒声が聞こえてきた。三十郎の表情がたちまち険しくなる。

「いかん。勘づかれたか。時がない。急いで決めろ。ついてくるなら助けてやる。三嶋を目指すなら、もう知らん。どうする」

駒は一瞬、困惑気味にフキと顔を見合わせたが、すぐに三十郎に頭を下げた。

「よろしくお願いします。どうか姫様をお助けください」

「よし、わかった。よい分別だ」

そう言うと、三十郎は懐からあわただしく足半《あしなか》を取り出し、駒の手に握らせた。

「少し大きいかもしれんが、何も履かぬよりはましだ。急いで逃げるぞ！　ついてこい！」


四人は三十郎を先頭に、急いで山道を走り出した。山を下りると、三十郎は街道を避け、あぜ道に毛の生えたような間道を選んで、南へと向かった。

案の定、街道には兵が屯《たむろ》しており、逃げ出す者たちを誰何《すいか》している。駒は転んだ時に足を怪我したようだったが、姫の手を引きつつ、必死に三十郎の後を追った。フキも息を荒くし、愚痴《ぐち》をこぼしながらもついてくる。

三十郎が走る速度をゆるめたのは、御所からだいぶ離れ、周囲に人影が見えなくなってからだった。

「よし。追手はまいたな。もう安心していいぞ」

その頃には駒もフキも、疲労困憊《こんぱい》の体だった。姫は途中で疲れ果てたのか、駒の背中におぶわれ、寝入ってしまっている。気が付くと四人は田んぼに囲まれた道で、蛙の鳴き声に包まれていた。沢があるのだろう、遠くの山間には蛍らしき明かりも明滅している。

「田中の里まであともう少しだ。ところで駒殿と申されたかな？　どうも足を痛めている様子。よかったら姫様を背負うのを代わるが？」

最初は三十郎の申し出を断っていた駒だったが、フキが自分もおぶるのは無理だと言ったせいか、申し訳なさそうにうなずいた。それを見て、三十郎もうなずき返す。

「その代わり、この弓を持っていただきたい。ただし、これは父からもらった唯一の形見でな。常に肌身離さず持っているものだから、粗略に扱ってほしくはない」

「わかりました」

そう言うと駒は足を引きずりつつ前に進み、三十郎から片手で弓を受け取った。

「フキ、姫様を石巻様にお預けして」

三十郎はしゃがんで背中をフキのいる方に向けた。

「乗せてくれ」

フキは、重そうに姫を抱きかかえると、三十郎の広い背中に乗せた。三十郎は慣れた仕草で姫をおぶり、ゆっくり立ち上がった。

「時に、姫様の御名は何と申される？」

「松姫《まつひめ》様でございます」

「松姫様」

三十郎は少しだけ目を閉じた。

「そうか。良いお名前だ」

そして顔を背中に向け、寝入っている娘に頭を下げた。

「松姫様。むさくるしい侍の背中でございますが、しばしの間、ご辛抱くだされ」

それから、駒とフキに目配せをする。

「では先を急ごう。田中までは、あともう少しだ」

再び歩き出すと、駒は前よりも明らかに足を引きずるようになった。三十郎は時々後ろを振り返りながら内心、感心していた。

（無理をしていたのだろうな）

思えば駒という女には、御所暮らしの何不自由ない上臈とは思えないところがあった。まず、どうやったかは知らないが、敵に囲まれた御所から抜け出す機知がある。次に山道で転んで、己が死ぬ可能性が高いにも拘わらず、姫だけは助けようとした捨て身の覚悟。今も足が痛むだろうに、泣き言一つ言わずについてくる。

（いざという時の決断も早いし、度胸もいい。何やらわけありの女子やもしれぬ）

落人たちの周りを、いつの間にか無数の蛍が飛び交っている。まだ年若い姫は三十郎の背中で、小さな寝息を立てていた。三十郎はふと、なつかしい感覚で胸が一杯になった。

駒の足取りはますます重くなったが、一行が田中の里に着いたのは、それからしばらくしての事だった。


田中の村で、松姫たちを受け入れてくれたのは、三十郎の知人の村長《むらおさ》、田中氏だった。伊勢新九郎の所領の代官をしている、当主の田中老翁は実に面倒見のいい男で、北条御所の姫君が駆け込んできたと知るや、自分の住む屋敷の母屋を明け渡し、仮の住まいとして提供してくれた。松姫も駒もフキも、疲労と恐怖のせいか、その日はすぐに寝入ってしまった。三十郎もさすがに疲れが出て、土間の脇にある板の間に身を横たえ、目を閉じた。

翌朝、母屋の戸を叩く者がいるので、三十郎が警戒しつつ応対に出ると、そこにいたのは、数名の下女を伴った老翁だった。

「姫様方の朝餉《あさげ》の準備に参りました」

年の割に恰幅《かっぷく》のいい老翁は、松姫たちの世話をする下女や、護衛として、抱えている家人を提供することも、笑顔で申し出てくれた。

「他に入り用がございましたら、何でも仰せつけ下され」

「まことにかたじけない。姫様や主になり代わり、お礼申し上げる」

「いやいや、我らも日頃、伊勢の殿様にはお世話になっておりますでな。北条の御所にも、物を納めさせていただいたことが度々ございますし」

その上で老翁は、姫たちの存在を内密にするため、母屋に出入りする人間をできるだけ制限したいとも語った。

「とにかく様子がはっきりするまでは、無理に動かぬ方がよろしいでしょう。私もさぐりを入れてみます」

「重ね重ね、すまぬな」

三十郎は世故《せこ》に長けた丸顔の老人に対し、慇懃《いんぎん》に頭を下げた。

田中の里は豊かな村らしく、整えられた朝餉の膳は、干魚が載っているなど、予想外に立派なものだった。松姫も、駒も、フキも、温かい物を腹に入れたせいか、ようやく人心地がついた様子だ。

食事が済むと、駒は足を引きずりながら、こっそりと三十郎が控えている部屋を訪れた。

「あの、石巻様……。今更のお話なのですが……。田中殿は信頼できるお方でしょうか？ 昨日、あんな恐ろしい事があったものですから、どうにも心配で……」

立ったまま、不安げな面持ちで訊いてくる駒を見て、三十郎は思わず苦笑した。

「無論にござる。あの老人は商いなどもしており、御所にも出入りしていた者。それに信頼がなければ今頃ここも、とうに敵に踏み込まれているでしょう」

「ああ」

駒は恥ずかしげに顔を伏せた。

「おっしゃるとおりです。私は愚かですね」

三十郎は微笑《ほほえ》みながら首を振った。

「そんなことはござらん。昨日の事があったゆえ、用心なさるのも当然でござろう。それよりも山中での姫様をお救いしたお働き。まさに高名の武士にも劣らぬ忠節と拙者、感じ入ってござる」

「そんなことは」

駒は今度は照れくさそうに笑った。

それから二人は腰を下ろしてしばらくの間、差し向かいで話をした。三十郎としても訊《き》きたいことは山程あった。

　駒が語るところによると、自分が産んだ次男を嫡男として擁立し、後家として堀越公方・足利家の家政を取り仕切る御台と、庶子の長子たる茶々丸及びその与党との確執は、故足利政知の百箇日の法要を前に深まるばかりで、誰もが不安に思っていたという。

「けれど、さすがに御所に攻め寄せるとは思いませんでした」

　駒が眉を顰《ひそ》めるのも無理はない。茶々丸は義理の母と弟を殺害するだけでなく、松姫の母親まで殺し、さらにまだ数えで十一歳でしかない姫まで手にかけようとしたという。

「義母殺しに、舎弟・妹殺しまで目論んだか。茶々丸様は気でも触れられたか」

　三十郎でも呆気《あっけ》にとられるような話で、駒は深いため息をついた。

「元々お振る舞いに奇矯なところはありましたが、此度《こたび》のような、道理をわきまえぬ非道を行うとは思いもよりませんでした」

　いくら戦乱の世でも、親殺し・弟殺しは大罪だった。三十郎は駒の話に相づちを打ちながら、暗澹《あんたん》たる気分になった。家督を奪うため、邪魔者を力ずくで排除するのはまだ理解できなくもないが、何の力もない妹まで殺めようとするのは、常軌を逸している。

「それにしても、よくもあの、敵に囲まれた御所から抜け出ることができましたな」

　三十郎の問いかけに、駒は少し顔を曇らせた。

「ええ。昔、似たようなことがあったものですから。いざという時に備えて、抜け道などを調べておいたのです」

「似たようなこと？」

そこに床板を踏み鳴らす、小さな足音が近づいてきた。

「駒、駒はいずこにある」

板戸の隙間から顔を覗かせたのは、松姫だった。三十郎は威儀を正し、深々と頭を下げた。

顔を上げると、姫が不安げな、また、どことなく虚ろな表情で自分を見つめている。

「駒、この者は怖い」

駒はあわてて、かぶりを振った。

「姫様、この者は姫様をお救いくださった、信頼できる武士にございます」

「そうか、ならばよいが……」

松姫は恐る恐る部屋に入ってくると、そのまま駒に抱きついた。

「駒、母上はいずこにおられるのじゃ？　昨日、母上に矢が刺さってから、一度も会うておらぬ。もしや、もしや、もしや母上は……」

駒は一瞬、困惑気味に三十郎に目を向けたが、すぐに姫を抱きしめた。

「お方様は医師の元で治療を受けておいでなのです。いずれ、お怪我《けが》が治りましたら、お目にかかれましょう」

「まことか、ならばわらわは、母上に早く会いたい。御所にも帰りたい」

「帰れますとも。ただ、御所は昨日、火事に遭ってしまったので、番匠（大工）たちが建て直すまで、しばらくここでお過ごしください。駒が姫様と一緒におりますゆえ」

二人のやり取りを聞き、三十郎はひどく胸が痛むのを感じていた。

それから四日間は、何事もなく過ぎた。三十郎は時々、母屋の外で、何くれと気を使ってくれる老翁やその家人たちと話をし、北条御所や茶々丸たちの動向について情報を仕入れることに努めた。幸いなことに、老翁は立場上、付き合いが広く、三十郎に詳細な情報をもたらしてくれた。

「此度の合戦では狩野様だけでなく、東の伊東《いとう》様なども、茶々丸様についたようですな。しかし、皆が皆、茶々丸様の味方というわけではなく、反目する者も多く出ているようですぞ。加えて当の茶々丸様は、御所を押さえたばかりで、まだまだ勝手に動ける余裕はないご様子」

「かたじけない。とすると、もうしばらくはここに潜めそうだな」

「それがよろしいかと存じます。まだ、どこも殺気立っております」

三十郎が懸念していたのは何も茶々丸方の動きだけではなかった。だいぶよくなってきたとはいえ、駒の痛めた足は、まだまだ完全には治っていなかった。いざという時、逃げようにも歩けないのでは、行動に支障が出てしまう。

(今少し時が必要だが一応、最悪の場合も考えておかねばならん)

三十郎は田中家の家人たちに指示を出し、密かに策を練り始めた。

それ以外の時、三十郎はおおむね松姫と遊んで時を過ごした。最初は三十郎に怯《おび》えていた姫だったが、意外にも三十郎が話や遊びの引き出しを豊富に持ち合わせていたことから、いつの間にか自然と慣れ親しむようになっていた。

「三十郎、そちが言うように、ただの草が笛になったぞ」

「面白うございましょう。では、次は『太平記』でも語りましょうか」

「なんと、『太平記』とな。そちは何でも知っておるのう」

そんな二人を見て、フキは、しきりに姫のお守りを代わろうと申し出たが、三十郎は笑顔で断った。

「なに。拙者も手持無沙汰《てもちぶさた》ですしな。それに姫様と遊ぶのは楽しい。お気遣いは無用にござる」

フキは三十郎の態度にかなり不満げな様子だったが、駒は共通の話題として松姫の話をすることが多くなったせいか、次第に三十郎に心を開いてくれるようになった。庭先で松姫がたらいに張った水に足をつけ、涼んでいるのを眺めながら、二人で縁側に腰かけ、話もする。近くで見る駒の横顔は、諸国で数多《あまた》の女性を見てきた三十郎でも見とれる程、美しかった。

「石巻様は本当に不思議なお方。立派なお侍なのに、子供の扱いに慣れていらっしゃる」

「なに、年の離れた妹がおりましてな。拙者によくなついておりましたので、こういうのは得意なのでござる」

「そうだったのですね。妹さんは、今はどちらに？」

「いや、妹はとっくの昔に、母と一緒に疱瘡《ほうそう》で死にもうした。父と兄も戦で討ち死にし、拙者は天涯孤独の身でござる」

三十郎がさみしげに笑うと、二人の間に気まずい沈黙が下りた。

「すみません。余計なことを訊いてしまいました」

「いや、気にしないでくだされ。話は変わるが、駒殿こそ、どこかに身内がいらっしゃらないのですか？」

「生憎《あいにく》と石巻様同様、私も天涯孤独にございます」

「それは失礼つかまつった」

再び場がしんみりとしたせいもあるのか、駒は唐突に自分の身の上話を始めた。駒が語るところによると、駒は美濃《みの》の国人の娘として生まれたが、子供の頃に生家が戦で滅ぼされたため、親族の伝手《つて》をたどって、はるばる伊豆まで流れてきたという。

「亡くなった叔父が、御所様にお仕えしていたおかげで、命拾いいたしました。おまけにお方様や姫様付きの女房としてもお仕えさせていただき、御所様や御台様には一方ならぬご恩を感じております」

「ご苦労をなさいましたな」

「実家もなく、頼るべき身内もいないというのは、女子として不安な事ですけれども、今は乱世ですから、致し方ございませぬ。思えばこうして二十五の齢《よわい》まで生きてこられたのも、ありがたいくらいです。すみません。愚痴《ぐち》ですね」

（なるほど、そういうことか）

三十郎は駒の話を聞き、これまで駒に感じていた事がすんなりと腑《ふ》に落ちた。機知に富み、上臈としては驚くほどの度胸があったり、我慢強いのも、これまでの人生が苦難続きであったからだろう。器量も抜群によく、聡明なのに、なぜかまだ嫁いでいない理由も、実家がなく、主への義理を重んじているという話で納得できた。

「では、お次は石巻様の番ですね。今、お年はおいくつですか？」

不意を突かれて、三十郎は少し動揺した。

「三十二でございますが……。それが何か？」

「いえ、ただ単に、興味があるのです。私は己の事を包み隠さず申し上げました。この際ですから、石巻様の事も教えていただきたく存じます」

駒が照れくさそうに笑う。三十郎はなぜ急に駒がそんなことを訊いてくるのかとんとわからず、勢いに押されてうなずくしかなかった。

駒は、三十郎の生国はどこか。三十郎は容貌も武芸も抜群に秀でているのに、なぜもっと高い地位についていないのか。なぜ伊豆の地理に詳しいのか。それなりの年齢で、ちゃんとした主がいるはずなのに、掃部頭《かもんのかみ》、兵庫介《ひょうごのすけ》などと、官途名《かんと》を名乗らず、名前が仮名《けみょう》のままというのは不自然ではないか？　という事を、穏やかな口調で訊いてきた。

（おそらく、雑談にかこつけて、俺の事を探っているのだろう。やはり侮れぬ女子だ）

三十郎はつくづく感心しながら、丁寧に返事をした。

「折角、褒めてくださっているのですが、拙者は何分、変わり者でしてな。三河の地侍の出ですが、ひと所に留まって主に仕えるより、諸国をぶらぶらと放浪している方が性に合っているのでござる。それ故、栄達は望まず、主の命で他国の大名の動きや家中の有り様を調べる、つまり間者のようなことをしております。だから、伊豆の地理もよく知っているのでござる。あと、三十郎と言うのは、死んだ親がくれた名前なので、できればそのまま使いたいと思うております。主も新九郎のままで、立派な名乗りをしておりませんしな」

するると、駒がクスクスと笑った。

「やはり石巻様は本当に不思議なお方」

「はて、まだ何かございますかな？」

「いいえ、女子の愚痴を黙って聞いてくださるくらいお優しいですし、訊けば何でも正直に答えてくださるものですから。あと……」

「あと？」

「せっかく男ぶりのいいお方なのに、どうして似合わぬお髭を生やしているのか、それが一番不思議でなりません」

さすがの三十郎も、この理由について語るのはいささか気恥ずかしく、生来の無精者で、嫁をもらうまでは、せめてこのままでいたいと答えるのが精一杯だった。

五日目の昼、事態が急変した。母屋の戸を乱暴に叩く者がいるので、三十郎が佩刀を片手に出てみると、戸の前に立っていたのはひどく慌てた様子の老翁だった。

「石巻様、大変な事になりました」

老翁が語るには、北条御所の近隣の村々に茶々丸の家来たちが押しかけ、松姫を探し回っているという。

「近々、奴らはこの村にもやって来ましょう。それにしても、そんな余裕などあるはずないのに、茶々丸様も異様な執着ですな」

老翁はすっかり呆れかえっていたが、三十郎にしてみたらそれどころではない。

そのまま駒の所に向かい、風雲急を告げる状況を説明した。駒はさすがに狼狽《ろうばい》したものの、すぐに、

「で、どうすればよろしいのでしょう？」

と訊いてきた。三十郎は駒の覚悟の程に感じ入りつつ、続けた。

「茶々丸様はひどく姫様に執心しているご様子。誰が敵で、誰が味方かいまだ判別できぬ有様では、このまま伊豆に潜むことは難しゅうございましょう。とりあえず、北と南、東の三方は茶々丸様やその与党に押さえられておりまする。つきましては、西から他国に逃れるより他ないと存じまする。つまり、駿河に向かうべきかと」

「まあ、駿河へ」

「左様。駿河の国主、今川竜王丸様は、先代政知公とは誼《よしみ》を通じておられましたゆえ、必ずや受け入れてもらえるはずにござる。また竜王丸様は我が主、伊勢新九郎の甥御にございますれば、姫様を粗略に扱う事は、まずなかろうと存じまする」

「なるほど」

続いて三十郎は、主の伊勢新九郎が京の名門、伊勢家（代々、将軍家の政所頭人を務める）に連なる権門の出にしては、情にもろいところがあり、その証拠に姉の子・竜王丸が、小鹿範満《おしかのりみつ》によって奪われた今川家当主の座を取り戻すにあたっては、駿河に下向し、命がけでその一党を討ち果たした事を説明した。

「今は都で再び大樹（足利将軍）に仕えておられますが、姫様の身が立つよう、必ずや尽力してくださるはず」

駒が大きくうなずいた。

「わかりました。このままでは危ないということは重々承知しております。石巻様や伊勢様を信頼し、万事お任せいたします」

駒が駿河への脱出を了承してくれたので、三十郎は念のため策を練っていた、逃避行の道筋や手立ての説明を始めた。

「まずは近隣の大仁《おおひと》で狩野川を渡り、そこから峠道を越えて、麓の内浦湊《うちうらみなと》へ向かいまする。そこで顔の広い田中殿に用立ててもらった船に乗り、駿河へと向かいます。船に乗り込みさえすれば、対岸の原浦《はらうら》までは指呼の間。主の所領のある富士郡下方の吉原湊《よしわら》でも、どこにでも向かえまする」

「しかし、内浦は北条御所のすぐ近く。危のうございませぬか？」

駒の懸念も当然だった。本音でいえば、三十郎とて内浦からの出航はできれば避けたかった。老翁が言うには、内浦湊はすでに茶々丸方が押さえているらしい。しかし、駒の足の怪我もまだ完全には癒えておらず、かつ、松姫を伴っての移動だと、無理に長距離を選ぶ事はできなかった。おまけに地域権力に綻《ほころ》びが生じ、社会全体が混沌《こんとん》とした状況下では、いつ賊に襲われるかもわからない。

「いたし方ありませぬ。この場合、最短の道以外にございませぬ。敵は何も茶々丸様だけではありませぬからな。合戦の後は、落ち武者狩りが当たり前にござる。つきましては、逃げるにあたり全員、百姓の格好をして、それとわからぬようにいたしたく存じまする」

「姫様に地下の者のふりをさせるのですか。そこまでせねばなりませんか」

「すべて姫様を無事に駿河にお連れするためにござる。どんなに情けなくとも、耐えてくだされ」

三十郎が強く言うと、駒は口を結んでうなずいた。

すると、いつの間にか近くにやってきたフキが、いつものように三嶋に逃げた方がいいと反対し始めた。しかし、駒は首を振り、フキの主張を断固として認めなかった。

「フキ、逃げる時はとことん逃げぬと、必ず命を落とします。私は美濃で身内をたくさん失ったので、よくわかるのです」

「されど、お駒様」

するとは何を思ったのか、どこかから鋏《はさみ》を持ってきたかと思うと、いきなり自分の長く艶《つや》やかな髪を切り始めた。

「こ、駒様⁉」

狼狽するフキを尻目に、駒はどんどん髪を切り落としていく。

「地下の女が、このように髪を長く、きれいに整えていてはおかしいでしょう」

駒の気迫に押されたのか、フキはいつものように渋々黙り込んだ。

「姫様の御髪は私がやります。町や村の娘のように、もう少し短めの髪でなければ怪しく思われるはず」

駒の目には、うっすらと涙が浮かんでいる。三十郎は深々と頭を下げると、駒が姫の髪を切っている間に、老翁や家人らと脱出の相談を始め、あちこちに人を走らせた。


その夜、松姫を伴った三十郎・駒・フキの一行は、深夜に田中を出ると、道案内の田中氏の家人たちに伴われ、大仁付近の、狩野川の岸辺に至った。

「月明かりの夜で、ようござった」

三十郎の顔には珍しく緊張感がにじみ出ていた。人目を忍ぶ逃避行のため、松明《たいまつ》を灯すこともできない。川は水量がそれなりに多かったが、老翁が事前に土地の者に連絡してくれていたので、船が用意されており、渡河は大過なく行われた。

「まずはようございました。次は峠越えでございますね」

駒は足が痛むのか、言葉少なで、うつむいていることが多かった。

一行はそれから山間の道を進み、峠の頂を目指した。さすがに少女に夜の山道は厳しいため、松姫は三十郎が背負子《しょいこ》で背負う事にした。

「三十郎、苦しゅうないぞ」

姫は、三十郎にすっかりなついたらしく、大きな背中で揺られて無邪気に笑っている。家人たちは、鎧櫃や駒たちの荷物を持ってくれたが、三十郎は弓だけは親の形見だからと、どうしても手放さなかった。

峠道は登るにつれ、どんどん傾斜がきつくなり、三十郎以外はみな、息を喘《あえ》がせるようになった。誰もが額から滝のような汗を流している。それだけでなく、山が木々で覆われているせいか道は暗く、暗闇に目が慣れてきても、時々地面から突き出た木の根に足を取られそうになる。

「あの、ちょっと、お待ち、お待ち、ください」

フキは息を荒くしながら、皆の後を必死についてきていた。足を痛めている駒は、ともすれば一行から遅れそうになったが、三十郎はそのたびに駒の背中を押したり、手を引いてやったりした。

「駒殿、そこに岩が出ている。気を付けなされ」

「申し訳ありません。足手まといで……」

「そんなことはない。よく辛抱なさっている。さ、手を」

三十郎の手をつかむ駒の手には、思いのほか力がこもっていた。

一行が峠道を下り終えたのは、ちょうど明け方の頃だった。朝日の光を反射して輝く、内浦湾の穏やかな水面を目にした時、皆の汗ばんだ顔から一斉に笑みがこぼれた。

「よし。聞いていた通り、波はない。あとは、あの船に乗ればいい」

三十郎は船溜まりに泊められている大きな船を指さした。

「あれは御所様の有力な奉公衆、土肥《とい》の富永《とみなが》様の持ち船にござる。あれに乗りさえすれば、無事に駿河に渡れます。すでに田中殿が話をつけてくれているゆえ、あとは乗り込むだけにござる」

ところが、いざという時になって、フキが突然、船に乗るのが嫌だと言い始めた。聞けば、三嶋に家族を残したまま駿河に行くのが、急に不安になったという。

「お駒様、申し訳ありません。私は伊豆に残りたく存じます」

フキが今にも泣き出しそうな顔をしているせいか、駒は仕方ないという顔でうなずいた。

「わかりました。フキは私なんかと違って、実家がありますからね。いいでしょう。好きにしなさい」

「申し訳ございません。どうか我儘《わがまま》をお許しください」

そう言うと、フキは何度も何度も頭を下げながら、駒たちから離れて行った。一行は手を振って見送り、それから再び船を目指して歩き出した。

やがて陽も昇り、出航の刻を迎えた。船の甲板には、武士から農民、連雀《れんじゃく》（行商人）の類

まで、多くの者が集まっている。ところがいざ船が出るという、その時、

「待て！　その船、待てい！」

いきなり、十人以上の武者姿の一団が現れた。

「我らは湊の在番の者だ。逆らうでないぞ」

武士たちはそのまま、荒々しく船に乗り込んできた。その中には鬼のような形相をしたフキの姿も見える。

「女、たしかにこの中に御所様の姫がいるのだな」

在番衆の頭《かしら》と思しき者が、フキに確認した。

「左様にございます。百姓のなりをした侍と上臈も一緒にいるはずです。弓と鎧櫃が侍の目印です。どうかお探しください」

「そうか。承知した」

フキの訴えにより、武士たちが船内を捜索すると、すぐに農民の夫婦が見つかった。夫は確かに立派な弓と鎧櫃を持っている。頭はすぐにフキに目をやった。

「女、この者たちで間違いないか？」

「改めさせていただきます」

フキはいやらしく口の端を歪めた。ところが次の瞬間、その顔に浮かんだのは、一転して驚《きょう》愕《がく》の色だった。

「ち、違う。おかしい。どうして。そんなはずは！」

農民の夫が、少し怯えた顔で首を傾げる。

「何を言ってるだか、さっぱりわからねえがよ。おらたちはお侍衆に捕まるような悪いことはやってねえだよ」

フキは慌てふためいて、夫婦を指さした。

「違います！　こいつらは弓と鎧を持っている。三十郎という武士の手下だ。そうに決まっている！」

すると男は、たちまち怒りを露わにした。

「馬鹿言うでねえ。これはさっき、湊で手に入れたもんだ。このアマ、これ以上おかしな事を言おうもんなら、ただじゃおかねえぞ！」

「お前たちこそおかしい。姫様をどこに隠した！」

「ふざけんな。おらたち夫婦には、まだ子がねえだ！」

武士たちは船内をくまなく探し回ったが、確かに娘の姿はどこにも見当たらなかった。やがて頭が、怒り心頭でフキに詰め寄った。

「女、我らを愚弄したか。許せぬ。番所まで来てもらおう」

「違う、違うんです！　確かに姫がここにいるはずです」

「そんな者、どこにもおらぬではないか。いいから来い！」

「違うんです。どうか、お許しください！」

「ええい、黙れ！」

頭の手がフキの襟首を乱暴につかむ。

「お助け、お助けを！」

引きずられるフキの悲鳴が、湊に虚しく響き渡った。


同じ頃、大型の漁船が、浦のはずれから沖を目指して船出していた。乗っているのは船頭と水主、農民の夫婦らしき男女と、一人の娘だった。

「やれやれ、命拾いしましたな」

遠くから湊の騒ぎを目にし、三十郎は安堵とも、落胆ともつかぬため息を漏らした。隣に座っている駒は、松姫の手を握り、俯《うつむ》いている。

「どうしてフキが、私たちを売るとわかったのですか？」

つぶやくような駒の声は、ひどく暗かった。

（無理もない。苦難を共にした者に、裏切られたのだからな）

三十郎は、姫の頭をなでながら、フキを怪しいと睨《にら》んだ理由を話し始めた。まず、最初に会った時、転んだ駒を助けようともせずに、姫を抱き上げ、逃げようとした事。次に、とにかく自分の実家のある三嶋に姫を連れて行こうとした事。姫に対して、つきまとうように関わりを持とうとした事。その割には自分が疲れている時などは姫を背負おうともしなかった事。何より別れ際、あれだけ執着していた姫に挨拶《あいさつ》もせずに立ち去った事など。

「姫様は、お助けしても、茶々丸様に売り渡しても、褒美をもらえる見込みがあります。それ故に、それがしは最初からフキを不審に思うておりました。だからこそ、拙者はフキに、田中殿が念のために手配してくれた、この二艘目の船の事を伝えず、富永殿の船に囮《おとり》を仕込んでおいたのでござる」

駒も大きなため息をついた。

「すみませんでした。私たちのために大切な形見の弓や鎧まで手放してくださって」

すると三十郎は突然、大声で笑いだした。

「なにご安心くだされ。形見というのは真っ赤な嘘にござる」

「まあ」

駒は呆れ顔で目を丸くした。それを見て三十郎はますます声高に笑った。

「間者という者は、いざという時に使える方便を常に考えているもの。姫様や駒殿は、逃げるために御髪を切って下さった。それに比べたら拙者の弓や鎧など、安いものでござる」

「石巻殿は、嘘は嫌いだと仰っていたではありませぬか」

「なに。この場合は、嘘ではなく、武略にござる」

「ずるい。真っ赤な嘘だと言ったばかりではありませんか」

二人はどちらからということなく、視線を交わして笑い合ったが、やがて駒は再び元の暗い顔に戻った。

「フキはひどい目に遭うでしょうか」

三十郎が首を振る。

「いや、頭のおかしな女と思われるだけで、ひどく罰せられることもないでしょう。それに仮に罰せられたとしても、姫様を売ったのでござる。因果応報としか言いようがありませぬ」

「そうですね。すみません。おかしな事を申しました」

「いや、お気になさらず。誰しも慈悲の心は大切にござるよ」

三十郎はそのまま、遠くに見える富士の高嶺を仰ぎ見た。天気が良いせいか、濃い青色の、雄大な山容がはっきりと見える。

「人々から天道に叶う志がなくなれば、この世は闇となるだけでしょうしな」

水主が櫓をこぐ音が、ギッギッと鳴っている。夜間の逃避行で疲れたのか、駒にもたれかかった松姫は、その音に合わせるように、うつらうつら居眠りをしている。

（それにしても、女難の相と言われてなければ、ここまで用心する事もなかったであろうな。これも三嶋大明神のご加護か）

三十郎は姿勢を正すと、三嶋大社のある方角に向け、恭《うやうや》しく手を合わせ、頭を垂れた。


伊豆の政変の報を聞き、三十郎の主である伊勢新九郎が、都から駿河に下ってきたのは、翌八月のことだった。その頃、松姫や駒は、今川家に保護され、屋形の置かれている丸子《まりこ》に滞在していた。役目を果たした三十郎は松姫や駒と会う機会もなくなり、なんとなく寂しさを感じていた。そんな中、三十郎は主に随伴する形で、見舞いのために、松姫たちにあてがわれた屋敷を訪れる事となった。広間で対面すると、久々に会う駒は一分の隙もない化粧をしており、見事な打掛《うちかけ》を羽織《はお》っていて、美しさに磨きがかかっていた。末席に侍る三十郎は、以前は感じなかった駒との身分の差や距離を肌で感じた。

「いやあ、大変でございましたな。それにしても、まさかあんな事が起こるなんて、夢にも思いませんでしたわ」

伊勢新九郎は、幕府の吏僚や今川家の後見人を務めているだけあって、さすがに眼光鋭く、所作にも隙がない人物である。しかし、この場では下座で深々と頭を下げ、倹約家の割に、都下りの見事な反物《たんもの》や杉原紙《すぎはらがみ》を献上するなど、松姫や駒には十分な敬意を払っていた。また、姫を気遣ってか、北条御所で使われていたであろう都言葉を話すなど、気さくな面も見せている。そのせいか、駒に緊張は感じられず、非常に上機嫌に見えた。松姫も「三十郎、よくぞ参った。今日は遊んでいくがよい」と喜んでいる。

「それにしても、伊豆にちょうど三十郎がいてよかったですわ。この男はなにせ知恵はあるし、腕も立ちますからな。ま、ちょっと変わっとるけども、そこは愛嬌《あいきょう》ですわ」

すると、「とんでもない！」。駒からすぐに否定の言葉が入った。

「変わっているだなんてそんな。石巻様がいなければ、私たちは伊豆で殺されていたに違いありません。私は石巻様を三国一の武士と思っています」

駒がやけに熱っぽく反論するので、新九郎も三十郎も少し面食らったが、新九郎はすぐに顔に愛想笑いを浮かべた。

「いやいや、そこまでおっしゃってくださると、主としてはうれしく思いますけどな。しかしまあ、この三十郎という男には、意固地《いこじ》なところがありまして。なにせ、わしの願いをなかなか聞き入れてくれまへんのや」

「願い、ですか？」

駒が首をかしげると、新九郎は何度か小刻みにうなずいた。

「左様。できれば近くで、わしなり、竜王丸様を支えてもらいたいんやけど、昔、戦で攫《さら》われた妹を、ずっと探しておりましてな。父親の形見とかいう弓を片手に、わざわざ諸国をさすらう役を選んでるんですわ。ま、わしもこの男のそういうとこが気に入っとるんですがな」

その途端、駒はハッとした顔で三十郎を見た。三十郎はすぐに視線をそらし、気まずそうに咳払《せきばら》いをする。

「殿。急用を思い出しましてござる。先に殿の館に戻ってもよろしゅうございましょうか」

新九郎は、怪訝そうに三十郎を眺めた。

「ええけど。でも、そんなに急ぎか？」

「急を要します」

駒が追いすがるような眼差しを向けてくる。しかし、三十郎はそれを振り切るように頭を下げ、あわてて屋敷を飛び出した。

（殿の軽口にも困ったものだ）

通りに出た途端、三十郎は立ち止まってため息を漏らした。駒に悪いようだったが、今更釈明しても、形見の弓の件で罪悪感を抱かせるような気がして、何となく気が引けた。

（まあいい。所詮、これで切れる縁だ。元より住む世が違う）

三十郎が再び歩き出した時だった。

「嘘つき！」

背後から駒の声が聞こえてきた。振り返ると、駒が三十郎を睨んで立っている。急いで追ってきたのか、その息は少し乱れていた。

「石巻様は、嘘は嫌いだとおっしゃったはず。どうして大切な事で嘘をついたのですか！」

声音から駒のやる方ない思いが伝わってくるが、なぜか三十郎は笑ってしまった。自分でもよくわからないが、駒が追いかけてきてくれたのが、素直にうれしかった。

「いや、嫌いだとは申しましたが、つかぬとは申しておりませぬ」

「そういう屁理屈《へりくつ》を聞きたいのではありません」

ピシャリと言われて、さすがの三十郎も肩をすくめた。

「本当の事をお聞かせください」

「本当の事とは？」

「弓やお身内の話、嘘をついていた事の全てです」

「参りましたな」

三十郎は苦笑いを浮かべたが、すぐに真顔に戻り、観念して訥々《とつとつ》と語り始めた。

弓は確かに父親の形見だったが、松姫や駒のためなら今でも惜しくはないと考えている事。十三年前、父親や兄と出陣している最中に、住んでいた村が敵に襲われ、母は惨殺、妹は攫われてしまい、その後行方知れずになってしまっている事。

語り終えると、三十郎はため息交じりに首を振った。

「前にも申し上げましたが、拙者は変わり者なのでござる。攫われた妹を探して、もう長いこと、諸国をめぐっておりまする。三十郎という名前も、もし妹が生きていれば、気付いてくれるやもしれぬと思い、そのままにしているのでござる」

三十郎の告白を聞き終えても、駒は何を言っていいのか、戸惑っているように見えた。

「あの、妹さんのお名前は？」

「まつ、と申しました」

もう言葉の接ぎ穂がないのか、駒は切なそうな表情で黙り込んでしまった。三十郎は笑みを作って、そんな駒を見つめた。

「次は殿に頼んで、遠江《とおとうみ》と三河で、妹を探そうかと思っています。しかし……、それで最後にしようかと」

「どうして？」

駒の眼差《まなざ》しを避けるように、三十郎は秋も近い空を見上げた。

「此度の件では不思議なご縁で松姫様をお救いし、何となく肩の荷が下りたような気がしています。もう随分と時が経ちましたし、そろそろ潮時かなと。それで駄目なら故郷に墓を作ってやり、僧侶を呼んで供養をしてやりたく存じまする」

その間、駒は潤んだ瞳で、じっと三十郎を見上げていたが、やがておもむろに口を開いた。

「やはり石巻様は変わり者ではありません。駒は、石巻様をこんな荒《すさ》んだ世の中で、義理を知る数少ないお侍だと思います」

「それは、いささかほめ過ぎでは」

「いえ、そんな事はありません。いずれにせよ、三河からお戻りの際は、必ず会いに来てください」

「なぜ？」

駒は少し言い淀んだが、やがて意を決したかのように三十郎の袖をつかんだ。

「駒が、石巻様のお髭を抜いて差し上げます」

「髭を？　どうしてでござるか？」

会話が途切れる。駒は困惑気味に肩を落とした。

「やっぱり。先程、広間を出る時に、伊勢様がおっしゃった通り」

「殿が何か？」

「石巻様は、頭は良いが、驚くほど女心がわからぬと」

「あっ」

三十郎はようやく駒の真意に気が付き、狼狽した。

「ですが、拙者と駒殿では身分に差がありますし、いやその、そうなれば苦労もしますぞ」

しかし駒は何度も何度も首を振った。

「私には、もはや実家も身寄りもありませんし、生まれた家など、関係ありません。苦労もご安心ください、ずっとしっぱなしですから。それより私は困ったときに、手を差し伸べ、共に歩んでくれる殿方《とのがた》の方がうれしく思います。石巻様が伊豆の峠道で手を取ってくださった事、駒は生涯忘れません」

その時、三十郎はやっと分かった。

(手をつなげば、二人合わせて、手が三本)

老僧の言っていた事が理解でき、神意を感じた三十郎は、思い切って素直に自分の気持ちに従うことにした。

「それならば。実は拙者もそろそろ髭にも飽きてきた頃にござる」

「ということは」

三十郎は駒の手を両手で握った。

「必ず戻って参りまする」

駒の顔に、はちきれんばかりの笑みがこぼれる。

「はい。いつまでも、ずっとお待ちしております。ご武運を」

そこに、侍女に伴われた松姫も、走って追いかけてきた。

「三十郎、行っては駄目じゃ。姫が貝合わせを教えてやるゆえ」

三十郎と駒は、笑顔で見つめ合った。

「戻らねばならぬ理由が、もう一つ増えましたかな」

三十郎が唸ると、駒はクスクスと笑った。残り蝉の声が、遠くから季節の移り変わりを告げている。


後年、松姫は征夷大将軍となった兄、足利義澄《よしずみ》の命により、駿河から、はるばる京の都まで上洛することとなった。その際、供奉の一行の中に、じつに男ぶりのいい武者がいたと伝わるが、それが三十郎かどうかは定かではない。ただ一つ確かなのは、その武士が髭を蓄えず、妻から贈られた一張りの弓を携えていたということだけである。

新説

北条早雲は「一介の素浪人」ではない

小田原北条氏の始祖・北条早雲は、伊豆への討ち入りを足掛かりに、伊豆相模二国を平定した武将として知られる。かつては「出自不明の素浪人」とされ、国持ち大名にのし上がったことから「戦国大名の先駆け」「下剋上の代表」などと評されてきた。

ところが近年、早雲は備中伊勢氏の流れを汲む由緒正しい武士だったことが明らかになった。「北条早雲」という名前自体、後世に付けられたもので、本名は伊勢新九郎盛時という。盛時の父・盛定は室町幕府に仕え、その跡を継いだ彼もまた、将軍・足利義尚の申次衆（側近）に任じられている。

長享元年（１４８７）、盛時は義兄にあたる今川義忠の遺児、竜王丸（後の今川氏親）を支援するため、駿河へと下向した。当時、今川家の家督は義忠の従弟である小鹿範満に奪われていたが、盛時は範満を排除することに成功し、竜王丸を正当な後継者として擁立した。

さらに明応2年（１４９３）、盛時は足利茶々丸を討つため、伊豆へと侵攻した。茶々丸は堀越公方・足利政知の長男だったが、父の死後、弟の潤童子に家督が譲られるのを不満に思い、実力行使でその地位を奪い取っていた。盛時はこの内乱を鎮めることで、最終的には伊豆国主の地位を得ることになる。これら盛時の一連の活躍については、かつて下剋上の典型と評されたが、近年は室町幕府の承認を得て行われていたものだと考えられている（黒田基樹『戦国大名・伊勢宗瑞』角川選書）。

ちなみに茶々丸のもう一人の弟・清晃は、幼い頃に出家していたが、後に室町幕府11代将軍に就任し、足利義澄と名乗った。妹（宝鏡寺殿）もおり、茶々丸のクーデターの後、今川家に匿われていたとされる。詳細は不明ながら、明応7年（１４９８）に駿河から上洛した記録が残っており、永正4年（１５０7）に27歳で没したと伝えられている。

哀しみの果てに

杉山大二郎

序

徳川家康《とくがわいえやす》は老いた身体で、ゆっくりと石段をあがる。

浜松《はままつ》城の城下町にある髙松山西来院《せいらいいん》の月窟廟の前で、静かに手を合わせると頭《こうべ》を垂れた。

ここに瀬名《せな》の御霊が眠っている。家康の最初の、そしてもっとも愛した妻だった。

佐鳴湖《さなるこ》の湖面を撫《な》でた風が、ほんのりとした水気を鼻先に届ける。

「瀬名。ずいぶんと待たせてしまったな。やっと約束を果たせたぞ。百年の乱世を終わらせ、天下静謐《せいひつ》を成し得たのだ」

早春の柔らかな陽差しが降り注ぐ。鶯《うぐいす》のさえずりが耳朶《じだ》に馴染《なじ》んだ。

家康は将軍職を子の秀忠《ひでただ》に譲り、形の上では隠居の身となって大御所と呼ばれるようになって久しい。太閤亡き後の天下を二分した関ヶ原の大戦や、二度にわたって大坂を攻めて豊臣家を滅ぼしたことも、いまや遠き夢のごとく感じられた。

「世の者たちは、儂《わし》のことを大狸《おおだぬき》だと申す。おもしろきことじゃ。儂に言わせれば、おまえこそ大狸であったのになあ」

家康は皺《しわ》と染みにあふれた顔をほころばせて、さも愉快そうに肩を揺らす。

「もう、日の本の民が戦で死ぬことはない」

思えば、ここまで本当に長く険しい道のりだった。幾度も諦めかけ、本気で死を覚悟した。

それでも、戦いつづけた。いまや家康でさえ、わずかな供を連れただけで、こうして城下を出歩くことができる。兵たちの喊声《かんせい》や銃声を聞くことはなく、民が戦火に追われることもない。一国一城令、禁中 並 公家諸法度《きんちゅうならびにくげしょはっと》、武家諸法度を相次いで制定し、天下に安寧を根づかせることができた。家康は、乱世を鎮めたのだ。

「すべては、おまえのおかげだよ」

家康は語りかけるように言葉にすると、抜けるように澄んだ空に眼差《まなざ》しを移した。

一

弘治元年（一五五五）三月。竹千代《たけちよ》（後の徳川家康）は齢《よわい》十四で元服した。幼名から改め、松平《まつだいら》次郎三郎元信《もとのぶ》と名乗る。元信の「元」の字は、主君である今川義元《いまがわよしもと》より偏諱《へんき》として賜《たまわ》ったものだ。これで名実ともに今川家の家臣だと胸を張れる。元信は誇らしさに全身の血が滾《たぎ》るようだった。

今川家は、清和《せいわ》源氏のひとつ河内《かわち》源氏の流れを汲む足利《あしかが》氏御一家である吉良《きら》家の分家にあたり、室町幕府初代将軍足利尊氏《たかうじ》をして、「御所（足利将軍家）が絶えれば吉良が継ぎ、吉良が絶えれば今川が継ぐ」とまで言わしめた武家の名門である。今川家の家紋は足利家と同じ二引両であり、ほかの大名家とは別格といっていい。

なかでも今川宗家の当主である義元は、群雄割拠の戦国乱世において、海道一の弓取りと称され、他国の大名や国衆より恐れられている名将だった。

元信は元服を終えた三日後に、義元の御前に呼ばれた。

「次郎三郎。駿府《すんぷ》で暮らすようになって何年になる？」

義元が頬を揺すりながら指で顎髭《あごひげ》を擦る。これは機嫌が良いときのしぐさだ。

「我が父より家督を継いで松平家の当主となったのが、八歳のときでございます。それからすぐにお屋形《やかた》様のもとへ参府し、今日まで駿府で暮らして六年になります。お屋形様の多大なるお力添えのおかげで、三河《みかわ》を弾正《だんじょう》（信長《のぶなが》）の掠奪から守ることができております」

元信の言葉に、義元が我が意を得たりとばかりに大きく頷いた。

「うむ。次郎三郎の忠心は、誰もが認めるところだ。武芸に学問に、日々精進を怠らぬところも天晴《あっぱ》れである。初陣での働きを楽しみにしておるぞ」

「御意にござりまする」

「ところで……」

義元は一旦言葉を切ると、にやりと口角をあげる。どうやら、ここからが本題のようだ。

元信は背筋を伸ばして身構える。

「……其方《そち》もめでたく元服し、これからは岡崎衆の棟梁となって三河を治めていかねばならない。これを機に、妻を娶《めと》ってはどうだ」

「妻でございますか」

元信としては、初陣を申し付けられるのだとばかり思っていたのだ。

「誰ぞ、意中の女子はおるのか」

「滅相《めっそう》もございませぬ」

妻を望むどころか、女子には指一本触れたことがなかった。上段の構えから真剣で斬り込まれたかのような義元の言葉に、元信は顔を真っ赤に上気させながら身体を縮こませる。

聡明な義元のことだ。すべてはお見通しなのであろう。

「刑部少輔《ぎょうぶしょうゆう》をここへ」

義元が近習に命じる。事前に呼ばれて控えていたのか、時を待たずして関口《せきぐち》刑部少輔氏純《うじずみ》が義元の御前に現れた。氏純だけではない。娘の瀬名も一緒だった。

「刑部少輔よ。其方の娘はいくつになる」

「十六になります」

すでに話は通じているのか、氏純が笑みさえ湛えるほどに落ち着き払って答える。

「瀬名が次郎三郎の妻になりたいと申しておるそうじゃな。それはまことか」

義元の言葉に、元信は驚きを隠せずに目を見開いた。

関口刑部少輔氏純は今川家御一家衆において高位の序列だった瀬名氏貞《うじさだ》の次男で、兄の瀬名貞綱が義元の姉を妻としていることから、今川氏一門の中でも殊更に重職の立場にあった。氏純は義元の信も厚く、今川家と京を繫ぐ外交を担っている。

その氏純の娘を妻に娶るとなれば、まさに元信も今川家の一門衆に席を連ねることになるのだ。今川家臣として、これほどの栄誉はない。

元信は岡崎《おかざき》松平家の当主とはいっても、所詮は今川家が領する三河の国衆の一人にすぎない。今川家御一家衆の重職にある氏純とは、血筋も身分も天と地ほどに違うのだ。

「お屋形様にお許しいただけるならば、瀬名より答えさせたいと存じまする」

氏純が隣に控える瀬名を見やる。

「うむ。直答を許そう……」

それから義元は、

「……次郎三郎の妻になりたいと申しておるそうじゃの」

瀬名に向かって問いかけた。言葉にはしないが、義元の目は「次郎三郎なんかの妻でも良いのか？」と疑念を抱いていることは間違いない。御一家衆の娘である瀬名と、占領地の国衆である元信では、あまりに釣り合わない。瀬名がゆっくりと面をあげると、

「まことにございます」

居住まいを正し、まっすぐに義元の目を見て答えた。黒水晶のように漆黒に輝く瞳が、爛々《らんらん》と輝きを増していく。新雪のごとき白い頬は、上気して少しばかり赤味が増していた。

元信は、気がつけば瀬名に目を奪われていた。

「瀬名が申すのであれば、余としてもこれを良しとするが」

義元は、まだ腑《ふ》に落ちぬ様子だ。

「ありがとうございます」

一方の瀬名は、少しの迷いも表情には見えなかった。

「ところで、何故《なにゆえ》、次郎三郎なのだ？」

身《み》も蓋《ふた》もない問いかけだが、当の本人である元信でさえ尋ねたいのは同じ気持ちだった。

「正直にお答えして、よろしいものでしょうか」

毅然《きぜん》とした声音はそのままに、目元には静かな笑みさえ湛え、瀬名が義元に尋ねかえす。

「次郎三郎に気遣いは無用だ。遠慮なく申してみよ」

元信としては、気遣い無用とまで言われたことは悔しいが、関口家と己の立場の差を思えば致し方ない。むしろ元信としても、瀬名の気持ちが知りたかった。

「次郎三郎殿が、臆病者だからでございます」

瀬名が澄ました顔で答える。

「夫が臆病者では困るのではないか？」

その場に控える一同が小刻みに肩を揺らし、必死に笑いを堪《こら》えている。

「戦国乱世におきましては、お屋形様のように勇猛果敢な猛将では命がいくつあってもたりませぬ。我が夫には、石橋を三度叩いて引き返すくらいの臆病者が丁度良いのでございます」

「それで一城の主が務まるのか」

「本当に石橋を渡る必要があれば、そのときは妾《わらわ》が背中をどついてでも渡らせまする」

「なるほど、さすがは武門の誉れ高き今川一門の女子よ」

「お褒めくださり、ありがとうございます」

「そうか。次郎三郎は臆病者か」

義元がおもしろがるように尋ねる。

「ええ、それはもう」

「どんなところが臆病なのか？」

義元が顎髭に指で触れながら、大きく身を乗り出した。

「妾が懸想文《けそうぶみ》をお届けしても、お応えくださりませんでした」

「なんと！　瀬名から次郎三郎に懸想文を出したか」

「然様《さよう》にございます」

「如何《いか》なる懸想文を届けたのだ？」

さすがの瀬名もこれには口を閉じるかと思いきや、

「元服をお迎えなさるお祝いを申しあげ、ついては今宵《こよい》、我が家の門の閂《かんぬき》は抜いておきまするとしたためました」

澄ました顔で言って退《の》ける。これを聞いては、もう我慢できなかった。並び居る一同が、腹を抱えて笑い声をあげる。さすがに父親である氏純だけは、難しい顔で苦笑していた。

「それで次郎三郎は、夜に瀬名の寝所を訪ねたのか」

無粋な問いかけだが、もはや瀬名の物言いがそれを許していた。

「香をしたため、暁《あかつき》までお待ち申しておりましたが、終《つい》ぞ、お見えにはなりませんでした」

「瀬名を袖にしおったか。さぞや腹が立ったであろうな」

「はい。初めはいたく腹が立ちましたが、次第にいっそうお慕《した》いする思いが高まりました」

「わからぬな。女心の不可思議なことよ」

義元が首を傾げる。

「これほどの臆病者ならば、さぞや長生きされるでしょう。天さえも焼き尽くさんばかりの乱世を最後まで生き抜くとは、まさに天下を取るということ。次郎三郎殿ほどの臆病者ならば、もしや天下人になるやもしれませぬと思い直しました」

まかり間違えば、至極危うい言葉だが、元信と天下人があまりに掛け離れていたため、悪ふざけを言っているとしか聞こえない。

「次郎三郎が天下人の器だと申すか」

「はい。妾は次郎三郎殿の妻にしていただきたいと存じます」

瀬名が真剣な眼差しを義元に向ける。義元が頬を揺らしたまま元信に向きなおると、

「次郎三郎はどうだ。一度は誘いを断った女子が、ここまで申してくれておるのだ。男冥利《みょうり》に尽きるであろう」

からかうように尋ねた。

「お断りしたなど、滅相もございません。瀬名殿は刑部少輔様のご息女でございます。某《それがし》には勿体《もったい》なき高貴なお方ゆえ、身の程をわきまえただけでございます」

「では、余が許せば、瀬名を妻に迎えることに異存はないということだな」

「むろんのこと。瀬名殿が我が妻となってくださるなど、この上なき喜びにございます」

「では、婚儀は来《き》たる年の正月に執り行うこととする」

「ありがたきことに存じまする」

元信は深々と頭をさげる。

「なあに、余も次郎三郎が天下人となるのを、いつかこの目で見てみたいからな」

そう言って、義元が機嫌良く笑った。

二

永禄六年（一五六三）二月。今朝は冬に逆戻りしたように、鈍色《にびいろ》の空が重く広がっている。

元信は、弘治三年（一五五七）正月に名を元康《もとやす》と改めていた。

「お屋形様が亡くなられて、もうすぐ三年になるな」

元康は妻の瀬名に身を寄せるようにしながら、手焙りの熾火《おきび》に手をかざす。

駿河・遠江《とおとうみ》・三河の三国を領する大国の大名であった今川義元が、尾張《おわり》で急速に勢力を伸ばしていた織田《おだ》信長に桶狭間《おけはざま》で討ち取られてから、三年が過ぎようとしていた。

「ほんとうに月日が経つのは早いものですね」

瀬名が手焙りの炭を起こす。いまや元康は三河の領主で、誰にも従属することのない一国一城の主となっていた。ましてや今川家とは所領の領有を争う、いわば敵に近い。

それでも元康と瀬名にとって、お屋形様といえば、それはいまもなお、義元にほかならない。八歳にして三河岡崎城を出て、それからずっと駿府で暮らしてきた元康にとって、義元は主君であったとともに、師であり父でもあったのだ。

三河は尾張と国境を接している。義元が三河の地から信長を追い払うとともに、尾張の熱《あつ》田湊《たみなと》を奪取するために大軍を興したのが、三年前の永禄三年五月のことだ。が、義元は信長の奇襲により返り討ちにされ、熱田湊にたどり着く前に戦場の露と消えた。

このとき元康は、義元の跡を継いだ今川氏真《うじざね》に命じられ、信長と対峙《たいじ》するために、岡崎城に入った。元康は弱冠十九歳ながら、十一年ぶりに岡崎城の城主に返り咲いたことになる。元康は、すぐに妻の瀬名と娘の亀《かめ》姫を岡崎城に呼び寄せた。一方で嫡男の竹千代だけは、本国駿河に留め置かれた。これは元康の離反を防ぐための人質なので致し方ない。

だが、氏真の意に反して、元康はすぐに信長と和睦してしまった。桶狭間の大敗により今川家の重臣や国衆の多くが討ち死にしていた。混乱した今川家からの後詰めが期待できないのだから、勢いに乗る信長を元康に止められるわけがなかった。

さらに元康は次々と三河国内の今川方の城を攻め、所領の掌握に努めた。

これには氏真が「三州錯乱」だと激怒して、竹千代を生害《しょうがい》させよと命じたほどだったが、瀬名の父である関口刑部少輔氏純が必死で取りなした。竹千代を今川家が養育すれば、いずれは元康に対抗して三河松平家の当主として立たせる手駒になると説き伏せたのだ。

三河の領有を諦めていなかった氏真は、この氏純の進言を聞き入れた。元康を攻めて隠居させることができれば、手中にある竹千代を松平家の当主として立たせ、再び今川による三河統治を取り戻すことができる。

こうして竹千代は氏真の命により、外祖父の氏純によって駿府で養育されることになった。それはかつての元康が、義元によって松平家の当主として育てられたのと同じだ。

だがその二年後、元康が上之郷《かみのごう》城を攻めて城主鵜殿長照《うどのながてる》を自害させ、子息二人を捕虜とすると、氏真は竹千代を見切り、この子らとの交換を申し入れてきた。こうして竹千代を取り返せたのは、昨年のことだ。

「家臣たちは、其方のことを築山殿《つきやまどの》と呼んでいるそうだな」

瀬名は今川家の序列では御一家衆の息女であり、国衆の元康よりも格上だった。今川宗家にとって瀬名は親戚筋となるが、元康はあくまで家臣に過ぎない。だから瀬名を駿府から三河に呼び寄せたとき、岡崎城に住まわせるのではなく、城の近くに豪華な屋敷を用意した。

元康が主家に対して配慮したものだったが、いまや今川家とは手切れ同然となっていても、瀬名はこの屋敷をいたく気に入っており、そのまま暮らしていた。元康にとって岡崎は八歳まで暮らした故郷になるが、生まれて一度も駿府を出たことがなかった瀬名は寂しい思いをしているだろうと好きに任せていた。

この屋敷が建つ地が築山と呼ばれており、いつしか瀬名は築山殿と称されるようになった。

「はじめは侍女たちが言い出したようです。それが殿方からも築山殿と呼ばれ出して……」

瀬名が口元を手で覆い、赤子のように笑い声をこぼす。そう言われて、本人は悪い気はしないようだ。が、元康は口をへの字に引き結んだ。

「……殿は、妾が築山殿と呼ばれるのがお嫌いでございますか」

「築山の屋敷に暮らせども、わたしの妻なのだから、岡崎殿と呼ばれてもいいのではないか」

「まあ、呆《あき》れた。そんなことを気にされていたのですか」

「そうではないが……」

元康にとって、誰よりも大切な妻だ。まるで元康が瀬名のことを岡崎城から追い出しているみたいで得心がいかない。本心では元康は、妻子とともに暮らしたいのだ。

「まるで童《わらべ》みたいな殿だこと」

「だから、気にしてなどいない」

元康は決まり悪そうに外方《そっぽ》を向く。それから小さく溜息《ためいき》を吐いた。

「それより、何か妾にお話があるのではございませんか」

「わかるのか?」

「迷っていることがあって妾に話したいと、殿の顔に書いてございます」

そう言って、瀬名が元康の顔を覗き込む。そんな仕草も愛らしくてたまらなかった。

「瀬名には何もかも、お見通しということか」

元康は肩を竦《すく》める。

「妾は殿の妻でございます。いつ如何なるときも殿をお支えし、お力になりたいのです」

元康にとっては二歳年上の妻だが、こういうときはまるで母親のような表情を見せる。

「このままでは織田により、松平は滅ぼされる」

元康はゆっくりと首を左右に振ると、降参とばかりに瀬名に打ちあけた。こういうやりとりはいつものことだ。

今川家が先代の義元ならば、揺るぎない覇者として頼りになった。だから元康は三河の国衆として今川家に臣従を誓い、義元が天下人となるために身骨を砕き奔走する覚悟をしてきた。が、その義元も桶狭間で果てた。継嗣《けいし》の氏真は駿河や遠江を統べるのに精一杯で、とても三河までは手がまわらない。だから元康は、今川家を見限ったのだ。

「信長様とは和議を結ばれたのではございませんか」

「紙切れ一枚の約定《やくじょう》など、乱世においては糞を拭く役にも立たぬ」

そう言ってから、元康は慌てて口を噤《つぐ》んだ。横目で瀬名を盗み見たが、嫌な顔をするでもなく、涼しい顔で聞き流してくれたので胸を撫でおろす。

「織田勢が約束を違《たが》えて、岡崎に攻めてくると申されるのですか」

「信長殿は美濃《みの》（斉藤《さいとう》氏）攻めに心血を注いでおる。今のところ信長殿の頭の中は、稲葉山《いなばやま》を落とすことでいっぱいだ。だから、背後の憂いをなくすために、わたしと盟約を結んでくれている」

「では、稲葉山城が落ちれば――」

「信長殿は軍神《いくさがみ》の化身だ。いや、化け者だ。お屋形様も乱世にあって当代随一の武将といわれたが、大軍をもってしても信長殿が相手では落首の憂き目に遭った。信長殿に狙われては、稲葉山城が灰燼《かいじん》に帰すのも、そう遠くはないだろう」

「そうなれば、次は背後に立つ殿が邪魔になるというわけでございますね」

瀬名は一を言って百を知る。女子の身なれど、元康の家臣の誰よりも知略に優れていた。

「わたしが用済みと見れば、すぐに和議を破って首を獲りに参られるだろう」

「でも、殿にはお考えがあるのですよね」

「うむ」

「もったいぶらずに、どうぞお話くださいませ」

促されて、元康は口を開く。

「信長殿の長女を、竹千代の妻に迎えるという話が来ている」

「まあ、信長様のご息女を当家の嫁にですか」

信長の長女の五徳《ごとく》は、竹千代と同じ五歳だという。母は生駒《いこま》氏の娘の吉乃《きつの》といって、正室に子がなかった信長の寵愛が深い継室だ。五徳の同腹の兄の信忠《のぶただ》は、織田家の嫡男として育てられていた。だから、五徳が竹千代の妻となり、岡崎城で暮らすことの意味は大きい。紙切れ一枚の約定とは違って、正真正銘、織田家と松平家が深い絆で結ばれることになる。

「瀬名が嫌なら、断ってもいいんだ」

「良い縁組みではございませんか」

「ほんとうに良いのか？」

元康は身を乗り出した。

「殿は当主として、松平家を守っていかねばなりません。信長様は尾張一国さえ統べきれておりませぬが、我が殿が軍神の化身とまで恐れられている武将なれば、いずれ大国の主となりましょう。松平家にとって、これほどの良縁はございません」

「しかし、そうなれば今川とは絶縁となるぞ」

今川家にとっては、義元の首を討った信長は、けっして許すことのできない仇《かたき》だ。八つ裂きにしてもたりないくらい憎き相手なのだ。今川家一門衆の娘である瀬名にとっても、思いは同じであろう。信長の娘を松平家の嫡男の妻に迎えるということは、今川家と二度と修復ができない決別をすることになる。

「相変わらず臆病者の殿だこと。やるからには今川家を滅ぼして、駿河を奪うくらいの覚悟でおやりなさいませ」

瀬名は口元に手を当てると、さもおかしそうに声をあげて笑った。

「では、この話を受けることにするぞ」

元康は肩の荷がおりたように、安堵《あんど》の思いに胸を撫でおろす。

「ならば、名を変えなされ」

「わたしの名か？」

瀬名の唐突な物言いに、元康は戸惑う。

「元の字はお屋形様から頂戴《ちょうだい》したもの。今川に弓引く覚悟をご家来衆に示すにも、名を変えられることがよろしいかと存じます」

「敵対するからといって旧主からいただいた名を変える先例など、聞いたことがないぞ。それではかえって武士として、義に反するのではないか」

元康としては、どうも気が進まない。

「何を弱気なことを申すのでございますか。今川の名を踏み躙《にじ》るほどの覚悟がなくて、どうして三河の主となれましょうぞ」

「そういうものであろうか」

「当然でございます。元康のままで、信長様の姫を当家に迎えるおつもりですか。それこそ信長様に付けいる隙を与えるようなもの。後々になって、どのような言い掛かりをつけてくるやもわかりませぬ」

そう言われてみると、元康としても心配になってくる。

「では、元の字を変えるとして、何が良かろうか」

「久松《ひさまつ》殿から一字をいただいてはいかがでしょうか」

久松長家《ながいえ》は、元康の実母である於大《おだい》の方が再嫁した夫だ。

元康の父松平広忠の正室だった於大の方は、兄の水野信元《みずののぶもと》が今川と絶縁して織田信長に臣従したことで離縁されてしまった。その後、信元の勧めにより、久松長家に再嫁していた。

岡崎城主となった元康は、長家と於大の方を呼び寄せ、その三人の息子たちに松平を名乗らせていた。長家は元康の父ではないが、母の夫なのだから、一字をもらう理はある。

「なるほど。では、松平長康《ながやす》と名乗ることにするか」

「違います。いただくのは、家の字でございます」

「そうなると、家康《いえやす》になるぞ」

「良い名ではございませぬか。家の字は、源《みなもとの》八幡《はちまん》太郎《たろう》義家《よしいえ》様にも通じるものです」

「戯《ざ》れ言《ごと》を申すな。わたしだって身の程くらいわきまえておる」

源義家といえば、武家にとって神にも等しい。鎌倉で政《まつりごと》を執った源頼朝《よりとも》や京で武家を束ねた足利尊氏などの征夷大将軍たちは、義家の流れを汲む源氏の嫡流だ。

元康は小国三河でさえ統べきれておらず、そもそも松平宗家の総領でもなかった。武家の棟梁たる源八幡太郎義家にあやかるなど、あまりに恐れ多い。

「殿だって、同じ武士ではございませんか」

「同じではない。わたしには、源氏の血は一滴たりとも流れてはおらん」

「そんなこと、誰にもわかりはしません。いずれ殿が出世なされましたら、そのときは源八幡太郎義家様にあやかった名だと言ってしまえば良いのでございます」

「そういうものかな」

「そういうものでございます」

瀬名が悪びれずに微笑《ほほえ》む。

「では、家康と名乗ることにしよう」

手焙りの中で、パチッと炭が爆ぜた。

三

元亀三年（一五七二）十月。武田信玄《たけだしんげん》が、三河と遠江へ侵攻した。前年暮れに相模《さがみ》の北条《ほうじょう》氏政《うじまさ》との同盟を復活させていた甲斐《かい》の虎が、ついに徳川を滅ぼすための大軍を興したのだ。

武田軍の猛攻によって、たちまち家康の所領は削られていく。馬脚で踏み躙られるように城砦が次々と落とされていった。

家康の同盟者である織田信長のほうも、将軍足利義昭《よしあき》、武田信玄、朝倉義景《あさくらよしかげ》、浅井長政《あざいながまさ》、そして大坂本願寺《ほんがんじ》などの敵対勢力による大包囲網によって、人生最大の危機を迎えていた。織田家の存亡さえ危うい中で、とても家康の援軍に来るどころではない。

瞬く間に家康は、遠江の三分の二と三河の三分の一の所領を奪い取られてしまった。遠江で徳川方として残った城は、本城である浜松城のほか、懸川城《かけがわ》、久野城《くの》、堀江城《ほりえ》、宇都山城《うつやま》など、わずかばかりとなってしまった。これらの城も武田軍に包囲され、通信を寸断されていた。いつ落城してもおかしくない。

同年十二月に、ついに武田軍は浜松城に進軍を開始した。手も足も出ない家康は籠城を余儀なくされたが、武田軍は浜松の手前で進路を西に変え、三方原《みかたはら》に向かってしまった。

あえて浜松城に背を見せ、誘い出そうとしていることは火を見るより明らかだった。だが、武田軍の向かう先には堀江城がある。浜松城の武器弾薬や兵糧の補給の多くは、浜名湖《はまなこ》の水運に頼っていた。堀江城を落とされれば、浜名湖の水運を武田軍に押さえられてしまう。浜松城は三河とも分断され、孤立して落城を待つばかりとなるのだ。

武田軍の罠だとはわかっていても、徳川家の存亡を懸け、城を出て後を追わないわけにはいかなかった。両軍が激突すると、わずか一刻（約二時間）ほどで勝敗は決した。数に勝る武田軍に蹂躙《じゅうりん》され、家康軍は総崩れとなった。ついに命運も尽きたかと、家康は死を覚悟した。それでも夏目広次《なつめひろつぐ》らが家康の身代わりとなってくれたおかげで、命からがら浜松城に逃げ帰ることができた。

その後も武田軍の遠江・三河侵略はつづいた。が、年が明けた元亀四年（一五七三）四月、武田軍は甲斐に向けて撤退していった。後にわかったことだが、このとき、武田信玄が陣中で病没したのだ。家康は絶体絶命の危機を脱した。

しかし、武田家による本当の脅威は、むしろそれからだった。

武田家の継嗣となった武田勝頼《かつより》が、信玄をはるかに上まわる攻勢をかけてきたのだ。多くの城が陥落し、家康の所領は奪われていった。

とくに天正二年（一五七四）になると、勝頼率いる武田軍によって遠江と東美濃が激しく蹂躙された。勝頼は信玄の代から家康と激しい争奪戦を繰り広げてきた遠江の高天神《たかてんじん》城を獲り、天下に威名を轟《とどろ》かせる。東美濃では落城させられた十八の城砦に奥三河の武節《ぶせつ》城なども含まれ、武田軍の猛攻はいよいよ岡崎まで迫る勢いであった。

勝頼の調略により武田方に寝返る国衆が後を絶たない。徳川方に踏み止まる者も、膨大な兵馬料や兵糧の負担に耐えきれなくなっていた。岡崎の国衆たちの間に焦燥が募り、家康が領主であることへの不満と不安が限界に達しようとしていた。

戦国乱世においては、戦に勝てない領主などいらないのだ。

家康は岡崎城に入った。岡崎城の城主は、元服して松平信康《のぶやす》を名乗っている嫡男に任せている。信康の「信」の字は、信長から偏諱を賜ったものだ。十六歳の若輩ながら、すでに初陣を飾り、戦場での武勇は親の贔屓目《ひいきめ》を差し引いても目を見張るものがあった。

家康は家臣たちとの軍議を終え、奥の間で瀬名と二人だけになる。

家康は浜松で、瀬名は岡崎で暮らしているので、会うのは久しぶりだ。家康の力では、もう岡崎を守ってやれないかもしれなかった。そうなれば瀬名と生きて会えるのは、これが最後になるかもしれない。それどころか浜松の家康自身も、命運が尽きようとしていた。

「殿。爪を噛《か》むのはやめなされ」

死が身近に迫っているというのに、瀬名が案ずるのは家康のことだ。

瀬名に咎《とが》められて、家康は慌てて爪を噛むのをやめ、手を膝元に置いた。俯いて目線を落とす。左手の中指の爪先が齧《かじ》ったために粗方《あらかた》なくなってしまっていた。

「多くの国衆たちが、もはや武田に抗うことはできぬと言い出している」

腸《はらわた》から絞り出すように溜息を吐く。迫り来る武田軍の恐怖が、岡崎衆を呑み込んでいた。

「何を弱気なことを言いなさるのですか。たとえ最後の一兵になろうとも、徳川の家臣として戦い抜き、この城を墓場とする覚悟のある者もいるでしょう」

「沈みかかった船だ。悔しいが、櫓を漕ぎつづけようという者は多くない」

勝頼に調略され、次々と有力な岡崎衆が武田方に内通していた。軍議をしていても、隣に座する者がすでに内通しているのではないかと、互いに疑心暗鬼になっている。

勝頼が三河に出陣してきた最大の狙いは、徳川家の本拠である岡崎城の奪取だ。その裏で糸を引いているのは、信長と対峙している大坂本願寺だった。

「徳川に生き残る術はないのでございましょうか」

「我らに武田を打ち破る算段はつかぬ」

「それでは殿は座して死を待つだけだと申すのでございますか」

瀬名の言葉が刃となって家康の胸に突き刺さる。だが、今の徳川に武田に勝つ力はない。

「せめて、畿内で大坂本願寺と戦っている上様（信長）が加勢に来てくだされば、武田とも互角に戦えるのだが……」

「上様は助けに来てくださるのですか」

瀬名が不安げに瞳を揺らす。信長と大坂本願寺の戦いは、すでに五年にも及んでいる。大坂本願寺と呼応している三好《みよし》三人衆（三好長逸《ながやす》・三好宗渭《そうい》・岩成友通《いわなりともみち》）も交え、戦況は泥沼となっていた。双方ともに多大な犠牲を払っていたが、いまだに終結の兆しは見えない。つまり、信長は畿内に釘付けになっているということだ。

「必ず、上様は来てくださる」

信じているというよりは、己に言い聞かせるように家康は語気に力を込めた。

「わかりました。では、妾が時を稼ぎます」

瀬名が居住まいを正すと、表情を引き締める。家康を見つめる瞳は、強い光を放っていた。

「どういうことだ？」

「甲州より数多《あまた》の口寄せ巫女《みこ》が来て、岡崎の村々をまわっております。その長と思しき女が築山の屋敷の下女をとおして中間《ちゅうげん》や奥上臈《おくじょうろう》（女家老）に取り入り、ついには妾が目通りを許すまでになっております」

「甲州から来た口寄せ巫女だと。それは武田の間諜《かんちょう》ではないのか」

「まず、間違いはございません」

瀬名が澄ました顔で首肯する。家康は驚きに目を見開いた。

「それがわかっていて、何故、会うのだ？」

家康の正室が武田の間諜と会っているなどと家臣たちに知れたら、どれだけ動揺が広がるかわからない。それでなくても武田軍に大敗をつづけている家康に対して、岡崎衆の不信が募っている中で、この噂《うわさ》が広まれば、家康の領主としての立場を危うくするだろう。岡崎衆が内側から崩れてしまう。

「口寄せ巫女の託宣によれば、妾が武田勝頼殿の妻となれば、信康が武田家の嫡男となって、いずれ天下人となるとのことです」

「信康が武田家の世嗣《よつ》ぎとなって天下人となるだと！」

甲斐と駿河を領する武田家が、三河と遠江も呑み込めば巨大な版図ができる。その謀《はかりごと》の中には、家康の姿はない。すべてが終わった後、己の首が野にさらされるだけだろう。

これは紛れもなく口寄せ巫女という間諜を使った、勝頼による調略である。それが家康の正室である瀬名にまで伸びていたのだ。恐ろしさに、家康は寒気がして身体を震わせた。

「妾は、この話に乗ってみたいと存じます」

戦国乱世においては、滅ぼされた大名や国衆の妻子が、敵方の妻となって一族を存続させることは珍しくない。勝者が新たな所領の領民を統べる方策として、旧主の一族との婚姻が多く用いられてきたのだ。武田勝頼も、信玄が滅ぼした諏訪頼重《すわよりしげ》の娘に生ませた子であり、滅ぼされた諏訪氏の血が武田家の嫡流となっていた。

「たわけたことを申すな！」

家康は声を荒らげる。

「妾のところにさえ、武田の調略がかかっておるのでございます。岡崎衆の主だった者たちにも、同じように手が伸びていることは、もはや火を見るより明らか。違いまするか」

「うむ。然り」

返す言葉もない。

「妾が内通することで勝頼殿は油断し、いくらかでも時を稼ぐことができるやもしれませぬ。それにすでに調略に応じている家臣がいるのであれば、炙《あぶ》り出すこともできるかと……」

瀬名はそこで言葉を切る。あくまで信長の援軍が来るまで時を稼いで武田軍に勝利することをねらいとするが、それがかなわずに岡崎城が落とされ、家康が腹を切るようなことになれば、そのときは瀬名が勝頼に身を寄せ、信康を立てて徳川の血を残す道もあるということだ。非情なようだが、家康としてもむしろ望むところである。それが戦国の世というものだ。

「そんなことを考えていたのか」

武田の間諜に対して瀬名が間諜に入る。恐ろしき女子だと思う。家康には思いも寄らぬことを平気な顔で言って退ける。

「お許しをいただけますか」

「許すも許さないも、わたしに話をしたということは、もはや心に決めておるのだろう。だが、口寄せ巫女が武田の間諜となれば、こちらの謀を知られれば命を狙われるぞ」

勝頼を欺《あざむ》くのだ。知られれば命はない。

「相変わらず殿は臆病者でございますね」

瀬名が頬を揺らす。刹那、家康は憮然《ぶぜん》とした表情を浮かべたが、
すぐに気を取り直して瀬名に語りかけた。

「わたしは瀬名の身を案じておるのだ」

「岡崎が落ちれば、徳川は滅びます。殿は天下を取るお方であると信じております。そのためには、妾も命を賭して戦います」

瀬名が覚悟を込めるように語気を強めた。

岡崎衆の謀反の企みが発覚したのは、翌年の天正三年(一五七五)春のことだった。

謀は瀬名をとおして、事が起こる前に家康の知ることとなったが、すでに反乱の火種は

着々と広がり、驚くことに多くの家臣たちが武田に翻っていた。

　岡崎城に武田軍の兵を招き入れ、家康や信康を亡き者にする企てであり、岡崎町奉行三人のうちの大岡《おおおか》弥四郎《やしろう》と松平新右衛門《しんえもん》が首謀者となり、家老で信康傅役《もりやく》の石川春重《いしかわはるしげ》、信康家臣の小谷《こや》甚左衛門尉《じんざえもんのじょう》、倉地《くらち》平左衛門尉《へいざえもんのじょう》らが荷担していた。家康はこの者たちや一族を捕らえ、切腹や死罪とした。

　謀反が発覚して武田家への内通者が処罰されると、岡崎城を目指していた勝頼率いる武田軍は仕方なく行先を変え、吉田《よしだ》城を攻め、さらには長篠《ながしの》城を包囲した。ここへ大坂本願寺と交戦中だったはずの信長が、三好勢に大打撃を与えた上で一旦岐阜《ぎふ》城に凱旋し、鉄砲足軽の陣触れと大量の鉄砲を整えて到着したのだ。岡崎城に着陣した織田軍は、その数三万。徳川軍八千と合わせると、武田軍一万五千を優に超える。

　同年五月二十一日早朝。有海原において両軍は激突した。世に言う長篠の戦いである。

　この戦は武器弾薬に勝る織田・徳川軍の大勝利となった。ここに家康は九死に一生を得て、三河から武田軍を追い払うことができた。

結

天正七年（一五七九）七月。家康は築山屋敷の瀬名を訪ねていた。

「何故、上様の知ることとなったのだ！」

四年前に大岡弥四郎らが武田勝頼と内通して謀反を企んだことが、織田信長に露見してしまった。徳川の存亡に関わる大事だ。家康は大名ではあるが、あくまで信長に臣従する立場なのだ。死生を握られていると言っても過言ではなかった。

「上様が鷹狩りの折に、岡崎城にお寄りなされたことがございました」

瀬名が目を伏せる。

「昨年のことか」

「そのときに、五徳が書状を差しあげたようです」

信康と五徳の夫婦の不仲は、このところ目立つようになっていた。五徳の父の信長は、いまや天下人である。夫婦といえども五徳が信康を下に見てしまうのは致し方ない。

これは家康と瀬名の関係に似ていたが、主家の今川家が大名家として滅んでいる瀬名とは比べられないほど、信康と五徳の夫婦関係は難しいところがある。他愛もない夫婦喧嘩《けんか》のままに信長への告げ口をしたのだろうが、本人が思うより由々しき事になってしまった。

「すでに謀首は処分しておるだろう」

「まだ二人残っています」

大岡ら関わった者は死罪や切腹となっていたが、瀬名と信康はお咎めなしとなっていた。

「たわけたこと申すな。瀬名と信康は謀反人とは違う。瀬名は武田への間諜と時を稼ぐために内通に応じたのだし、信康はまだ齢十七に過ぎなかっただろう」

「そうではないのです」

瀬名が悲しげに首を左右に振った。

「どういうことだ？」

「どうやら信康と勝頼殿との通信は、あれからもつづいていたようなのです」

家康は目眩《めまい》に襲われる。瀬名の表情は、死人のように強張《こわば》っていた。

信康の若さゆえの浅慮に他ならない。信康は徳川家の世継ぎなのだ。謀反など起こすわけがない。武田と通じていたとしても、何か思いがあってのことだろう。

それでも信長に疑いをもたれれば、徳川家は滅ぼされる。真実など意味を成さない。それが織田信長という天下人だ。すでに多くの大名や国衆が、逆心を疑われて討たれていた。

「信康を岡崎城から追放し、廃嫡する。それしか信康と徳川を救う手立てはない」

家康には、信康の他に男子が二人いた。次男は妾腹の子で、正室の瀬名に認知されていないが、側室の子の三男長丸《ちょうまる》（後の秀忠《ひでただ》）なら継嗣にできる。とにかく信康を岡崎城から追放し、どこかでひっそりと隠居させることだ。

「その訳をなんとするのですか」

信康と五徳の縁組みは、徳川家と織田家の同盟の証しである。五徳の夫である信康を廃嫡することは、それこそ織田家からの離反とも取られかねなかった。

「浜松衆と岡崎衆が諍《いさか》いをしたことで、わたしと信康が反目し、父子の関係が不和になったということにする。信康が世継ぎとして不覚悟であると上様にはお伝えしよう」

「上様に、ご納得いただけるでしょうか」

瀬名の目は、無理だと言っている。むろん、家康にだってそんなことはわかっていた。だが、他には何も思いつかない。

「是が非でも信康の廃嫡をお認めいただき、徳川に叛意がないことをわかってもらわねばならぬ。すまないが、瀬名には得度《とくど》して尼《あま》になってもらいたい」

「それではたりませぬ」

「そんなことはわかっておる！　といって、他に手はなかろう」

家康は声を荒らげた。

「上様は疑り深きお方です。一度灯った疑念の火種は、焔《ほむら》となって徳川を焼き尽くすまで消えることはないでしょう」

「では、どうすればいいのだ」

家康は両手で頭を抱える。このままでは、間違いなく徳川は滅ぼされる。

「妾の首を上様にお届けなされ」

まるで進物でも贈るかのように軽い口ぶりである。

「馬鹿を申すな！」

「馬鹿を申しているのは殿でございます。上様は延暦寺《えんりやくじ》を焼き払ったほどのお方。それを書状で咎めた信玄公に対して、返書でみずからを第六天魔王だと名告《なの》られました。逆心とあらば、たとえ相手が神仏であろうと、容赦せずに攻め滅ぼすのが上様です」

「言われなくてもわかっておる」

「わかっておりませぬ。世は戦国でございます。親が子を殺し、子が親を討つ乱世なのです。民が額に汗して大地に鍬《くわ》を打っても、蒔《ま》いた種が実る前に馬脚が田畑を踏みにじる戦乱が、すでに百年もつづいています。民は泣いております。いったい誰が乱世を鎮めるのですか。殿は死んではならないお方なのです」

「わたしに天下は変えられぬ」

「変えられます。殿ほどの臆病者ならば、必ずや長生きされます。天さえも焼き尽くさんばかりの乱世を最後まで生き抜くとは、まさに天下を取るということ。大丈夫です。殿は妾が見込んだ、日の本一の臆病者ですから」

瀬名の瞳から熱い潤《うる》みがあふれた。家康も頬を伝う涙を手の甲で拭う。

「しかし――」

「生きるのです！　そして乱世を鎮めなされ！」

瀬名が声を張りあげた。そして、両手で家康の手を取る。瀬名の温もりが伝わってくる。

「瀬名。すまない」

家康は声を震わせて詫びた。詫びるしかなかった。何よりも、徳川が生き残る術は他になかった。己の力のなさが情けなく、叫びたいほどに悔しい。

「妾の首ひとつで、殿のお役に立てるのですから、妻としてこれほどの喜びはございません」

瀬名が微笑みかけてくる。

「わたしを許してくれ」

家康は伏せた頭を、いつまでもあげることができなかった。

瀬名が築山屋敷から浜松城へ向かう輿《こし》の中で自害したのは、信康が岡崎城を追放されてから、わずか二十日後のことだった。虫の息の瀬名に気づいた警固の服部半蔵正成《はっとりはんぞうまさなり》が介錯した。

岡崎城を追われた信康は、いったんは浜松城の近くの堀江城に留め置かれた後、幽閉先の二俣城に移された。そこで瀬名が自害したことを知る。信康の落胆たるや、まるで生きながらも死人のようであったという。

家康は、二俣城主の大久保忠世《おおくぼただよ》や信康家老の平岩親吉《ひらいわちかよし》に、くれぐれも信康の身を案じるようにと厳命したが、その甲斐なく信康は目を離した刹那、切腹してしまった。

信康の死の報を受けた家康は、三日三晩、床に伏した後、武田家と全面対決するために、懸川城に徳川全軍を集結させた。

ここから家康の天下取りがはじまることになる。

新説

築山殿の死因は「自害」？

徳川家康の最初の正室である築山殿は、今川家の家臣・関口氏純の娘とされる。従来は「今川義元の姪」といわれてきたが、義元の姉婿に当たるのは氏純の実兄、瀬名貞綱であり、同説には疑義が生じている。生年などの詳細は不明なものの、弘治2年（1556、弘治3年説もあり）に今川家の庇護を受けていた家康（当時は松平元信）と結婚。後に一男一女（信康と亀姫）を儲けている。

通説では、夫婦仲は悪かったといわれてきた。しかし近年の説によると、少なくとも天正3年（1575）までは、そのような兆候は確認されておらず、同年に起きた「大岡弥四郎事件」によって、二人の関係は大きく変化したと考えられている（黒田基樹『家康の正妻 築山殿』平凡社新書）。

事件は岡崎町奉行の一人・大岡弥四郎が、徳川家と敵対する武田勝頼と内通し軍勢を岡崎城へ引き入れようとしたクーデター騒動だった。密告によって事は露見し、計画自体は失敗。ただ、この事件に築山殿が関わっていた可能性もあるという。

そして4年後の天正7年（1579）、築山殿と嫡男・信康がついに処刑される。背景には先述の事件に加え、徳川家中の対立があったという説もある。武田家との戦争を継続するか（家康派）、それとも見直すべきか（信康派）——。深刻な確執が悲劇を招いたという（柴裕之『徳川家康』平凡社）。処罰については長く、同盟相手である織田信長が家康に命じたとされてきたが、現在は家康自身が決断したとする説が主流になっている。

浜松城から2㎞ほど西、佐鳴湖の近くに史跡「太刀洗の池跡」がある。伝承によると、この地に池があり、家康の家臣が築山殿を斬った後、そこで刀についた血を洗ったという。一方で、正室を処刑するケースは戦国時代では極めて稀であるため、築山殿は浜松城へ向かう途中、自害したともいわれている。

身代わり

鈴木英治

一

娘の弥和《みわ》が産気づいてから、どれくらい経っただろう。

陣痛がはじまったのは夜明け前のことで、今は戌《いぬ》の刻を過ぎようとしている。

弥和の妊娠を知った時から、難産になるかもしれぬ、と蒲原政一郎氏徳《かんばらまさいちろううじのり》は覚悟を決めていた。実際、赤子が生まれるまで数日かかった事例があると、耳にしたこともあるのだ。

子を産むというのは、それほどの難事である。四人の子の親である氏徳はそのことを深く理解していたものの、今は弥和の身が案じられてならない。

生涯で他に比べるものがないといわれるほどの強烈な痛みと、もう半日以上、戦い続けているのだ。

我が娘に限って死んでしまうようなことはないと信じたいが、どんなに健やかな者であろうと、出産だけは油断できない。これまで数多《あまた》の健康な女性が命を落としてきている。

——弥和だけではない。腹の子は無事に生まれてくれるだろうか……。

死産という最悪の想像が脳裏をよぎる。

——弥和は気丈な娘だ。腹の子ともども大丈夫に決まっている。つまらぬことを考えぬほうがよい。

自らを戒《いまし》めて、氏徳は深い息をついた。

——ここで気をもんでいても仕方ない。産所に行ってみるか。

その気になり、腰を上げかけたが、自分にできることなどなに一つないことに気づき、うなり声を発して座り直した。

——今は黙って待つしかあるまい。

腹を決め、文机《ふづくえ》の前に膝を進めた。灯火を寄せ、先ほどまで読んでいた『義経記《ぎけいき》』に目を落とす。

しかし、文字は頭にまるで入ってこない。書を読むことで気を紛らわせられたら、と考えていたのだが、その願いはまったく叶えられなかった。

——大好きな書見というのに、なんの意味も為さぬとは……。

氏徳は不意にさっと顔を上げ、産所のほうへ目を向けた。たった今、赤子の泣き声が聞こえたような気がしたのだ。

もしや生まれたのではないか、と心がときめいたが、赤子の声など響いてこない。屋敷内はこれまで同様、静寂を保っている。

——ふむう、勘ちがいであったか……。

力なく首を横に振った瞬間、はっとした。今また赤子の泣き声が聞こえたような気がしたのだ。

耳を澄ませた氏徳は、おっ、とつぶやき、目を見開いた。夜のしじまをつんざいて、けたたましい泣き声が耳に飛び込んできたからだ。

——ついに生まれた……。

やった、と氏徳は拳を握り締めた。ずいぶん元気な赤子のようだ。待ち望んだ男の子かもしれぬ、と強い期待を抱いた。

体の奥から湧き上がる力に突き動かされるように、すっくと立ち上がる。同時に、こちらに駆けてくるあわただしい足音が耳を打った。

「殿っ」

舞良戸越しに張り切った声が発せられる。

「失礼いたします」

舞良戸が勢いよく開いた。敷居際に家臣の美尾又八郎《みおまたはちろう》がひざまずき、氏徳を見上げていた。顔は紅潮し、瞳が生き生きと輝いている。

「又八郎、どっちだ」

間髪を容れずに氏徳はたずねた。

「男の子にございます」

又八郎が恭《うやうや》しく低頭する。

「殿、おめでとうございます」

うむ、と氏徳は大きく顎《あご》を引いた。

――弥和、でかした。

弥和の妊娠を聞かされた時から、そうではないかとの予感がしていたのだ。

「弥和の具合はどうだ」

平静な声音で氏徳は問うた。

「何事もございませぬ。息災にされているご様子です」

「それはよかった」

氏徳は心からの安堵を覚えた。

「孫の顔を見たいのだが、今から産所へ行っても構わぬだろうか」

もちろんでございます、と又八郎が力強い口調で答えた。きびきびと腰を上げ、廊下を歩き出す。

灯火を消して氏徳は居室をあとにした。赤子は眠りに落ちたのか、泣き声は聞こえてこない。

蒲原屋敷で最も東にある部屋が、弥和の産所となっている。氏徳が足を踏み入れると、取り上げ乳母や数人の女中が急いで端座し、頭を深く下げた。

部屋の中央に敷かれた薄縁《うすべり》の上に弥和が半身を起こした状態で横になっており、厚手の布に包まれた赤子を大事そうに抱えていた。これ以上の幸せはないと、いわんばかりの表情をしている。

「父上」

氏徳の姿を目にした弥和が慌てたように身じろぎし、赤子を抱いたまま起き上がろうとする。

「いや、そのままでよい」

氏徳が手を上げて制すると、感謝の面持ちになり、弥和が静かに元の姿勢に戻った。

氏徳は傍らに座し、弥和を見つめた。顔は少し青かったが、さして衰弱しているようでもない。

――さすがに我が娘よ。わしに似て頑丈にできておる。

「弥和、よくがんばったな」

氏徳がねぎらうと、弥和が柔和な微笑を返してきた。

「父上、かたじけなく存じます」

「痛みなどないか」

「はい、どこも痛くありませぬ」

「それは重畳」

笑みを浮かべてから氏徳は弥和に申し出た。

「孫の顔を見せてくれぬか」

もちろんでございます、と快く応じて弥和が赤子を氏徳に渡そうとする。

「いや、見るだけでよい。わしが抱いたら、落としてしまいそうだ」

かぶりを振りながら冗談めかして言うと、弥和は顔を見やすいように赤子を抱き直した。

息を詰めて氏徳はのぞき込んだ。

やはり眠っているらしく、しわだらけの赤子が目を閉じていた。そのあまりのかわいさに氏徳の心の臓が、どくり、と跳ね上がった。

――わしはこの子のために生き、死ぬことにいたす。

そんな感情が自然に身の内から湧き上がってきた。嘘でも偽りでもない。紛れもない本心である。

――この子のために、残りの半生を費やすことにいたそう。

赤子は楓《かえで》の如《ごと》き小さな手のひらをしており、氏徳はそれに触れたくてならなくなった。手を伸ばした途端、その気配を察したかのように赤子が目を開けた。

まだ見えているはずがないのに、氏徳を認めたかのように目をみはった。顔をくしゃくしゃにするや、大声で泣き出す。

わわっ、と氏徳は頓狂《とんきょう》な声を上げた。

「こ、これはまずいことをしてしもうた」

よしよし、と弥和がすぐさま赤子をあやしはじめた。

赤子はしばらく激しく泣いていたが、弥和の声と仕草の優しさに安心したらしく静かになり、やがて眠りはじめた。

――成り立てとはいえ、さすがに母親だ。

ふう、と息をつき、氏徳は額の汗を拳で拭《ぬぐ》った。

「それにしても、実に勘のよい子だな……」

いずれ名将となるべき器ではないだろうか、と氏徳は直感した。

――この子と対面されたら、お屋形《やかた》はどれほどお喜びになるか……。

赤子の父親は今川《いまがわ》家の太守氏親《うじちか》である。弥和は望まれて氏親の側女となり、時を置くことなく子を孕《はら》んだのだ。

——しかしこの子が、お屋形の跡を継ぐことはあり得ぬ。残念でならぬが、そのことを考えたところでなんの益もない……。

赤子には、すでに三人の兄がいるのだ。七歳の五郎《ごろう》、四歳の玄広恵探《げんこうえたん》、三歳の彦五郎《ひこごろう》である。

五郎と彦五郎は氏親の正室である寿子《としこ》が腹を痛めた嫡流で、二人とも氏親のそばを離れることなく、今川館《やかた》で暮らしている。

氏親の宿老を務める福島越前守《くしまえちぜんのかみ》の娘が産んだ玄広恵探は、生まれてまもなく駿府から五里西に位置する藤枝《ふじえだ》の遍照光寺《へんしょうこうじ》に預けられ、仏道を極めようとしていた。

——恵探どのと同じく庶子であるこの子も、幼くしてどこぞの寺へ出されることになろう。せっかく氏親の男子としてこの世に生まれ出たのに、武将としての力を試すことなく一生を終えるのだ。

実に無念なことに思えたが、とにかく、と氏徳は初孫を見つめて強く祈った。

——無事に育ってくれさえすればよい。

今はそれ以外の望みはなかった。

二

八柱の龍が描かれた兜《かぶと》をかぶった一人の武者が深い霧に包まれて立ち、こちらをじっと見ている。

面頬《めんぼう》をしていてどんな面立ちをしているのか、はっきりとしないが、いかにも堂々とした雰囲気を醸しており、近づきがたい威光というべきものが感じられた。

ときおり吹く風に霧がゆらりと揺れ、さわさわと流れていく。武者が平安の昔を思わせる華麗な鎧《よろい》を身に着け、美麗な飾りがついた太刀を佩《は》いているのが知れた。鎧にも太刀にも、八柱の龍の装飾がなされている。

――この武者は何者だろう。

武者を凝視しつつ氏徳は思案した。

武者が着用している甲冑《かっちゅう》は、清和源氏《せいわげんじ》に伝わってきた『八龍』ではないだろうか。『八龍』はとうに失われたといわれているが、それを身に着けているのであれば、ただの武者であるはずがない。

――今川家の守り神さまにちがいあるまい。

なんの疑いもなく氏徳が思った時、不意に武者が歩き出した。ゆっくりと近づいてきて足を止め、厳かに告げる。

「そなたにただ一度のみ、芳菊丸《ほうぎくまる》の身代わりになることを許す」

芳菊丸とは誰のことを指すのか、氏徳は質そうと思わなかった。今宵《こよい》生まれたばかりの孫のことだと、きかずともわかったからだ。

――しかし、わしが芳菊丸さまの身代わりになるとは、いったいなんのことだ。

芳菊丸が死の淵に立った時、氏徳が代わりに死ぬことで、生かすことができるというのだろうか。

もしそういうことなら望むところだ、と氏徳は思った。芳菊丸に命を失うような危機が訪れたとしても、一度だけは自分が救うことができるというのだ。これほど素晴らしいことがほかにあろうか。

孫のために生き、死んでいくと決意した氏徳にとって、守り神の言葉は本望としかいいようがなかった。

朝になり、氏徳はすっきりと目覚めた。

「よく寝たな」

両手を思い切り伸ばして独りごちる。見たばかりの夢などすっかり忘れているのが常のことだが、その日に限っては守り神のことをはっきり覚えていた。

――あれは、本物の守り神さまであろう。正夢に相違ない。

守り神が口にした通り、氏徳の孫は、氏親から芳菊丸という名を与えられた。そのことを知った氏徳に驚きはなく、当然だろう、という思いしかなかった。

その後、芳菊丸は何事もなく蒲原屋敷ですくすくと成長したが、四歳になってすぐの春、駿河《するが》国富士郡にある善徳寺《ぜんとくじ》に赴くことが決まった。

この歳で仏道修行に出されるなど不憫《ふびん》でしかなかったが、大名家の当主の庶子が寺に入ることは至極当然に過ぎない。別れは辛かったが、立派な僧侶になってくだされ、と氏徳は芳菊丸を送り出した。

数年で善徳寺での修行を切り上げた芳菊丸は京都に向かい、建仁寺《けんにんじ》で得度して梅岳承芳《せんがくしょうほう》と名を改めた。

そのあとも建仁寺で修行に励んでいたが、天文五年（一五三六）に兄の五郎氏輝《うじてる》と彦五郎氏辰《うじとき》が流行《はや》り病によって同日に死去するという悲劇が今川館で出来した。

その頃、氏輝に呼ばれて京都から駿府に戻ってきていた梅岳承芳は、思いもかけず今川家の当主となる機会を得ることになった。

だからといって、今川家の家督をすんなり継げたわけではない。重臣福島越前守の後押しを受けた玄広恵探も、今川家の太守となるべく名乗りを上げたからだ。

梅岳承芳は、眼前に立ちはだかった実の兄を倒さなければならなくなった。

――わしに課せられた尊い務めを果たす時が、到来したかもしれぬ。もし梅岳承芳さまに万が一のことあらば、身代わりとなって見事に散ってみせよう。

のちに『花蔵《はなぐら》の乱』と呼ばれることになる二人の庶子同士による今川家の内乱は、今川家のほとんどの勢力を結集した梅岳承芳方の一方的な勝利で決着した。氏徳が梅岳承芳の身代わりになるまでもなく、たった半月で戦は終結したのだ。

敗北した玄広恵探は藤枝の普門寺《ふもんじ》に追い詰められ、自害して果てた。福島越前守は玄広恵探に先んじて討ち死にを遂げた。

命の危険など一切ないまま、梅岳承芳は駿河遠江《とおとうみ》二国の太守となった。それとほぼ同時に室町将軍足利義晴《あしかがよしはる》から偏諱《へんき》を受け、義元《よしもと》と名乗りを変えた。

すでに義元は十八歳の青年武将になっており、威風堂々としていた。後光が差したかのように全身が輝いており、さほど体は大きくなかったが、偉丈夫といってよい、と氏徳は思ったくらいだ。

その後、長きにわたり義元の身に危ういことは、なに一つ起きなかった。

天文二十三年（一五五四）には北条《ほうじょう》家と武田《たけだ》家と同盟を結んで後顧の憂いを断ち、義元は本腰を入れて西進を開始した。

永禄三年（一五六〇）を迎える頃には、三河《みかわ》国をほぼ我が物とし、さらに織田《おだ》家の家臣を寝返らせるなどしていくつもの城を手に入れ、確実に尾張《おわり》を侵食していった。

このまま行けば、尾張が今川家のものとなるのは時の問題でしかなかった。

三

永禄三年五月十二日、義元は二万五千の大軍を率いて駿府を出立し、一路、尾張を目指した。

織田勢の付城《つけじろ》に囲まれて兵糧にも事欠き、窮地に陥った今川方の城の大高城《おおだか》、鳴海城《なるみ》を救出するためだ。

この際、あわよくば織田家を叩き潰し、尾張国を手に入れようという目論見《もくろみ》が義元にあることを、氏徳は知っている。そのために、義元は領国の底をさらうような大軍を引き連れていくのだ。

——こたびの尾張攻めは、お屋形が天下をお取りになるための最も大事な戦になるにちがいない……。

尾張が手に入れば、今川家は天下取りに大きく近づく。尾張は豊かで、貫高は優に五万貫を超えている。

これほどの国が自領となれば、今川家の国力は、他の大名家とは比べ物にならないほどの規模に膨れ上がろう。

尾張は大国であり、それほどの国を長く治め続けてきた織田家は、すでに相当の力を蓄えているはずだ。

対して今川家の本貫の地である駿河は一万五千貫、遠江は二万五千貫に過ぎず、この両国を足しても尾張に遠く及ばない。

三万貫ばかりといわれる三河を足せば尾張を凌駕できるが、三河には織田家に心を寄せる勢力がいくつも根を張っており、いつ今川家に牙を剥くか知れたものではない。

――いま今川家は勢いに乗って織田家を押し続けているが、決して油断はできぬ。三河の土豪どもも、後ろから鉄砲や矢を放ってくるかもしれぬし……。

とにかく、と思い、氏徳は拳を力強く握り込んだ。

――こちらにはお屋形がいらっしゃる。それは敵にはない大きな強みだ。

今川家をここまで大きくした義元の将器は疑いようがないのだ。

義元の指揮のもと今川武者たちが気を緩めさえしなければ、こたびの尾張攻めは決して負ける戦いではない。

今川勢が旗を打ち立てつつ街道を突き進めば、織田方の諸将や土豪たちはこぞって味方につき、無人の野を行くも同然になろう。

大高城も鳴海城もさしたる労苦もなく、織田勢の包囲網から解き放てるにちがいない。

いま義元は輿《こし》に乗り、ゆるゆると東海道を進んでいる。夏の陽射しがじりじりと照りつけているが、さほど暑そうにはしていない。輿の上で、ゆったりとくつろいでいるように見える。

その姿は威風あたりを払っていた。

――まこと、お屋形は軍神の生まれ変わりなのではあるまいか。

義元はこれまで戦で一度も負けたことがないのだ。

――軍神も同然のお方を相手にするなど、織田も運が悪い……。

今川家と織田家は三河を巡って、これまでに何度も激しく干戈《かんか》を交えてきた。互いに宿敵と呼ぶべき間柄だ。

今の織田家の当主は信長《のぶなが》といい、二十七歳の若き武将と聞く。たわけ者という風評も駿府に届いており、もしそれが事実なら、鎧袖一触《がいしゅういっしょく》に織田勢を負かすのも、わけないことのように思えた。

――お屋形は海道一の弓取りといわれていらっしゃるが、この戦で織田家を滅亡に追い込めば、天下無双の名将と呼ばれることになろう。

輿に乗る義元の姿を再び視野に入れた氏徳は、寺で一生を過ごすはずだったあの赤子がここまで出世なされたか、と深い感慨を覚えた。

四

翌五月十三日の早朝、今川勢は藤枝を出立した。

宿所を出てしばらくした時、輿に乗っている義元の様子がおかしいことに氏徳は気づいた。怒りに満ちた目を一点に据え、なにかぶつぶつとつぶやいているのだ。

義元がなんといっているのか、十間ほど離れた馬上にいる氏徳には、ほとんど聞き取れなかった。

義元の厳しい瞳は、街道の端に立って今川勢を見送る庶民たちに向けられているように思えた。

——あのあたりに、気に入らぬ者でもいるのか。それとも、誰かがお屋形に無礼を働いたのか。

義元が眼差《まなざ》しを注いでいるらしいところへ、氏徳は目を向けた。途端に首をひねることになった。

そこには誰もおらず、一畳ほどの広さの草むらが広がっているだけだったからだ。

「きさま、恵探……」

輿の上でいきなり義元が怒号した。恵探だと、と氏徳は目をみはった。

——まさかお屋形は、玄広恵探の霊を目の当たりにされているのであるまいな。いや、それしか考えられぬ……。

思い返してみれば、ここ藤枝は玄広恵探と縁が深い土地である。修行していた遍照光寺はこの地の寺で、『花蔵の乱』の際に籠もった花倉城と最期を迎えた普門寺は、ここからさほど離れていない場所にある。

「止めよ」

義元が甲高い声で命じるやいなや、輿がぴたりと止まった。

「下ろせ」

輿が下ろされ、もどかしげに義元が地面に飛び下りた。

「太刀を」

輿に付き従っていた小姓《こしょう》が義元に近づき、太刀を手渡す。名刀、左文字《さもんじ》である。

左文字は『花蔵の乱』に勝利した翌年に義元が仇敵の武田家の姫を妻に迎えた際、当主の信虎《のぶとら》から贈られたものだ。義元はこの太刀をことのほか気に入り、これまで大事にしてきた。

鞘を路上に投げ捨て、義元が草むらに大股で近づいていく。

その形相に恐れおののいた庶民たちが、わあ、と声を上げ、慌てて義元から遠ざかった。

「おのれ、恵探。もう一度、言うてみい」

義元は左文字を高々と頭上に掲げ、今にも振り下ろそうとする姿勢を見せた。しばらくその姿勢のまま口を閉じていたが、なにを抜かす、と大声を発した。

「きさまの思い通りになど、なるものか」

口をつぐみ、義元が玄広恵探の言葉を聞いているかのような面持ちになった。

「余は決して負けぬぞ。負けるわけがないのだ」

強い口調で言い放った義元がまた黙り込んだが、すぐに大きく口を開けた。

「余は負けぬぞ。必ず勝つ。勝ってみせる。その目をひん剥いてよく見ておれ」

その直後、むっ、と義元が小さくうなり、掲げていた左文字を静かに下ろした。ふう、と息をついて輿に戻りはじめる。小姓に左文字を返した。小姓が拾い上げた鞘に左文字をおさめた。

——どうやら玄広恵探の霊は消えたようだが……。

無言で輿に乗り込み、座り込んだ義元が不機嫌そうに手を振った。

輿がゆっくりと動き出す。

尾張を目指す行軍ははじまったばかりだが、この玄広恵探の一件は、氏徳の心に暗い影を落とした。

おそらく義元の行動を見ていた者すべてが、同じ気持ちでいるのではあるまいか。

玄広恵探の霊が義元になにをいったか、詳細はわからないが、尾張攻めについて不吉な事柄を告げたのは疑いようがない。

この先にぽっかりと口を開ける深い闇をのぞき見たような気がし、こたびの尾張攻めは大丈夫なのだろうか、と氏徳は案じた。

――いや、つまらぬことを考えるな。我が今川家には守り神がついているのだ。

大丈夫に決まっている。

――今日の一件は、きれいさっぱり忘れてしまおう。

馬に揺られつつ氏徳は心に決めた。

五

五月十九日の太陽は、まだ姿を見せない。夜明けまであと半刻はあるのではないだろうか、と氏徳は思った。

今日の夜明け前に大高城と鳴海城を取り囲む付城に対し、攻撃を仕掛けることが、昨晩この沓掛《くつかけ》城で行われた軍議で決まった。

沓掛城から大高城、鳴海城までおよそ二里というところか。

大高城には丸根《まるね》砦、鷲津《わしづ》砦という二つの主要な付城が設けられ、鳴海城には丹下《たんげ》砦、善照寺《ぜんしょうじ》砦、中島《なかしま》砦という三つの付城が取りついている。

まず丸根砦と鷲津砦を攻め、この二つの付城を落として大高城を救い出し、その後、鳴海城の三つの付城を陥落させるという作戦が軍議で立てられた。

丸根砦には三河の松平元康《まつだいらもとやす》の軍勢が、鷲津砦には掛川《かけがわ》城主の朝比奈泰朝《あさひなやすとも》の軍勢が襲いかかる手筈《てはず》になっている。

夜陰に乗じて松平、朝比奈の両勢は目当ての付城にすでに近づき、布陣を完了しているはずだ。じき喊声《かんせい》が上がり、鉄砲の音が響きはじめるのではあるまいか。

氏徳は朝餉《あさげ》を食しながら耳を澄ませたが、まだなにも聞こえてこない。

いち早く食事を終えた義元が、今日だな、とつぶやいた。

「なにが今日なのでございますか」

箸を止めて氏徳はすかさずたずねた。

「玄広恵探のことでござる」

義元の言葉の意味を氏徳は即座に解した。

「お屋形は藤枝で玄広恵探の霊に、なにかいわれたようでござるが、そのときのことでござろうか」

その通りにござる、と義元がうなずいた。

「やつはこのまま尾張に向かって進めば、五月十九日が余の命日になる、と言いおったのだ。つまり今日……」

なんと、と氏徳は絶句した。そばにいた諸将も言葉をなくしている。

「お屋形、ならば今日はこの城でおとなしくしているほうがよいのではありませぬか」

義元の身が心配でならず、氏徳は進言した。

「祖父上、つまらぬことを言うものではござらぬ」

義元は氏徳の言を一顧だにしなかった。

「恵探の言に怯《おび》えて城から出なかったことが世に知れたら、余は笑いものになりもうす」

それはもっともなことだが、と氏徳が思った時、小さく喊声が聞こえてきた。同時に鉄砲の音も響いてくる。

「はじまったな」

面を上げた義元がぽつりとつぶやいた。

その後、沓掛城を動かず待機していた今川勢の本隊に、鷲津砦と丸根砦が相次いで落ちたという報告が入った。大高城は無事に解放されたのだ。

「よし、まいるぞ」

すでに出立の準備を整えていた義元率いる本隊五千人と後備《うしろぞなえ》の二千人は沓掛城を出、大高城を目指して動きはじめた。

——本当にこれでよいのか。今日は動かぬほうがよいのではないか。

しかし、もはや進軍を止めることはできない。

——お屋形のことは、今川家の守り神がきっと守ってくれよう。

氏徳は自らに言い聞かせた。

よく晴れており、梅雨時というのに、どこにもそれらしい雲は見えなかった。陽射しがかなりきつく、馬上にいる氏徳の体からは、汗がとめどなく流れ出てきた。馬でこれなら徒歩の者たちはさぞや大変だろう、と氏徳は同情した。

正午前に桶狭間山《おけはざまやま》という小高い丘に着いた。頂上からは見晴らしがよく、起伏のある地形がかなり遠くまで見通せた。

半里ほど先で激しく煙を立ち上らせているのは、先ほど落ちたばかりの鷲津砦と丸根砦であろう。

動いている敵勢の姿は見えない。今川勢は義元を中心に陣幕を張って休憩を取り、昼餉《ひるげ》の弁当を使った。

白湯を喫し、腹を満たした氏徳も少しだけのんびりした。

昼餉を終えてしばらくした頃、天候が急変した。あっという間に空がかき曇り、強い雨が降り出したのだ。

あたりは夕闇に包まれたように暗くなった。稲妻が闇を切り裂き、轟音《ごうおん》を響かせた。

これはたまらぬ、とばかりに兵たちが大木の下に次々に集まり、雨宿りをはじめた。雨は一向に弱くならず、雷も鳴り止まなかった。

――あとどのくらい待てば、この雨は上がるのだろう。

だが空は暗いままで、逆に風が嵐のように強くなっていく。風で陣幕が持ち上げられ、飛びそうになった。それを義元の旗本たちが必死に押さえていた。

――この分では、あと半刻はここを動けぬかもしれぬな……。

不意に桶狭間山の下のほうから喊声が響いてきた。あれはなんだ、と氏徳はそちらに目を向けた。

内輪揉めでもしているのだろうか。

――いや、そうではない。

もしや敵襲ではあるまいか。激しい雷雨に身を隠し、織田勢はいつの間にかそこまで近づいてきたのではないか。

「敵だ、出合え」

喉が裂けんばかりに氏徳は叫んだ。だが、すでに時遅しだった。

気づく間もなく、織田兵が満ち満ちていた。不意を衝かれた味方は態勢を立て直すことができず、次々と槍の餌食《えじき》にされていく。

「お屋形っ」

面を上げて氏徳は義元の姿を捜した。しかし近くにはおらず、乗ってきた輿だけが桶狭間山の頂上にぽつんと残されていた。

――もう逃げられたのか。

氏徳は少し安堵した。そこへ、奇声を上げて敵兵が突っ込んできた。すぐさま氏徳は槍を使い、敵兵を串刺しにした。

引き抜いた槍を新たな敵に突き刺す。そうして立て続けに五人の敵兵をあの世に送り込んだ。

――老体にはきついぞ。

息をついた時、いきなり背後から組みつかれ、氏徳は地面に押し倒されそうになった。

全身の力を込めて抗《あらが》い、半身になって敵兵に足払いをかけた。あっけなく地面に転がった敵兵の腹に、すぐさま槍を突き立てる。

槍を抜き、正面にあらわれた敵兵に向かって槍をしごいたところ、また背後から組みついてきた者があった。

その者は力がひどく強く、氏徳は地面に引き倒されかけた。足軽ではなく、武者のようだ。

氏徳はこらえようとしたが、濡れた地面に足が滑った。

しまった、と思ったが、組みついてきた者もぬかるみに足を取られていた。

氏徳と武者はもつれ合うようにして、桶狭間山の斜面を転がり落ちていった。

途中で木の幹に兜《かぶと》をしたたかぶつけたらしく、強い衝撃が氏徳の頭を突き抜けた。首が激しく揺れたのがわかった。

まずい、と思いつつも氏徳は気が遠のくのを止められなかった。

どれくらいそうしていたのか。はっと目を覚ました。

――わしは今なにをしている。なにゆえこんなところに寝転がっているのだ。

傍らに一人の武者が倒れていた。首の骨が折れているらしく、顔が妙な方角を向いていた。

――こんな死に方をするなど、まことに哀れよな……。

そばに落ちていた槍を杖代わりにし、よろよろと立ち上がった。錐でも差し込まれたかのように頭がずきんと痛み、うっ、とうめき声を漏らした。

付近では武者や足軽、雑兵が入り乱れ、激しく戦っていた。

氏徳は自分がどういう状況にいるか、思い出した。

――そういえば、お屋形はどうされたのだ。

いち早く桶狭間山から逃げ出したのはわかっている。

――玄広恵探の予言《かねごと》通り、もし御身に危機が迫っているのなら、お屋形のもとに駆けつけ、身代わりにならなければならぬ。そのために、わしはこれまで生きてきたのだからな。

馬が要る。ちょうど近くにいた空馬の手綱《たづな》を掴《つか》み、氏徳は馬上の人となった。

頭が痛い。頭の鉢が音を立てて割れるのではないかと思えるほどだ。耐え難かったが、今は我慢するしか道はない。

氏徳は馬腹を蹴り、桶狭間山を回り込むようにして馬を走らせた。敵勢に追われた義元は沓掛城に戻ろうとしているのではあるまいか。だとしたら、向かうべき方角は東である。

痛みのせいか目が霞《かす》んできた。それでも、東を目指して氏徳は必死に手綱を握り、馬を駆った。

馬は意外なほどの駿馬で、脚が速かった。やがて霞む目に、多くの敵勢に追われている騎馬の一団が見えてきた。

――あの中に、お屋形がいらっしゃるのではあるまいか。

一団の中に、ちらりと白馬が見えた。まちがいない、と氏徳は確信した。

義元の愛馬は雪風《ゆきかぜ》といい、白馬なのだ。かなり目立つために、見誤りようがない。

氏徳は馬をさらに駆り立てた。義元を狙って近づく武者や敵兵を、槍を振るって次々に屠《ほふ》っていく。

やがて義元が氏徳に気づいた。八柱の龍の装飾がついた兜の目庇《まびさし》を持ち上げ、祖父上、と明るい声で呼びかけてくる。

「ご無事でござったか。お姿が見えなくなり、案じておりもうしたぞ」

「わしはお屋形をお守りしなければならぬ身。それなのにおそばを離れてしまい、まことに申し訳なかった」

「なに、謝るようなことではござらぬ。とにかくご無事でよかった」

敵は大波のように寄せてくる。討っても討っても切りがなかった。

義元を包みこんでいた馬廻衆《うままわり》もほとんどが討ち死にを遂げ、ほんの数騎を残すのみになった。

その数騎もついに討たれ、義元のそばにいるのは氏徳のみとなった。

氏徳もすでに愛槍は折れ、太刀で戦い続けていた。

不意に一人の敵兵が横合いの茂みから飛び出してきた。

その敵兵は義元を狙って体当たりを食らわそうとしていた。その瞬間、氏徳の体が別の何者かに押されたかのように激しく動いた。

――守り神さまのお力だ。

瞬く間に解した氏徳は義元の身代わりとして、体当たりしてきた敵兵をがっちりと受け止めた。

そのはずだったが、敵兵の勢いは思いのほか強く、氏徳はあっという間に馬から転げ落ちた。

地面で頭を打ち、またしても気を失いそうになったが、腰から鎧通しを引き抜いて、傍らでうめき声を上げている敵兵の喉に突き刺した。うっ、と声を発して敵兵が息絶える。

気力を振り絞って氏徳はうつ伏せになって顔を上げた。

義元が愛馬とともに遠ざかっていくのが目に入る。追いすがる敵兵も武者もいない。このまま行けば、義元は逃げ切れる。

――よかった。なんとかお屋形の身代わりになれた。

満足して氏徳が笑みを漏らした瞬間、義元が馬首を返したのが見えた。

——な、なにゆえ。

その光景が信じられず、氏徳は愕然《がくぜん》とした。

雪風を駆って義元が近づいてくる。

「祖父上」

息せき切ってそばにやってきた義元が馬上から声をかけてきた。

「余の後ろにお乗りくだされ」

「いや、しかし——」

「迷っている暇はありませぬ」

「承知いたした」

首肯して氏徳は立ち上がろうとしたが、体が言うことを聞かない。義元が下馬し、手を差し伸べてくる。

しかしそのときには、二人は大勢の敵に囲まれていた。すでに、どこにも逃げ場はないように思えた。

——いや、お屋形だけはなんとしても落ちさせねばならぬ。

どこかに逃げ場があるはずだ、と氏徳が目を凝らした時、腹に痛みを覚えた。槍が鎧を突き破って突き立ったのがわかった。

——しまった。

すぐさま槍が引き抜かれ、同時に氏徳はくずおれた。目で義元の姿を追いかける。

大勢の敵が蟻《あり》のように義元に群がっていく。義元は左文字の太刀を振るい、何人かを打ち倒した。

だがそこまでだった。義元は敵の刀で膝を割られ、その場に倒れ込んだ。義元に馬乗りになり、武者が生きたまま首を掻っ切ろうとしている。

「お屋形……」

氏徳はなにもできず、その様子を歯噛みして見ているしかなかった。

――わしがそばに来たばかりに、お屋形を死なせることになってしまった。悔やんでも悔やみきれぬ……。

氏徳は涙を流して身悶えし、立ち上がろうとしたが、腕に力が入らなかった。

「お屋形、なにゆえわしを見捨てなかったのでござるか。見捨ててさえいれば、生きられたものを……」

氏徳は義元に向かって叫んだ。驚いたことに首からおびただしい血を流している義元が立ち上がり、よろけつつも氏徳に近寄ってきた。

馬乗りになっていた武者は信じられぬといいたげにその場に立ち尽くし、義元をただ見つめている。

氏徳のそばまでやってきた義元は、力尽きたように倒れ込んだ。ただし、目だけは氏徳に向けている。しわがれ声で語りはじめた。

「幼少のみぎり、余は祖父上に育てられもうした。自分以上に余を大事にし、慈しんでくださった祖父上を、どうして見捨てることなどできましょうや」

そこまでいって義元が口から血の塊を吐き、がくりと首を落とした。すでに両眼から光は失せている。

——わしのせいで、こんなに素晴らしい男を死なせてしもうた……。

眼前の土を掻いた時、不意に頭の痛みが消えた。すると視界が一気に暗くなり、氏徳は意識が途絶えつつあるのを悟った。

やがてすべてが闇に閉ざされ、なにもわからなくなった。これが死というものなのか、と思ったのが最後だった。

新説

今川義元は寿桂尼の子ではなかった?

今川義元は駿府を拠点とし、駿河・遠江・三河の三国を支配して最盛期を築いた戦国大名である。松平家の嫡男だった幼少期の徳川家康(竹千代)を庇護したことでも知られる。

義元は永正16年(1519)、今川家当主・氏親の子として生まれた。これまで氏親の正室・寿桂尼が生んだ子とされてきたが、この出自について近年、新たな説が提唱されている。

黒田基樹『徳川家康と今川氏真』(朝日新聞出版)によると、江戸幕府御家人・神原家に伝わる「神原系譜」には、義元の母が寿桂尼ではなく、今川氏親の側室であった蒲原氏徳の娘であると記されている。この記述が正しければ、義元は正室の子ではなく、庶子だったことになる。

父の氏親が亡くなると、今川家の家督は嫡男の氏輝が継いだ。ところが、天文5年(1536)、氏輝とその弟・氏辰(彦五郎)が同じ日に亡くなってしまう。跡目を巡り、出家していた二人の子、すなわち今川義元(当時の名は栴岳承芳)と玄広恵探が対立し、「花蔵の乱」と呼ばれるお家騒動に発展した。

従来、この乱は正室の子である義元に、庶子の玄広恵探が対抗したとみられていた。しかし、先述の説が正しければ、庶子同士の戦いだったことになる。最終的には義元が恵探の立てこもる花倉城(藤枝市)を攻め落とし、正式に今川家の家督を継いだ。

ちなみに、桶狭間の戦いについても、従来は「上洛のため出陣した」といわれてきたが、現在は尾張方面の敵勢力を排除するためだったという見方が主流になっている。伝承によると、戦いの直前、義元の夢枕に恵探が立ち、出陣を取りやめるように忠告したという。花倉城の付近でも再び恵探が現れたが、義元以外にその姿が見える者はいなかったと伝えられている。

過ぎたるもの
一言坂《ひとことざか》の合戦

早見 俊

一

元亀三年（一五七二）の十月は例年になく寒かった。暦の上は初冬だが、厳寒の日々が続いている。九月までは残暑が厳しかった為、月が変わっての急変に迷信深い者たちからは大乱の前兆という声が聞かれた。

もっとも、打ち続く戦乱の世である。動乱は日常であった。

十月二十二日、浜松《はままつ》城本丸の主殿大広間で軍議が開かれた。

夕暮れ時、城主徳川家康以下、徳川家中の諸将が甲冑《かっちゅう》に身を固め参集した。一人として寒がる者はなく、脂汗《あぶらあせ》を滲《にじ》ませている者さえいるのが、徳川家に危機が迫っているのを物語っている。

上段の間に置かれた床几《しょうぎ》に腰を据えた家康が、

「さて、どうしたものかのう」

と、一同を見回した。

家康らしいはっきりしない問いかけであるが、みな意図するところはわかっている。三万の大軍で遠江に攻め込んで来た武田信玄《たけだしんげん》の軍勢といかに戦うかだ。

左右の板塀に沿って諸将は座している。上段の間に近い、上座は石川数正《いしかわかずまさ》と酒井忠次《さかいただつぐ》が向かい合っていた。

妙案はなく、誰も発言しようとしない。燭台に立てられた百目《ひゃくめ》蝋燭《ろうそく》の炎が揺らめき、落ち着きを失くした家康が小刻みに膝を揺すっている。重苦しい沈黙が続く中、家康の甲冑が発する草摺《くさずり》の音が大広間に響く。

「むろん、一戦交えるべし！」

静寂を破ったのは本多忠勝《ほんだただかつ》である。家康に直属する旗本先手役を担う若武者だ。

三河《みかわ》国岡崎《おかざき》の小領主に過ぎなかった家康は、永禄九年（一五六六）三河一国を平定し、三年後には今川《いまがわ》家から遠江《とおとうみ》を奪って領国化した。三河統一を機に、家康は家臣団を三備《みつぞなえ》の軍制に編成する。

石川数正を旗頭とする西三河衆、酒井忠次が旗頭を担う東三河衆、そして家康に直属する旗本先手役である。

西三河衆には平岩親吉《ひらいわちかよし》や松平《まつだいら》一門衆が属し、東三河衆には菅沼定盈《すがぬまさだみつ》や奥平定能《おくだいらさだよし》が加わっている。いずれも、三河国内の国人領主たちだ。対して旗本先手役は本多忠勝、榊原康政《さかきばらやすまさ》、鳥居元忠《とりいもとただ》、大久保忠世《おおくぼただよ》などの旗本が揃い、浜松城下に常駐している。それゆえ、浜松衆と呼ばれていた。

「平八郎、頭に血を上らすでない」

石川数正が忠勝の通称を呼んで諌めた。

これが呼び水となって軍議が動いた。

酒井忠次が、

「しっかりと浜松城を固め、織田《おだ》さまの援軍を待ちましょう。当方は八千、織田勢は少なく見積もっても五千、併せて一万三千ならば、三万の武田勢相手でも、籠城戦を戦えます」

家康に意見を具申するや、

「五千とは、そなたの皮算用に過ぎないのではないか」

数正が疑問を投げかけた。

揚げ足取り、と不快に思ったのか忠次は数正を睨《にら》み、

「二年前、姉川《あねがわ》の合戦において、当家は織田さまの手伝い戦に五千の軍勢で駆け着けたのだわ。盟約を結ぶ徳川家の救援だで、信長公は五千以上の兵を差し遣わしてくださるに違いないわ。一万三千の軍勢で籠城すれば半年は持ち堪《こた》えられる。冬を越し、春になったら田起こしが始まる。武田勢は甲斐《かい》に帰るわ」

話を締め括り、忠次は視線を数正から家康に移した。たちまち、数正が反論する。

「姉川の時とは事情が大違いじゃ。今の信長《のぶなが》公は浅井《あざい》、朝倉《あさくら》や六角《ろっかく》、三好《みよし》の残党、大坂本願《ほんがん》寺《じ》をはじめとする一向《いっこう》宗徒……とにかく敵だらけで身動きが取れん。五千どころか、援軍を出してくださるかもわからぬ」

「それでは、徳川と織田の盟約にひびが入るではないか！」

忠次は声を大きくした。

負けじと数正も、

「戦乱の世にあって、盟約なんぞあって無きも同じ！」

掴《つか》みかからんばかりに言い立てる。

二人の言い争いを他人事のように家康は聞いている。徳川家を代表する重臣同士の喧嘩腰《けんかごし》の論争に誰も口を挟めず、大広間に淀《よど》んだ気が充満した。

家康は指の爪を噛《か》み、こんな事態になった経過に思案を巡らした。


武田信玄が遠江に攻め込んできたのは、まさしく寝耳に水であった。信玄の動きに無関心だったわけではない。それどころか、一挙手一投足に注意を払ってきた。

甲斐をはじめとする武田の領国には間者を入れているし、織田信長からも情報が送られてくる。信長ばかりか、盟約を結んだ越後《えちご》の上杉謙信《うえすぎけんしん》、相模《さがみ》の北条氏政《ほうじょううじまさ》とも文をやり取りして、信玄の動きを掴んできた。

間者の報告によると、信玄は昨年から領国内で大規模な軍役衆を募集した。軍役を担えば、棟別銭や人足普請役など、あらゆる諸役の免除する上、隠田の摘発もしない、という好条件である。当然、信玄が大きな合戦の準備に入ったと予想させる。それを裏付けるように、昨年末断交していた北条と盟約を結んだ。

北条と結んだということは、信玄の狙いは上杉か徳川か織田か、それとも噂《うわさ》される上洛と考えられた。

今年になり、信玄は大坂本願寺法主顕如《けんにょ》から打倒信長の助勢を求められた、とか、朝廷から比叡山延暦寺《ひえいざんえんりゃくじ》再興を要請された、という話も流れてきた。本願寺顕如への協力、比叡山延暦寺の再興は、共に信長への敵対を意味する。

また、不確かだが、将軍足利義昭《あしかがよしあき》が信長打倒を要請したとか。自分を傀儡《くぐつ》のように扱う信長に義昭は不満を募らせ、信長に代わって幕府を支えるよう信玄を頼ったというのだ。

本願寺顕如と足利義昭の助勢、比叡山延暦寺再興、いずれも信長打倒と共に上洛を意味する。それなら、武田領の信濃《しなの》から織田領の美濃《みの》に攻め込み、信長の本拠岐阜《ぎふ》城を攻め落として西に進軍し、都を目指すのが早道だ。遠回りとなる遠江を攻めるのは、時と軍勢を損耗させるだけだ。

しかし、一方で信玄は信長との盟約を強化すべく、娘の松姫《まつひめ》と信長の嫡男信忠《のぶただ》の婚姻を決めた。信長とは戦う気がないのだ。すると、上洛は噂に過ぎないのではないか。

ならば、信玄の兵力増強の目的は何だ。

「まさか、わしか……わが徳川領か」

と、家康は危機意識を抱いた。

思えば、ここ三年、信玄の不興を買ってきた。三年前の永禄十二年（一五六九）信玄と共に今川家を滅ぼした際、遠江を徳川領、駿河《するが》は武田領という密約を結んだ。遠江に兵を進めたが、武田の武将秋山虎繁《あきやまとらしげ》も遠江に軍勢を入れた。家康は憤慨《ふんがい》し、強い調子で信玄を批難する文を送った。

あの頃、信玄は北条と敵対しており、背後を突かれてもおかしくはなかった。信玄は、若造が足元を見よって、と不快感を抱いたようだ。

また、信玄に断りもなく、武田と敵対していた北条や上杉と盟約を結んだ。武田は北の上杉、東の北条、南の徳川に囲まれたのだ。包囲網の打開策として信玄は信長へ接近をしたのである。

北条と結び包囲網の一角を崩した信玄が軍勢を向けるのは、やはり徳川か。いや、そうではあるまい。徳川と敵対すれば、織田と合戦になる。それなら、信玄が信長に近づくはずはないのだ。

果たして、信玄は家康の考えを裏付けるような動きをした。先月になり、越後に攻め込むと文《ふみ》を寄越《よこ》したのだ。上杉謙信は一向一揆との合戦で本拠である春日山城《かすがやま》を出陣、越中《えっちゅう》に在陣中であった。武田勢が越後に攻め入れば、一向宗徒と挟み撃ちにされる。

「信玄の狙いは越後だったのだな」

ほっと安堵すると共に納得もした。

大幅な兵の増員は、本願寺顕如からの要請に便乗して、一向宗徒と共に永年の宿敵上杉謙信を滅ぼすことにあったのだ。五度に亘《わた》る川中島《かわなかじま》での合戦、二十年近く続いてきた争いに決着をつける気であろう。

危機に立った謙信は信長に信玄との仲介を頼んだ。信長は応じ、信玄に越後攻めを思い留まるよう文を送った。すると、意外にもあっさりと信玄は信長の頼みに応じた。

ところが、信玄は抜け抜けと約束を違《たが》えた。

先月の二十九日、配下の武将、山県昌景《やまがたまさかげ》率いる四千の軍勢が甲斐の甲府《こうふ》を出陣、信濃を北上し、越後へ向けて進軍を始めた、という報告が間者からもたらされた。

この時は、信玄の二枚舌に呆れるに留まったが、その後の展開に家康は戦慄《せんりつ》を覚えた。

越後に進軍するはずの山県勢は諏訪《すわ》に到ると突如南下し、伊奈《いな》を経て下伊那大島《おおしま》城代秋山虎繁の軍勢と合流すると、信濃と遠江の境を成す青崩峠《あおくずれとうげ》を越え、遠江に雪崩《なだ》れ込んだのだ。

山県勢ばかりではない。

馬場《ばば》信春《のぶはる》率いる四千の軍勢も甲府を出陣、天龍川《てんりゅうがわ》沿いに遠江へ進み、徳川方の城を次々と落としていった。

そして、十月五日には信玄自ら二万二千の軍勢を率いて出陣、駿河経由で遠江を侵し、十二日には要衝である高天神《たかてんじん》城を陥落させた。信玄の本隊には北条の援軍、千七百も加わっているそうだ。

あっという間に遠江は武田勢に蹂躙《じゅうりん》され、徳川から武田に寝返る国人衆が続出している。

信玄は遠江攻めを行うに当たって、浅井、朝倉と結んで信長を近江《おうみ》に釘付けにし、家康への加勢を妨害した。信玄らしい用意周到な企てである。

「してやられた」

家康は歯噛みした。

信長への接近も、越後攻めに見せかけた軍事行動も、比叡山延暦の再興を請け負ったのも、本願寺顕如の援軍要請を受け入れたのも、足利義昭から打倒信長を要請されたという噂も、全ては遠江侵攻を隠す欺瞞《ぎまん》だった。遠江、ばかりか、あわよくば三河も奪い、徳川家康を滅ぼす気であろう。

遠江から武田勢を駆逐し、武田包囲網を形成して信玄を封じ込めた、とはうぬぼれに過ぎなかった。そんな家康に信玄は鉄槌を下したのだ。信玄に比べれば、自分の軍略なんぞ子供の遊びだ。怒らせてはいけない相手を敵に回してしまった。いやいや、信玄は家康に好意を抱こうが、隙あらば滅ぼす挙に出ただろう。

それが戦国の世を生きる武将だ。

信玄に思いを巡らす家康を他所に、

「籠城じゃ！」

「援軍なき籠城など無駄死にじゃ！」

籠城を唱える忠次と反対する数正の意見は平行線を辿《たど》るばかりだ。

「殿、いかに！」

酒井忠次の大音声で家康は我に返り、

「武田勢は何処《いずこ》まで来ておる」

と、問いかけると、忠次は小さくため息を漏らした。何を今更言っているのだ、と批難の表情である。数正が信玄の軍勢は高天神城を落とし、本日、久野《くの》城を攻略すべく木原《きはら》で陣を張っている、馬場信春勢も合流した模様だ、と説明した。

「ならば、見附《みつけ》まで出張り、久野城を守る久野宗能《くのむねよし》の手勢と共に、武田勢を挟み撃ちにしようぞ」

家康は言った。

二

一瞬の静寂の後、ざわめきが大広間を覆う。忠次が、

「武田勢相手に野戦を挑むのですな」

と、念押しをするように確かめた。軍議の間、沈黙していた家康の様子に、夢でも見ているのでは、と危惧《きぐ》をしたようだ。

「そうじゃ」

当然のように家康は返した。

忠次は数正を見た。忠次はともかく、籠城に反対の数正も不賛成のようで、口をつぐんでいる。

「何じゃ、はっきり申せ。徳川家存亡の時ぞ」

言葉とは裏腹に家康の口調は軽い。

数正は居住まいを正してから、

「武田勢は二万五千から六千ですぞ。我らは……」

不意に数正の言葉を遮り、

「五千、いや、三千で出撃をする」

己を鼓舞するように家康は拳を作った。忠勝と榊原康政、大久保忠世が賛同の声を上げた。いずれも、旗本先手役の者たちだ。

家康はみなを眺め回し、

「死中に活を求めるしかない。死中に活を求めるとは、信玄の本陣を突くことじゃ。平八郎、初陣を思い出せ」

家康は忠勝に語りかけた。

「桶狭間《おけはざま》ですか」

忠勝が返すと家康はうなずく。

忠勝の初陣は十二年前に行われた桶狭間の合戦だった。今川の傘下にあった徳川勢、当時の松平勢は先鋒を担い、尾張《おわり》における今川の拠点だった大高《おおだか》城に兵糧を運び込んだ。忠勝は無我夢中で槍働きをした。松平勢は役目を全うしたが、恩賞をくれるはずだった今川義元《よしもと》は信長に討たれてしまった。

忠勝は続けた。

「桶狭間の時、今川勢は二万五千、織田勢は五千、今川が負けるはずはございませんでした。しかし、結果は大敗。信長公は三千の軍勢で死中に活を……すなわち、義元公の本陣を突いて見事な勝利を得られた。殿は桶狭間を再現しようとお考えなのですな」

心中を推し量るように忠勝は目を凝らした。

「その通りじゃ。わしは信玄の首を狙う」

家康は眦《まなじり》を決した。

すると数正が、

「信長公の勝因は、今川勢の油断、それに伴い兵たちが乱取りを行っておって本陣が手薄になっていたこと、そして急な嵐でございます。手薄になった本陣、劣勢の織田勢が攻撃を仕掛けてくるなど夢想だにしなかったところを襲いかかられた。しかも、今川方は激しい風雨を受ける形となり、本陣は崩れ去ったのです。義元公が討たれたのは、本陣の乱れによる不運な出来事でした」

諫《いさ》めるように家康に語りかけた。

忠次が続けた。

「武田の軍律はひと際厳しいと聞いております。また、乱取りも行わないでしょう」

桶狭間で今川の兵が乱取りを行ったのは織田の領内だったからだ。乱取りとは戦地で兵たちが食料や銭を略奪し、男や女をさらって売り飛ばす行為だ。乱取りを楽しみに戦に加わる兵は珍しくない。

信玄は遠江を武田領にしようとしている。武田の領民相手に乱取りはするまい。

「それと、嵐は期待できますかな。今年は例年よりも厳しい冬ですので、雪が降れば……吹雪《ふぶ》けば幸いですが」

忠次は、桶狭間は再現できない、と言いたいようだ。自分の策を暗に否定されたが家康は不快がらず、それどころか笑みさえ浮かべて問いかけた。

「ならば、みなで知恵を出してくれ」

忠次と数正は諸将に向き、発言を促した。みな、お互いの顔を見合わせていたが、

「殿、桶狭間を再現しましょう。信玄に勝つのです」

忠勝が立ち上がった。忠次と数正は渋面となり、諫めようとしたが、

「平八郎、よう申した」

家康は目を細めた。続いて内藤信成《ないとうのぶなり》が、

「信玄の本陣を探り当てます」

と、意気込んだ。

「三左衛門《さんざえもん》、頼むぞ」

家康に命じられ、承知しました、と信成が両手をついてから、

「おれも物見《ものみ》に行きます」

忠勝も申し出た。

「平八郎、物見と言いながら、先鋒を務めたいのじゃろう」

家康はにんまりとした。

「お見通しですな」

照れ笑いを浮かべ、忠勝は認めた。

家康はよかろうと許し、見附に本陣を置くと決めた。

こうなっては、忠次も数正も反対しない。

見附は東海道の宿場町、古の世では遠江の国府が置かれ、武士の世となってからは守護所が設けられた。遠江の国中、つまり中心地である。遠江を掌中に治めた時、家康は居城を岡

崎から見附に移そうとした。

岡崎では三河、遠江を治めるには西に寄り過ぎだからだ。家康は見附を見下ろす見附原台の南端に築城を始めた。城之崎《きのさき》城である。

ところが、信長から反対された。城之崎は天龍川に程近く、大天龍が増水したら織田は援軍に駆けつけられない、という理由である。

対して信玄は目の付け所がよい、と家康を褒め称えた。今にして思えば、家康が城之崎城に本拠を構えた方が攻め落としやすい、と考えて欺《あざむ》いたに違いない。

築城途中のまま放置してあるが、城之崎城を改修すれば、急拵《ごしら》えの本陣となる。

家康に促され忠勝は腰を下ろしたが、桶狭間の再現に胸を躍らせたようで顔を上気させながら、

「夜討ちがよろしいと存じます。夜陰に紛れ、信玄の本陣を突くべき、かと。嵐の代わりに闇に乗じるのです」

「よかろう。見附原台辺りは、城之崎城普請を通じて勝手知ったる土地じゃ。闇に閉ざされても夜目に慣れれば、軍勢の駆け引きに不自由はない。一方、武田勢は不案内じゃ」

家康は気に入ったようだ。

続いて数正が進言した。

「戦う前から負けた時のことを想定するのは、愚の骨頂と承知で申します。見附で不利と見定めたなら、直《ただ》ちに浜松城に退いてくだされ。浜松城にお戻りになれば、織田勢の援軍が期

待できます」

家康は苦笑し、

「数正、つい今しがた、織田勢は期待できない、と口角泡と飛ばさんばかりに言い立てたではないか」

恥じ入るように数正は頭を垂れてから、

「武田勢相手に奮戦すれば、信長公は徳川の大事さを痛感なさり、僅《わず》かでも軍勢を差し向けてくださるかもしれません」

と、言い訳めいた言葉を返した。

「それは一理ありますな」

何かと対立する忠次も賛同した。

よかろう、と家康は浜松城に戻ることを受け入れてから、

「さて、策を詰めるぞ。意見を出せ」

と、呼びかけた。

意外にも忠勝が守備の策を口に出した。

「武田勢が東海道を西に進むのを阻む為、三ヶ野《みかの》坂に守備の兵を置きましょう。その役目、おれがやります」

三ヶ野台地は見附原台の東端に位置し、小高い岡になっている。武田勢を食い止めるには好立地だ。忠勝は数え二十五、数々の合戦、修羅場を潜り抜けてきた。勇猛果敢さに加え、

戦の駆け引きも学んだようだ。猪武者に育たず、勇将の道を歩む忠勝に家康は目を細めた。

忠勝の進言は受け入れられ、続いて、様々な策について協議がなされた。

「軍議は煮詰まったな。よし、ならば出陣じゃ」

家康らしからぬ即断に、忠次と数正は戸惑って返事に窮したが、

「おう！」

忠勝が勢いよく拳を突き上げ、それを潮に旗本先手役たちが雄叫びを挙げた。

床几から家康は立ち上がり、

「これより、内藤三左衛門を物見、本多平八郎を先鋒として出陣致す。明朝までに見附に陣を張り、日暮れを待って信玄の本陣に夜討ちをかける。よいな」

今度は大広間に詰めかけた全ての家臣から気合いの籠った声が上がった。

三

内藤信成の物見隊がまず浜松城を出陣した。密かに武田勢の動きを探る為、三十騎の少数精鋭が選ばれた。内藤隊の後詰《ごづめ》として本多忠勝が三百の手勢を率いて続く。

今宵《こよい》は下弦の月、夜空を彩るのは子《ね》の刻である。月の代わりに星が瞬いている。恨めしい程の星空だ。

馬上の忠勝は黒糸威《くろいとおどし》胴丸具足《どうまるぐそく》に鹿角脇立兜《かづのわきだてかぶと》と威風堂々たる武者ぶりだ。兜にはヤクの毛が荘厳されており、「唐の頭《からかしら》」と呼ばれている。忠勝ばかりか、叔父の忠真《ただざね》を含む九人の騎馬武者も、「唐の頭」の兜、黒の具足に身を固めていた。

ただ、忠勝の鑓《やり》は際立っている。

刃長一尺四寸、柄の長さは二丈余り、大きな笹の形をした穂は突くに威力を発揮するばかりか切れ味が鋭く、穂にぶつかった蜻蛉《とんぼ》が真っ二つに切れたことから蜻蛉切《きり》の鑓と呼ばれる。また、忠勝のみは肩から黄金色の大数珠を提げていた。合戦で討ち取った敵を弔う為だ。

忠勝は大数珠を握り締め、馬を進めた。

天龍川に至り、舟と筏《いかだ》に別れて渡河する。数多《あまた》の筏には馬や鑓、弓矢の他、荷車が乗せられた。身を切るような川風に吹かれながら対岸に渡る。

二十ある荷車の半分には丸太が積まれ、残る半分は空だった。忠勝は空の荷車を河原に乗り入れさせた。

「石を拾え！」

配下の武者に河原に転がる石を拾わせ、空の荷車に投げ込ませた。十ある荷車には次々と石が放り込まれる。

「形や大きさを揃《そろ》える必要はないぞ。手当たり次第でよい！」

大音声で告げると、忠勝も石拾いに加わる。腰を屈め、稲刈りのような具合に河原を移動しながら、石を拾うや荷車に投げる。見ていないにもかかわらず、一つとして外れずに荷車に吸い込まれてゆく。

鑓使い同様の力強さと正確さは、本多忠勝が無双の勇者であるのを物語っているようだ。

荷車が石で一杯になったところで、

「行くぞ！」

忠勝は命じた。

大音声が夜空に響き渡る。いつの間にか下弦の月が昇っていた。


本多勢は東海道を粛々と東に進む。馬には枚《ばい》を噛ませ、松明《たいまつ》は使わず、星影を頼りに移動する。城之崎城普請の際に幾度も通ったとあって、進軍が滞ることはない。

やがて、観音堂が見えてきた。

一言《ひとこと》観音と称されている。信仰は天平時代にまで遡り、その名が表すように一つだけ願いが叶うという伝承がある。

忠勝は馬を止め、降りると観音堂に向かおうとした。願いごとは、家康の無事、いや、信玄の首級を挙げることか。

「……止めよう」

神仏にすがるべきではない。

願をかけた途端、己の力が減じられるような気がした。それに、忠勝が願わなくても家康の無事を祈念する者は徳川家中にも、三河、遠江の領民たちの間にも大勢いる。

信玄の首は神や仏の力を借りずとも、

「この鑓で」

忠勝は蜻蛉切の鑓を頭上で振り回し、石突《いしづき》でどんと地べた突いた。穂先が星明かりを弾き、きらりと輝く。

一言観音に背を向け、忠勝は馬上の人となった。鑓持ちに蜻蛉切を預ける。


程なくして坂に差し掛かった。一言観音に近いことから、一言坂と呼ばれている。坂を上ると見附までは間もなくだ。伝令がやって来て、見附の町衆たちが会所に集まっている、と告げた。

真夜中にもかかわらず、忠勝の呼びかけに応じてくれた徳川贔屓《ひいき》の者たちだ。下り坂となったところで、軍勢の速度を速める。坂道の両側は鬱蒼《うっそう》とした雑木林が広がっていた。

一言坂を下りると、しばらく平坦な道が続き、再び坂道になった。西坂である。西坂を過ぎると見附の町である。

一言坂に比べ、西坂は緩やかだ。ここは、戦場には向かない。武田の騎馬武者なら容易に駆け上がり、下り、瞬きする間に本多勢を蹴散《けち》らすだろう。

見附原台には見附の先に東坂、台地の東端には三ヶ野坂がある。信玄本陣を奇襲できないか、失敗して武田勢の反撃を受けたなら、家康を何としても浜松城に生還させなければならない。

その際、三ヶ野坂から一言坂に至る見附原台での合戦が勝負の分かれ目だ。一言坂の先は天龍川が流れている。満々と水をたたえる大天龍が天然の堀となり、武田勢の追撃をしばらくは止められる。少なくとも、家康が浜松城に帰るまでの時を稼いでくれるのだ。

西坂の頂きから見下ろすと、いくつも篝火《かがりび》が焚かれている。夜空を焦がす篝火が見附の町を玄妙に浮かび上がらせていた。

四

見附で軍勢を留め、兵や馬を休ませた。忠勝は町衆が待つ会所の前で馬から下りた。会所の前で町衆が出迎えてくれた。忠勝は労いの言葉をかけ、中に入る。

広間で車座となり、忠勝は町衆との協議に入った。

「武田勢は一言坂の先、木原辺りに陣を張っておるようだ」

忠勝が教えると、町衆は顔を見合わせ、不安そうに口を閉じた。町衆を代表して長老の嘉《か》兵衛《へえ》が、

「明日の朝には、見附を襲って来るんでないかね」

と、問いかけた。

他の者も不安げな目を向けてくる。

「すぐには動かぬ」

不安を払拭《ふっしょく》するように力強く否定してから理由を述べ立てた。

「みなも存じておろう。木原近くには久野城がある。久野城を守る久野宗能殿は武田勢の猛攻に持ち堪えておられる。久野城の東にある掛川《かけがわ》城も武田勢を寄せ付けておらぬ。武田信玄は用心深い大将でな。背後に敵を残したまま軍勢を進めることはないぞ、絶対にな」

忠勝の説明に町衆は納得したように首を縦に振った。

「明日の昼には殿が見附にやって来られる」

忠勝が言うと、

「軍勢の数は」

嘉兵衛が訊《き》いた。

彼らを安心させる為、一万、と法螺《ほら》を吹こうか迷った。しかし、逃げも隠れもせずに見附に留まる町衆を偽るのは卑怯《ひきょう》だ。

徳川家に卑怯者はいない。

「三千だ」

正直に打ち明けると町衆は失望の表情となった。それでも、

「徳川さまは守ってくださるでな」

嘉兵衛がみなを見回す。気を取り直したように彼らは顔を上げる。

ここからが本題だ。

「民は見附から避難したな」

嘉兵衛は、はいと答えた。

「殿はひとまず見附に陣を敷くが、武田勢に攻めかかる為、三ヶ野坂を越える。だが、戦《いくさ》は勝つとは限らない。むろん、遠江から武田勢を追い払うが、一時、浜松城に引き揚げねばならぬ事態も起こり得る。引き揚げる殿を武田勢が追って来る。そこで、武田勢の攻撃をかわす為、見附の宿を焼く」

はっきりと告げ、忠勝は、「すまぬ」と頭を下げると、武田との戦が終わったら必ず見附を再興する、と約束した。

嘉兵衛は笑みを浮かべ、

「武田に焼かれるくらいなら、わしらの手で焼きますわ。古くなった家も少なくございません。殿さまに建て直して頂けると思えば、お安い御用でございます」

と、お辞儀をした。

重ねて忠勝は感謝の言葉を口に出してから、

「そなたら、明朝には見附を引き揚ってくれ……」

と、頼んでから避難先はあるのか、何なら浜松城に入るか、と気遣った。嘉兵衛たちは親類の家や寺を頼る、と答えた。

「よし、話は終わった。あとは、戦の一字あるのみだ」

忠勝は立ち上がった。

民が大量の握り飯を用意してくれていた。町衆から握り飯を受け取った兵たちに、

「この握り飯、安易な気持ちでは食うな」

忠勝は声をかけた。


見附を出発すると明け方近くに三ヶ野坂に着いた。ここで軍勢を止める。三ヶ野坂は見附原台にある四つの坂で最も急峻だ。坂というよりは切り立った崖である。草木は生えておらず、ごろごろと石が転がった山肌が剥き出しになっていた。

その山肌に三尺程の幅で道が出来ている。大軍が通るのは無理だ。武田勢は道なき山肌を攻め上がることになろう。

荒涼とした台地に松の木が一本だけ生えていた。

忠勝は松の幹をよじ登り、枝に立つ。

十日ばかり曇天《どんてん》が続いたが、今朝は打って変わったような晴天だ。朝日が降り注ぎ、空気は澄み渡って見通しがいい。泥田《どろた》が広がる先に大軍が陣を張っていた。寒風にたなびく風林火山の旗がまごうかたなき武田勢だと示していた。軍勢の彼方には山城がある。久野城だ。幟《のぼり》旗《ばた》が翻っており、まだ落ちていないと安堵した。

予想通り、信玄は久野城を落とすつもりで、陣を張っているに違いない。

「三左衛門殿、信玄の居所、突き止めたか」

忠勝は呟《つぶや》いた。

内藤信成が信玄の本陣を突き止めれば、見附の陣を張る徳川勢の先鋒となり、夜陰に乗じて間道、獣道を進み、一気呵成《かせい》に攻め立ててやる。

桶狭間の再現だ。

軍勢を発するのは日が暮れてからだ。それまで、久野には踏ん張ってもらいたい。久野城攻めで疲労した武田勢ならば、与《くみ》しやすしだ。

祈るような思いで忠勝は松の枝を下り、兵たちに日暮れまで休めと命じた。三ヶ野坂から動くな、と釘も刺す。


忠勝が発《た》ってから半日後、家康は三千の軍勢を率いて浜松城を出陣し、見附に向かった。

冬晴れの空に寒雀《かんすずめ》の囀《さえず》りが聞こえる長閑《のどか》な朝だ。物見を任せた内藤信成、先鋒を担う本多忠勝の報告を見附で受ける手はずだ。

信玄の本陣が見つかり、夜襲できそうだとわかれば家康自らが先頭に立つ覚悟である。脳裏には武田勢を追い散らす絵が浮かんできて、嫌が上にも全身の血が沸き立ち、寒さも気にならない。

「三左衛門、平八郎、頼むぞ」

家康は呟くと、白い息が流れ消えていった。

五

日が暮れた。と、不意に銃声が聞こえた。忠勝は再び松の枝に跨り、目を凝らす。薄闇に松明が蠢《うごめ》いている。内藤隊が武田に見つかり、追われているのではないか。

危惧する間もなく、内藤隊は三ヶ野坂にやって来た。信成が馬で細い坂道を上り、頂きに到る。息を荒らげる信成に忠勝は近づいた。

「信玄の本陣はわからぬ」

馬に乗ったまま、悔し気に信成は吐き捨てた。忠勝は水の入った竹筒を差し出した。信成は受け取り、喉を鳴らしながら飲み干す。吊り上がった目をわずかに和ませ、

「噂《うわさ》は本当だった」

「噂……」

怪訝《けげん》そうに忠勝は問い返す。

「信玄は影武者を使っているという噂だ」

信成は下馬した。

内藤隊は木原に展開する武田の陣を探った。すると、ここが本陣だという報告が複数名からなされた。それらの陣所を警固する雑兵の口から、「御屋形《おやかた》さま」という言葉を聞いたという。武田の者たちも区別がつかない影武者が居る陣がいくつか用意されているのだ。

本物の信玄を確かめようとしたところで、何人かが武田勢に見つかってしまい、闇と間道

を頼ってここまで逃げて来たのだった。

「武田勢は動くぞ」

信成は言った。

「信玄本陣への奇襲が叶わないとなれば、予定通り浜松城に退く。見附に陣を張る殿にお報せ致さねば」

忠勝は即断した。

桶狭間の再現は叶わないが、拘《こだわ》ってはいられない。失望よりも、武田の大軍相手の合戦に血潮が騒ぐ。

三万近い武田勢に三百で挑んでやるぞ！

信成に異存があるはずはなく、見附に向かうと請け負った。

「頼むぞ。おれは、ここで武田の奴らを食い止める。三万近い大軍を三百で追い散らしてやるさ」

忠勝は呵々大笑《かかたいしょう》した。

忠勝の覚悟に信成はうなずき、

「浜松城で会おう」

と、言い置いて信成は馬に跨った。

闇に消える信成を見送ってから、

「者ども、戦だ！」

叫び立て、松明に火を灯し、坂道に丸太を落とした。

四半時程で武田勢が殺到して来た。

坂道は丸太で塞がれているとあって馬を使えない。騎馬武者も下馬し、雑兵たちと共に山肌を上る。

「浴びせろ！」

命ずると忠勝も荷車に山積みされた石を掴《つか》み、投げ下ろした。石は甲冑《かっちゅう》武者の顔面を直撃、面貌《めんぼう》が割れ鼻血が飛び散る。

本多の雑兵たちも手当たり次第に石礫《いしつぶて》を投げる。暗がりから悲鳴が聞こえてくる。目を凝らすと、武田の雑兵たちは松明を眩《まぶ》しがり、手庇《てびさし》を作っている。

忠勝は松明を持たせた雑兵たちを前後左右に動き回らせ、大軍に見せかけた。

山肌を埋め尽くした武田勢が動きを止め、矢を射てくる。しかし、急峻な山肌とあって足腰が定まらず、そこへ石が降り注ぐとあって、矢は外れるか力なく頂まで達しない。

それでも、大軍である。石礫の攻撃の隙をついて頂へと達する者が現れてきた。這《は》い上がった敵を忠勝は蜻蛉切の鑓で突いたり、殴って落としてゆく。

全身に闘志が漲り、動けば動く程機敏になって力強くなる。戦の申し子の如《ごと》き忠勝の鑓使いは味方を鼓舞し、敵を怯《ひる》ませた。

半時程が経過し、武田勢は麓に集結した。次いで、見附原台に沿って北上してゆく。どうやら、迂回《うかい》し、本多勢の背後に出るようだ。

武田勢には不案内な土地、夜道を大軍が移動するということは、寝返った遠江の地侍《じざむらい》が案内に立ったに違いない。程なくして、三ヶ野坂に武田の加勢がやって来るだろう。背後に回った軍勢と挟み撃ちにされる。そうなれば、多勢に無勢、あっという間に全滅だ。

「退くぞ！」

忠勝は見附に戻ることにした。

見附の家康本陣に内藤信成がやって来て、信玄本陣を発見できなかったこと、武田勢が攻め寄せて来ることを報告した。

「浜松城に引き返す」

落ち着いて家康は決断した。

「それがし、平八郎と共に殿《しんがり》を務めます」

信成の申し出を家康は受け入れ、

「無駄死にはするな。平八郎にも伝えよ。浜松城に戻れ、とな。それと、大久保弥八郎《やはちろう》の軍勢を残しておく」

床几から立ち上がった。

大久保弥八郎とは忠佐《ただすけ》、旗本先手役を担う大久保忠世の弟だ。家康は忠佐勢三百に三十人の鉄砲組を付けた。

六

忠勝が見附に到ると既に家康は西進していた。武田勢は不慣れな土地を迂回しているとあって、まだ姿を現していない。

武田勢がやって来る前に見附の町を焼こう。将兵に見附の町に火をかけよと命じた。既に、一部の家は火を付けやすいように解体され、板切れとなって往来に積まれている。板切れの他、藁《わら》も積み重ねてあった。忠勝は嘉兵衛や見附の民に感謝しつつ松明から火を付けさせた。藁や板切れが燃え上がる。この時節、遠江は北西の強い風が吹きすさぶ。遠州の空《から》っ風と称され、乾いた冷たい風だ。炎は空っ風に煽《あお》られ、家々に燃え広がる。見附の町が黒煙に包まれ、火の粉が舞い落ちる。そこへ到着した武田勢は前途を阻まれ、進軍が止まった。

動きが止まったところで忠勝は将兵を引き連れて一言坂に向かった。

見附を出て、西坂に到ると軍勢が蠢いている。さては、迂回した武田勢に先廻りをされたか、と身構えたところで、銃声が轟《とどろ》き、弾丸が忠勝の肩先をかすめた。本多勢が乱れる。

「取り乱すな！」

大音声で忠勝が命じると、

「平八郎か」

という声が敵勢から聞こえた。

「おお、弥八郎殿か」

安堵と共に問い返した。

忠佐の、ここは自分たちが守るから、西進して殿をお守りせよ、という申し出を忠勝は受け入れた。


軍勢を西進させる前に、忠勝は大久保忠佐の軍勢と危うく同士討ちになるところだったのを反省し、合言葉を決めた。闇に閉ざされても敵味方の区別がつくような言葉、「唐の」という呼びかけに、「頭」と答えることにした。

一言坂を上ると、背後で銃声や雄叫《おたけ》びが聞こえた。時刻は丑三《うしみ》つ時《どき》、夜が明けるには間がある。

松明の灯りに忠佐勢と武田勢の戦いが浮かんでいる。少人数の忠佐勢は押されていた。家康に追いつくべきだが、目の前の味方を見捨ててはおけない。加えて忠勝の武者魂が騒いだ。

忠勝は手勢を率いて坂を駆け下り、忠佐勢と武田勢の真っ只中に突っ込んだ。

横腹に不意討ちを食らった武田勢の人馬が乱れる。忠勝は蜻蛉切の鑓を自在に振るい、敵を蹴散《けち》らし、手勢に敵の松明を狙えと命じた。松明を手にした足軽、雑兵は決死の勢いで迫り来る本多勢に泡を食う。松明を捨て逃げ散る者が続出した。

それでも、武田勢は態勢を建て直し、本多勢を包囲し始めた。

夜陰の中、

「唐の！」という掛け声に、「頭！」と応じる声が乱れ飛んだ。

松明の代わりに月明りが戦場をほの白く照らしている。ヤクの毛で飾り立てた鹿角脇立兜に、黒糸威胴丸具足に身を包んだ忠勝は、乱戦にあっても目立つ。この為、大将首を狙う者たちの格好の目標となった。

数多《あまた》の矢が射かけられ、鉄砲が放たれる。

足軽から渡された竹束《たけたば》で矢玉を防ぐ。しかし、守る一方では死が待つのみだ。死中に活を求める。

「ええい、おれを討ち取れるものならやってみよ！」

竹束を投げ捨て、忠勝は再び蜻蛉切の鑓を振り回した。次々と飛来する矢、そして弾丸さえも弾き飛ばし、敵を手あたり次第に餌食《えじき》としてゆく。

武田勢から驚きの声が上がる。

それでも、忠勝は武田勢に囲まれ、矢が射かけられた。弾込めをしているせいか鉄砲は放たれない。それでも、あまりの数の矢とあって、鑓で叩き落とせない。

何時《いつ》の間にか黒糸威胴丸具足には数多の矢が突き刺さっている。しかし、痛みを感じない。燃え盛る闘志がそうさせているのではない。矢が具足を通らないのだ。

黒糸威胴丸具足の頑強さに加え、鬼神の如き忠勝の奮戦ぶりに武田勢は腰が引け、しっかりと弓がひけないのだ。

とは言え、忠勝も人である。猛《たけ》っていても体力には限界がある。実際、鑓が重くなってきた。動きが鈍ったのを見て取ったようで武田勢は攻撃を強める。

家康の顔が脳裏に浮かぶ。

負けるものかと、忠勝は気合いを入れ直した。

その時、脳天を貫く銃声が轟いた。

これまでにない沢山の鉄砲だ。幸い、弾丸を浴びていない。しかし、もはやこれまでか……。家康に別れを告げ、忠勝は敵勢の真っ只中に馬を乗り入れようとした。すると、またしても銃声が聞こえ、武田勢が退いてゆく。振り返ると、

「平八郎、殿は無事落ち延びられた。我らも行くぞ」

大久保忠佐が馬上で怒鳴《どな》った。

忠勝は応じ、手勢をまとめて一言坂を駆け上がる。急げと鼓舞し、頂きに達した。天は乳白色となり、東の彼方は茜《あかね》に染まっている。白々明けの空だ。

と、坂の麓に軍勢が待ち構えていた。暗闇が去り、風林火山の旗がはためいている。一瞬の躊躇《ためら》いもなく、忠勝は突破すると決めた。忠勝と唐の頭を被った忠真や騎馬武者が一団を作った。忠勝が先頭、後続には八騎が二列縦隊となり、最後に忠真が続く。

最早、合言葉など必要なかったが、「唐の！」と忠勝が呼びかけると、「頭！」と全員が応じた。忠勝たちは、合言葉を叫び立てながら一気呵成に坂を駆け下った。巨大な錐《きり》と化した忠勝の一団に本多勢が続く。

捨て身の攻撃に武田勢はひるんだ。そこへ忠勝ら十騎が鑓を振るう。突破口が開かれ、本

多勢が武田勢を蹴散らす。

乱戦の最中、

「拙者《せっしゃ》、武田信玄さまの近習《きんじゅう》、小杉右近《こすぎうこん》と申す。先頭の武者の御名前を聞きたい」

という声が耳に達した。

馬上、忠勝は振り返り様、

「天下一の大将、徳川家康さまが家臣、本多平八郎忠勝、まかり通る！」

悠然と返し、馬を走らせた。


本多勢は死地を脱した。一言観音に朝日が差している。忠勝は黄金色の大数珠を握り締め、日輪を見上げると静かに合掌した。

後日、見附に木の板に書かれた落首が掲げられた。

「家康に過ぎたるものが二つあり、唐の頭に本多平八」

本多勢の戦いぶりに感じ入った小杉右近がしたためた。忠勝と騎馬武者が大音声で発する、「唐の！」と、「頭！」という言葉が小杉の耳朶《じだ》奥にくっきりと刻まれたのだった。

新説

「一言坂の戦い」は夜戦だった?

元亀3年(1572)の遠江侵攻で、武田信玄は徳川家康と激しい攻防を繰り広げた。信玄は甲府を進発し、駿河を経て遠江の国境を越えると、徳川方の城を次々と落としながら袋井まで兵を進めた。

破竹の勢いで迫ってくる武田軍に対し、家康は約3000の兵を率いて天竜川を渡り、見付(磐田市)に布陣した。さらに本多忠勝・内藤信成を偵察隊として派遣したが、木原畷、そして三ケ野坂で起きた戦いで、劣勢のままあえなく敗走。一言坂で再び武田軍に追いつかれ、ここでも苦戦を強いられた。

もはや両軍の勝敗は決した中での一言坂の戦いではあったが、徳川勢のしんがりを務めた本多忠勝が敵に一矢報いた戦いとして後世に語り継がれている。忠勝は後に徳川四天王の一人に数えられる猛将で、そこでの奮戦ぶりは「家康に過ぎたるものは二つあり唐の頭に本多平八(忠勝)」と称えられた。

磐田原台地で起こった一連の戦いは、これまで漠然と日中に行われたと理解されてきた。ところが、戦闘の詳細を記した史料には具体的な日時が記されていないこともあって、夜戦だったのではないかという指摘が地元の郷土史家からなされている(岡部英一『一言坂の戦い 武田信玄、遠州侵攻す』静岡新聞社)。

地元に残る伝承「桃燈野」によると、敗走する徳川軍が天竜川を渡る際、大量の松明を焚いて武田軍を近くの沼地へと誘い込み、足止めに成功したという。従来、この逸話は夜間に至った退却戦の一局面をクローズアップしたものとして理解されてきたが、実は磐田原で起こった合戦自体が、夜陰に乗じて武田軍を奇襲する作戦だった可能性もあるという。

あくまで推測に基づく説ではあるが、数で劣る徳川軍が武田の大軍を迎え撃つため、何らかの策を講じて出陣したことは間違いない。夜戦による奇襲に勝機を見いだしたとしても不思議はないだろう。

赤母衣《あかほろ》

簑輪諒

一

薄曇りの空の下で、秋の冷ややかな風が吹いていた。

楓《かえで》が鮮やかに色づく庭では、百舌《もず》の甲高い鳴き声が聞こえている。その音色を掻き消すかのように、木と木がぶつかり合う、乾いた音が響く。二人の壮年の男が気勢をあげながら、稽古用の短穂《たんぽ》槍を激しく打ちつけ合っていた。

もっとも、その打ち合いは長くは続かなかった。ほどなくして、対峙《たいじ》する両名の一方――頬骨の張った厳《いか》つい顔つきの、長身の男の槍が鋭く旋回し、相手の槍を叩き落とした。

「ま、参った」相手はその場にへたり込み、「もう勘弁してくれ、藤八《とうはち》」と拝み込んだ。

「立て、弥三郎《やさぶろう》。まだ始めたばかりではないか」

長身の男――佐脇《さわき》藤八は、戦意を喪失した相手――加藤《かとう》弥三郎に槍先を突きつけた。青ざめ、荒い息をつく弥三郎から、酒の臭いが漂ってくる。どうやら、昨晩もよほど強《したた》かに飲んだらしい。藤八は苛《いら》立《だ》ちを隠そうともせず大きく舌打ちし、背後に向き直った。庭の隅には他に二人の男が、襷《たすき》上げした稽古着《けいこぎ》で、短穂槍を手に立っている。が、この二人――長谷川《はせがわ》橋介《きょうすけ》、山口《やまぐち》飛騨《ひだ》は、すでに先刻、藤八に散々に叩き伏せられたばかりであり、杖のように槍にすがりつきながら、ようやく倒れずにいるだけという体だった。

「おい、まさかもう稽古は終わりなどとは申すまいな」

叫ぶように、藤八は声を荒らげた。

「俺たちの望みを忘れたのか。赤母衣衆《あかほろしゅう》として、再び織田《おだ》家に返り咲くことであろう。だというのに、なんだ、その腑抜《ふぬ》けた様は」

そう藤八が言ったように、彼ら四名はいずれも、織田信長《のぶなが》の親衛隊「赤母衣衆」に名を連ねた勇士たちだった。しかし、一年前、彼らは故あって織田家を追われ、今は牢人の境遇に甘んじていた。


ときに元亀三年（一五七二）、八月。

元は尾張《おわり》の新興大名に過ぎなかった織田信長は、乱世の風雲に乗じて台頭し、現在は、将軍・足利義昭《あしかがよしあき》を奉じて中央政権を差配する、実質的な天下人としてその威を誇っている。赤母衣衆としてこの主君に側仕《そばづか》え、数多《あまた》の武勇を顕《あらわ》してきた佐脇藤八、加藤弥三郎、長谷川橋介、山口飛騨は、信長の躍進を支えた、誉れ高き功臣と言ってよかった。

ところが、そんな彼らが大きな失態を犯してしまう。弥三郎たちは、信長の側近であった赤川景弘《あかがわかげひろ》という男と、酒宴の場で乱闘に及び、ついには赤川を殺害してしまったのだ。

元々、赤川は居丈高《いたけだか》な物言いの多い男で、家中でも「主君の寵《ちょう》を笠《かさ》に着て驕《おご》っている」などと言われて評判が悪かった。加えて、当時、「赤川は赤母衣衆の武功を妬《ねた》み、信長様に讒言《ざんげん》をして貶《おとし》めようとしている」などという噂《うわさ》もあった。

弥三郎、長谷川、山口は、たまたま赤川と酒宴を共にする機会があり、この噂について厳しく問い詰めた。赤川は自らについて弁明したが、双方、酒が入っている。互いに引き下がらぬまま言い合いは激化し、ついにはどちらともなく刀を抜き、斬り合わせた。もっとも、屈強な赤母衣衆三人を相手に、一人で敵うはずもなく、赤川は膾《なます》のように無惨に斬り刻まれ、絶命した。

酔漢同士の下らぬ喧嘩《けんか》で側近を殺され、信長は激怒した。本来であれば、三名は死罪であったろうが、弥三郎が、尾張屈指の豪商・熱田《あつた》加藤（東加藤）家の次男坊であったことが幸いした。騒動を知った加藤家が、すぐに大金を積んで詫びを入れてきたため、信長はこれまでの弥三郎らの功績も鑑み、命までは奪わず、織田家から追放するに留めたのであった。

藤八も、弥三郎らに誘われてこの酒宴に参加していたが、刃傷沙汰《にんじょうざた》が起こったとき、ちょうど厠《かわや》に立っていた。弥三郎らと共に処罰を受けたのは巻き添えと言ってよく、言い逃れようと思えば出来たのだが、

——長年、赤母衣衆として戦場を共にしてきた仲間が処罰されようというのに、一人で知らぬ顔など出来るものか。……それに、俺にも非がないとは言えぬ。お主らが赤川と刃傷に及ぶことを考えず、いざというときに止める備えもせず、迂闊《うかつ》にも席を外したこと自体、武士としての油断であり、不覚だ。

そう言って、甘んじて罰を受けたのだった。

家中を追われた藤八たち四人は、熱田加藤家の働きかけにより、信長の同盟者・徳川家康《とくがわいえやす》

の庇護《ひご》を受けた。家康としては、これを機に加藤家に恩を売れれば、なにかと都合が良いと考えたのだろう。とはいえ、織田家における罪人である藤八らを、表立って客将の如く遇することは憚《はばか》られたため、四人はあくまでも牢人身分のまま、徳川家から内々に生活費を給されつつ、家康の本拠である遠江浜松《とおとうみはままつ》の城下で、雌伏《しふく》の時を過ごすこととなった。

(あれから、一年か)

藤八はため息をついた。追放当初こそ、加藤弥三郎などは、

――なに、我が加藤家を通じて、織田家中の要路に働きかければ、帰参の実現はそう遠くあるまい。牢人暮らしなど、ほんの一時のことよ。

と威勢の良いことを言っていたものだが、この一年、待てど暮らせど、そんな兆しは微塵《みじん》もなかった。先行きの見えない無為な日々に、彼らは焦燥を募《つの》らせ、酒や遊興に逃避することも多くなった。今日も、弥三郎、長谷川、山口の三人は、いずれも前夜の深酒のせいで足取りが重く、そのふらついた立ち姿はとてものこと、赤母衣衆の勇士などには見えなかった。

(……もっとも)

己も、弥三郎らとそう変わらぬかもしれない。槍を握る手を見つめながら、藤八は内心でそうこぼした。がむしゃらに稽古に打ち込むのは、そうしていなければ不安に押しつぶされそうになるからだ。現実から必死で目を背けようとしているのは、藤八も弥三郎たちもそう大差はない。

いったい、いつになれば帰参は叶うのか。あるいは、ずっとこのまま……。そんな暗い思

いが、藤八の脳裏をよぎったとき、

「今日も稽古ですか。御精が出ますなあ」

と、聞き覚えのある声がした。振り向くと、そこに小柄な青年が立っていた。年の頃は二十代半ば、背には大きな葛籠《つづら》を負っている。肌は日に焼けて浅黒く、小袖《こそで》や袴は継ぎ接ぎだらけだったが、不思議と粗野な印象はない。切れ長の美しい両眼は、気品さえ感じさせた。

「具足屋《ぐそく》か、久しいな」

「はい、佐脇様たちもお変わりないようで」

青年――玉越三十郎《たまこしさんじゅうろう》は葛籠をその場に置き、柔らかい笑みと共に頭を下げた。彼は、尾張清須《きよす》で具足（甲冑《かっちゅう》）商を営んでおり、藤八らとは旧知の仲である。

三十郎は職業柄、具足の材料の買い付けのために諸国に出向くことが多く、この浜松にも、遠州の名産である茜《あかね》を仕入れるために、数ヶ月に一度やってくるのだった。

「なあ、藤八、せっかく客人が訪ねて来たんだ。もう、今日の稽古はいいんじゃねえか？」

よろよろと立ち上がり、弥三郎は媚《こ》び入るような笑みを浮かべた。長谷川橋介と山口飛騨も、ちらちらとこちらの顔色を窺《うかが》っている。体面を繕《つくろ》うことすらしないその振る舞いに、藤八はいよいよやりきれなかった。

「勝手にしろ。俺は一人でもやる」

「お、おう、そうかい。それじゃあ、またな」

三人はそそくさと、気まずそうに去っていった。藤八は三十郎に向き直り、

「悪いな具足屋。せっかく訪ねて来たのに、こんな有様で」

「いえいえ。それより佐脇様」三十郎は、落ちていた短穂槍を拾い上げた。三人のうち、誰かが忘れていったらしい。「もしよろしければ、私が稽古のお相手をいたしましょうか？」

「商人《あきんど》のお主が？」

「槍を振るうとき、身体《からだ》がどのように動くか分かっておらねば、具足の動きも分かりませぬ。ゆえに、具足屋の中には、進んで武芸を学ぶものも少なくありませぬ。……無論、所詮は実戦を知らぬ生兵法《なまびょうほう》、畳の上の水練の如《ごと》き余芸に過ぎませぬが、ただの素振りよりはましではないかと。いかがですかな」

「やめておけ。短穂槍でも、当たりどころによっては死ぬぞ」

「佐脇様に殺されるなら、本望にございます」

そんなことを言いつつ、三十郎は槍を構えた。口ぶりこそ冗談めいていたが、その顔つきは真剣そのものだった。

「……忠告はしたぞ」

やむなく、藤八も槍を構える。

「どこからでも、好きに攻めてくるが良い」

「では、参ります」

裂帛《れっぱく》の気合と共に、三十郎が突きを繰り出す。それを皮切りに、一合、二合と両者は槍を打ちつけ合った。

なるほど、自ら稽古相手を買って出るだけあり、三十郎はなかなかの腕前だ。突きの鋭さ、足運びの巧みさなど、技術だけ見れば、下手な武士よりも優れているかもしれない。しかし彼自身が口にしたように、それは実戦を知らぬ者の技だった。

「踏み込みが浅い」

そう小さく呟《つぶや》くと同時に、藤八は一気に間合いを詰め、懐に潜り込むと、体当たりで三十郎を転ばせた。三十郎は大きく尻もちをつき、槍を取り落とした。

「傷を負わぬことばかりを考え、遠間から突《つ》くだけでは、敵を討つことは叶わぬぞ。首級を挙げたくば、白刃《はくじん》に己が身を晒《さら》し、間合いへ踏み込んでいく覚悟が要るものよ」

「参りました」

照れたように苦笑し、三十郎は首筋を掻いた。

「いくらかは稽古のお役に立てるかと思うたのですが、浅はかでございました。身の程をわきまえぬ申し出をしたこと、お許しください」

「少しは懲《こ》りたようだな」藤八は手を差し伸べ、三十郎の身体を引き上げた。「笑えぬ戯言《ざれごと》も、二度と申さぬことだ。商人が槍の稽古で死ぬなど馬鹿げている」

「……戯言のつもりではありませぬ」

三十郎は手を握ったまま、藤八をまっすぐ見つめた。目元が、ほの赤く染まっている。

「あなたに殺されるなら、私は……」

「やめろ、三十郎」手を振り払い、藤八は顔を背《そむ》けた。「……忘れろ。なにもかも、昔のことだ」

ほどなくして、空模様が崩れ、雨が降り始めた。さすがにそれ以上、稽古を続けるわけにもいかず、藤八は三十郎と共に屋内に引き上げた。

(相変わらず、牢人の一人暮らしには広すぎるな)

板敷の床であぐらをかきながら、藤八はぼんやりと室内を見回した。

この屋敷は、加藤弥三郎が徳川家から仮の住まいとして与えられたものだ。四十坪ほどの茅葺《かやぶき》の平屋で、奥の間や客間など七つも部屋がある。

藤八ら他の牢人衆も、一人一軒、仮屋敷を与えられていたが、弥三郎のものだけ妙に大きいのは、熱田加藤家の機嫌を取り結びたい家康の意向の表れだろう。ともあれ、この広さのため、弥三郎の屋敷は四人の溜まり場となっていた。

茅葺屋根に染み入るように、雨はしとしとと降り続けている。屋敷の広さも相まってか、空気が妙に寒々しく感じられた。弥三郎、山口、長谷川は別の部屋で酒でも飲んでいるらしく、遠くで騒ぐ声が聞こえる。

「どうぞ」

白湯《さゆ》を入れた碗を、三十郎が藤八の前に置いた。

「ああ、悪いな」

そう言って碗を口に運び、ひとすすりしてから、その湯が猫舌の藤八に合わせて、ぬるめに冷ましてあることに気づいた。はっと顔を上げ三十郎を見たが、彼もこの気遣いは無意識であったらしく、不思議そうに首をかしげている。

「なにか？」

「……いや」

どうにも、ばつが悪い。三十郎と二人でいると、つい、この青年と出会ったばかりの頃に戻ってしまうような気がした。

(思えば、ずいぶん経ったものだ)

あれは今から七年前――永禄八年（一五六五）。藤八が二十三歳、五つ年下の三十郎がまだ十七歳のことだった。

二

赤母衣衆の佐脇藤八といえば、当時、すでに高名だった。浮野《うきの》の戦い、桶狭間《おけはざま》の戦いなど、数々の戦場で顕した活躍は、故郷の尾張のみならず近隣諸国に鳴り響いていた。藤八自身も、己が武辺に自信を持ち、さらなる功を求めて研鑽《けんさん》を続けていた。

ところが、そんな藤八の心に、人知れず影を落とすものがあった。兄・前田利家《まえだとしいえ》の存在である。

織田家臣・前田氏は尾張荒子《あらこ》を本拠とする豪族で、利家はその四男、藤八は五男として生まれた。当然ながら、二人は家督を継ぐ立場にはなく、利家は信長の小姓《こしょう》として出仕し、藤八は縁戚の佐脇氏に養子入りした（後年、利家は男子のいなかった長兄・利久《としひさ》の後継となり、前田宗家を継承）。

やがて、この兄弟は共に赤母衣衆に抜擢《ばってき》され、戦場で武功を重ねていく。が、藤八がどれほどの働きを示しても、利家は常にその上を行った。藤八が首級を四つ上げれば利家は五つ、藤八が高名な敵将を討てば、利家はその敵将の上役を討って大将首を挙げた。

藤八も凡庸な武者ではない。その武功は、織田家中の精鋭たる赤母衣衆の中でも三指に入るほどのものだった。だが、己がどれほどの手柄を挙げても、世の人々が口にすることは一つだった。……「さすがは又左《またざ》（利家）殿の弟」、と。

兄が憎かったわけではない。二人の兄弟仲は良かったし、藤八も豪放磊落《ごうほうらいらく》な利家の人柄を好ましく思っていた。しかし心の奥底で「この兄さえいなければ」と思ったことも、一度や二度ではなかった。

玉越三十郎と出会ったのは、そんな頃だった。この青年は、尾張清須の城下に小さな具足屋を構えていた。

店を訪ねてみると、出迎えた店主が丁稚《でっち》のように年若いことに驚いた。店内では香でも焚《た》いているのか、甘ったるい匂いが鼻につく。

（どうも、うさん臭い店だ）

内心、そう思わないではなかったが、ともあれ、藤八は店主の三十郎に尋ねた。

「鉄造りの具足はあるか」

具足の材料といえば牛革だが、長きにわたる戦乱の中で、より頑強な鉄製の札《さね》を用いたものが、具足職人の本場である大和《やまと》など、一部の地域で作られ始めている。新しいもの好きの信長が、近頃、大和の名工にこの鉄具足をいくつか作らせ、前田利家など気に入りの家臣に下賜《かし》したことが、家中で話題になっていた。

藤八は、流行などはどうでも良かった。ただ、鉄造りの具足はものによっては、革具足の倍もの重量があり、「かような重き具足を纏って戦働きが出来るのは、前田様のような大力の武者だけであろう」などと世間でささやかれていた。藤八は、自分が利家より非力ゆえに革具足を用いていると思われるのが我慢ならず、鉄具足を求めて、あちこちの具足屋を訪ねて回っていたのだった。

鉄造りの具足と言われて、三十郎は少し驚いた顔をしたが、すぐに微笑を浮かべ、「ございます」と応じた。切れ長の目が、人をからかう狐狸《こり》のように、妖《あや》しげに光って見えた。

「本当にあるのか」

「ええ。お見せしましょうか」

三十郎は、店の奥の具足蔵に藤八を案内した。蔵の中には、卯の花縅《おどし》や紺糸縅の腹巻《はらまき》が美々しく棚に並んでいたが、若き店主はそれらには目もくれず、奥に飾られている一領の具足に歩み寄った。

「こちらです。いかがですか？」

鉄の板札を緋《ひ》の組糸で緘《おど》した、最上胴《もがみどう》の腹巻。革製のそれとは明らかに違う重厚な質感は、物理的な重み以上の圧力を感じさせる。胸板や脇板は梨子地《なしじ》塗りで、獅子と牡丹《ぼたん》が描かれていた。その見事な出来栄えに、藤八は息を呑んだ。

だが、解せない。織田家御用の具足屋ならともかく、なぜ年若い主が営む小さな店に、これほどのものがあるのか。

そんな藤八の疑問を察したかのように、三十郎は口を開く。

「汚れ仕事ばかりしていると、一つぐらい、こういうものが作りたくなるのですよ」

「汚れ仕事……？」

「おや、ご存知ないのですか？　清須で私がなんと呼ばれているか。……屍《かばね》剥《は》ぎの三十郎ですよ」

世は乱世である。戦場では、雑兵による略奪や、百姓による落ち武者狩りが横行している。刀槍、弓、甲冑などの武具は、彼らのような略奪者にとって特に価値の高い獲物だった。そうして持ち込まれた具足や兜《かぶと》を買い取り、血や泥、錆《さび》を落とし、破れやほつれを繕い、時には複数のボロ具足から、使える部分を繋ぎ合わせて一領に仕立て上げたりもする。それが己の稼業だと、三十郎は悪びれもせず語った。

「屍から剥いで仕立て直したような甲冑でも、相場より遥かに安いとなれば、いくらでも買い手はつくものです。もっとも、いかに多くの求めがあれど、まともな具足屋は、かような汚れ仕事に手をつけたがりませぬ。そこが、私のような外れ者にとっては、かえって好都合でもあるわけですが」

戦のたびに人が死に、略奪品が持ち込まれる。それを修繕し、また戦のために売りさばく。戦が起これば起こるほど、人が死ねば死ぬほど儲かる。自ら戦場に立つことも、命を危険に晒すこともなく。……つまるところ、自分は戦を食い物にして銭を稼ぐ、乱世に巣食う蛭《ひる》のようなものだと、三十郎は自嘲《じちょう》する。

店内に香を焚いていたわけが、藤八にもようやく分かった。これは、血なまぐささを誤魔《ご ま》化《か》していたのだ。

「武士は自らの命を賭け物にする稼業ゆえ、験《げん》を担ぐと聞き及びます。失礼ながら、身なりからしてあなた様は、よほど大身の武家のご様子。他に買える店がないというならともかく、かような不吉な具足屋が仕立てた甲冑など、わざわざ用いることはありますまい」

「……たしかに、そなたの言うことは正しい」藤八はうなずきつつ、「だが、俺はこの具足に惚《ほ》れた。これが欲しいのだ。頼む、どうか売ってくれ」と熱っぽく言った。理屈ではない。一目見たときから、この鉄造りの具足に魅入られていた。

三十郎は、しばし呆気《あっけ》にとられた様子だったが、やがて小さく笑った。

「そこまで仰せであれば、お売りしましょう。しかしながら、このまま引き渡すわけには参りませぬ。あなた様のお身体を測り、寸法が合うように仕立て直さねばなりませぬ。それでよろしゅうございますか」

「ああ、かたじけない」

喜びのあまり、藤八は思わず手を取った。三十郎は驚き、照れたように目を伏せた。さきほどまでの妖しげな振る舞いとは違い、年相応の若者らしく見える。藤八には、それが妙におかしく感じられた。


仕立てのために幾度か通ううちに、藤八は三十郎と親しくなっていった。

赤母衣衆の朋輩《ほうばい》たちは友人であると同時に競争相手でもあり、養家の佐脇家では自分はどこまでいっても余所者《よそもの》である。どちらも居心地が悪いわけではないが、本当の意味で素のまま振る舞えるわけではない。この点、武士としての利害関係のない三十郎との交流は藤八にとって気楽で、心安らぐものだった。

あるとき、藤八はこう尋ねた。

「なぜ、そなたは若くして、職人としてそれほどの腕を持っているのだ。いったい、どこで身に付けた？」

「つまらぬ話ですよ」

三十郎が自ら語るところによれば、この青年は、元は伊勢《いせ》の具足屋の子であったという。彼の生家がそうであったように、多くの具足屋は、甲冑を販売する商人というだけでなく、製作を行う職人も兼ねる。兄弟たちの中でも筋が良かった三十郎は、父の意向により、具足職人の聖地ともいうべき大和へ修行に出され、名工のもとで技術を磨いた。

しかし、そこで彼は過ちを犯してしまう。……修行先の師匠の子と、密通したのだ。発覚後、師匠からは破門され、実家からも勘当された。そうして伊勢にも大和にもいられなくなり、尾張に流れてきたのだという。

「惜しいことだな。その娘と間違いさえ起きなければ、お主ほどの腕なら、今ごろ職人としてよほど大成していただろうに」

「娘じゃありませんよ」三十郎は肩をすくめた。「相手は、息子です」

少し遅れて、藤八は言葉の意味に気づいた。衆道《しゅどう》（男色）は主として公家《くげ》や寺社、武家などの文化だが、具足職人の世界は武家と繋がりが深いだけに、そうした影響も受けていたのかもしれない。

寂しげに笑いながら、三十郎は続ける。……愛していると、あの人は閨《ねや》で何度も囁《ささや》いた。なにがあっても守る。自分たちの関係について、父にも文句は言わせない、と。

ところが、いざ事態が発覚すると、相手の男はたやすく前言を翻《ひるがえ》した。気の迷いだ、どうかしていた、たぶらかされた、などと言ってひたすら保身に走り、全ての責任を三十郎になすりつけた。

諸国の戦況・情勢によって商機が左右される業界だけに、具足屋たちは情報に敏感で、名誉も不名誉もすぐに広まる。門弟に手を付け、食い物にしたなどという恥ずべき評判が流布《るふ》すれば、工房の跡継ぎの座を失うかもしれない……男はそう考え、恐れたのだろう。

「それでも、私は構わなかった。裏切られても、破門されても、故郷を追われても。せめてあの人がただ一言……『父の手前ああ言うしかなかったが、本当は今でも愛している』、そう嘘でも言ってくれたなら、私は……」

いつの間にか、三十郎の目に涙が滲《にじ》んでいる。無骨者の藤八は、この若者にどんな言葉をかけていいものか分からず、ただ黙って手を取り、自分の両手で包み込んだ。三十郎は驚いた顔をしたが、やがて藤八の胸に顔をうずめ、声を殺して泣いた。

腕を三十郎の小柄な肩に回し、抱きしめる。心の奥底から、痛いほどの愛おしさが湧き上がってくるのを感じた。

二人が契《ちぎ》りを交わす間柄になったのは、その少しあとのことだ。

三

白湯を飲み干し、碗を置く。藤八は三十郎と並んで座り、庭をぼうっと眺めていた。鈍色《にびいろ》の雲が空をふさぎ、雨は降ったりやんだりを繰り返している。暗く濁った、すっきりしない天気だ。まるで己の胸中のように。

(結局、こいつとの仲は、長く続かなかったな)

そんなことを思いながら、三十郎の方にちらりと目をやった。この若者も、同じことを考えていたらしい。視線が合うと、二人はどちらからともなく、気まずく苦笑した。

三十郎と出会ってから一年後、藤八は、佐脇氏の親戚筋の娘と結婚した。そしてそれは、この若者との別れを意味していた。

——どうして離れなければならないのです。

別れを告げられ、詰め寄る三十郎を、藤八は必死に説得した。分かって欲しい。お主が憎くて別れるのではない。だが、俺は養子入りした以上、妻《めと》を娶り、子を作り、佐脇の家を守る責任があるのだ、と。しかし、この若者は引き下がらず、なおも言い募った。

——女子《おなご》なら、奥方を迎えるにあたって、始末をつけねばならないこともありましょう。しかし、私は男子《おのこ》です。まかりまちがって子など産まれて、揉め事の種になるような心配もありません。……奥方様も、まさか男に妬心《としん》など抱かれますまい。衆道など所詮は遊び、犬猫と戯《たわむ》れるようなものと、笑ってお許し下されましょう。

——やめてくれ、三十郎。そんな風に、己を貶《おとし》めるようなことを言わないでくれ。

世間がどう思おうとも、藤八は戯れなどではなく、本気で彼を愛したつもりだった。だからこそこの思いを、遊びにしたくなかった。身体だけの繋がりの色小姓などではなく、愛する相手だと思えばこそ、妻を迎えたのちもなお、このような関係を続けるわけにはいかなかった。

一晩かけて話し合い、やがて渋々ながら三十郎は受け入れた。ただし、この若き具足屋は、一つだけ条件をつけた。

――あの鉄具足がこの先、戦場で傷つくこともあるはず。その修繕だけは、私にやらせてください。

（あれから、六年か）

二人の関係は、客と店主に戻った。年に一度ほど、具足の手入れや修繕のときだけに関わる、ただそれだけの間柄になった。

「藤八様」

他の赤母衣衆の面々がいないためか、三十郎は佐脇様とは呼ばず、昔と同じように名前で呼んだ。

「お身体を乳縄《ちなわ》でお測りしてもよろしいでしょうか。織田家を離れられたのちは、まだ、測り直していないので……」

「うん？　ああ、頼む」

甲冑の寸法は、身長と乳通り（胸囲）、へそ通り（胴囲）が基準となる。この測定のために用いる縄を、乳縄と呼ぶ。

藤八はあぐらのまま、もろ肌を脱いだ。立った状態ではなく座って寸法を測るのは、陣中で座した際に、胴の下部分（発手《ほって》）が腰や太ももに触れないようにするというのが、仕立ての基準の一つになるからだ。

乳縄を身体に巻きつけていく中で、三十郎の細い指が、胸板や背に触れる。内心、藤八は動揺したが、つとめて平静を装った。

「いささか、お痩《や》せになりましたね」

三十郎の声に、哀しげな響きがあった。

「……ああ、そうかも知れぬな」

長い牢人暮らしの中では、一日中、重い甲冑をつけて駆け回るような機会はない。知らず知らずのうちに、筋肉が落ちているのも無理からぬことだった。

（測り直したところで）

再び、あの鉄具足を身に着けるときが、いつ来るというのだろう。喉まで出かかったその言葉を、藤八は呑み下した。

空は、相変わらず曇っている。

四

やがて日が暮れると、藤八は加藤弥三郎の屋敷を辞し、自らの仮屋敷に帰った。屋敷は、囲炉裏《いろり》を切った板の間と台所用の土間、それに八畳の部屋が一つきりの簡素なもので、やや大きな足軽小屋といった風情だ。

入り口の戸を開けると、部屋の隅に妻の喜久《きく》がいるのが見えた。故郷にいた頃は、よく肥えて福々しく、日が照るように明るい気性だった彼女は、この一年でずいぶんとやつれ、うつむきがちになった。牢人暮らしとはいえ、生活に不自由しない程度の扶持《ふち》は徳川家から出ているが、気がふさぎ、あまり食欲がわかないらしい。

「お帰りなさい」

「ん……」

土間で草履《ぞうり》を脱ぎ、座敷に上がる。喜久の前には、故郷から持ってきた小さな木彫りの仏像が置かれている。昔はさほど信心深くもなかった彼女は、心細さのためか、近頃は暇さえあれば念仏ばかり唱えるようになった。

「なあ、喜久……」

「はい？」

「……いや、なんでもない」

ごろりと横になり、誤魔化すように顔をそむけた。

お主だけでも、尾張に帰った方がいいのではないか。彼女の痛ましさに、つい、そんなことを言いかけた。だが、帰ったところで結局は、いつ帰参できるかも分からない夫を待つだけであり、今の境遇と大して変わらない。

――他国へ移るなら、妻を必ず連れて行けよ。

織田家を去る前、兄の利家から、そう強く言い含められた。意味が分からず困惑する藤八に、利家はさらに説く。

処罰される前の藤八の所領は、佐脇家の家禄が二百貫、赤母衣衆として自らの功で稼ぎ出したのが五百貫、合わせて七百貫である。後者は織田家に没収されたが、前者は暫定的に利家の預かりということになった。

——この先、信長様よりご赦免《しゃめん》があったとしても、佐脇家の二百貫という元手があるかないかでは、再び立身を掴《つか》むために天地の差がある。ゆえに、牢人している間に、他の者に佐脇家当主の座を奪われないようにせねばならぬ。

そのためには、なんとしても男子を作るべきだ、と利家は言う。藤八と喜久の間には娘が二人いるが（彼女らについては織田家を去るときに、利家に保護を頼んだ）、息子はいなかった。

藤八には、独力で数百貫を稼ぎ出した実績がある。一度、失脚したとしても、再び佐脇家を繁栄させる可能性は十分にある……と、恐らく佐脇家の親類たちは見ている。しかし、「あれには男子がいない。もし、他国で頓死《とんし》でもされてみろ。家督で揉めて面倒なことになるぞ」という話になれば、今のうちに別の当主を立てようという計画が持ち上がってもおかしくない。

だから、牢人している間も子作りに励《はげ》めと利家は言うのだった。たしかに、跡取りを作ることは武家にとって重要な責務である。しかし、当主としての座を奪われぬために妻を抱くというのは、なにやら彼女を世渡りの道具に利用するようで、どうにも気が重かった。

そうした心情もあり、藤八はなかなかその気が起こらず、浜松に来てから一年、夫婦で褥《しとね》を共にしたのは数えるほどでしかなかった。

「あの、藤八様」

「うん？」

喜久に声を掛けられ、上体を起こす。見ると、彼女は漆塗《うるしぬ》りの長文箱《ながふみばこ》を携えていた。

「昼間、又左衛門（利家）様の使いの者が、あなた宛ての書状を届けて参りました」

「兄上の？」

首をひねりつつ、藤八は文箱を開けて、書状を広げた。そうして無造作に読み始めたが、文面に視線を走らせるうちに、静かに血の気が引いていくのが自分でも分かった。

書状の中で、利家は次のようなことを語る。

――分家の犬山源助《いぬやまげんすけ》という者に、佐脇家を継がせようという話が、親類たちの間で持ち上がっている。いま少し考えるようにと自分が押しとどめているが、このままでは防ぎ難い。

――もしこの話が決まってしまったときは、せめて、源助に息子が生まれた際、藤八の娘のいずれかを娶《めあ》わせるようにしたいと思うが、どうか。

佐脇の家督は諦めてくれ。……兄は遠回しに、そう言っているのだ。視界が暗くなり、息が止まりそうになる。瓦礫《がれき》に押しつぶされたかのように、身体が重い。

「俺は、どうすれば……」

絞り出した声は、自分のものとは思えぬほどにか細かった。

五

翌日、藤八は日課の稽古を初めて休んだ。そうして向かった先は、三十郎が宿所としている、浜松城下の木銭宿だった。

小さな庭に面した部屋で、日の高いうちから、手酌で酒を呷《あお》る。酒などで心の澱《よど》みが晴れるはずもなかったが、他に紛らわす術も思いつかず、ただ投げやりに杯を重ねた。向かいに座る三十郎は、ちびちびと舐めるように盃を口にしながら、ただ静かに微笑《ほほえ》んでいる。

(なにをやっているのだろうな、俺は)

酩酊《めいてい》した頭で、藤八は自嘲する。武士として、友を見捨てて一人助かるわけにはいかぬ。……そんなことを言って格好つけて、負わずとも済む罪を背負いこみ、故郷を追われ、こうして無様に呑んだくれている。

この期に及んでも、自分は甘く考えていたのではないか。日々に不安を覚える一方で、待ち続ければいつか、帰参の機は必ず訪れると、心のどこかで楽観視していた気がする。しかし現実には、藤八は養家の佐脇家からも拒絶され、落伍者《らくごしゃ》であることを突きつけられた。

と、そのとき、酒が妙なところに入り、藤八はむせかえって咳き込んだ。三十郎が驚いて駆け寄り、背中をさする。

「藤八様、大丈夫ですか」

「ああ、すまぬ。見苦しいところを見せた」

全く、情けない。だが、口では詫びながらも、結局、自分はこの若者からの好意を利用しているのだ。赤母衣衆の朋輩たちに弱さを見せることも、妻の喜久に将来の不安を打ち明けることも出来ず、かつて自分から別れを切り出したはずの三十郎に、こうして甘えている。なんと醜悪で、卑劣なことだろう。しかし、そう思いながらもなお、向けられる好意を手放そうとしない。

「……こんな俺の、どこが武士だ」

思わず、声に出た。すると、三十郎がこちらの内心を見透かしたかのように、そっと耳元でささやいた。

「ならばいっそ、武士など辞めてしまいますか」

「なんだと？」

「浜松も離れて、今までの己をなにもかも捨てて、どこか遠くに行きましょう。具足屋なら、戦のあるところであれば、どこでだって食べていけますよ」

「なにもかも、か」

その中には、共に牢人した仲間たちや、妻の喜久も含まれているのだろう。

「具足作りなら、私が教えて差し上げます」

三十郎は立ち上がり、障子をしめた。そして、藤八の傍らに腰を下ろし、そっと手を握った。

「もし、それで地獄に落ちるとしても、三十郎だけは、どこまでもお供いたしますよ」

切れ長の美しい瞳が、じっとこちらを見ている。小袖の襟《えり》がわずかに開け、日焼けをしていない白い胸元がのぞいていた。それを目にしただけで、かつてこの若者と肌《はだ》を重ねた感触が蘇《よみがえ》ってくる。女子の柔らかさとは違う、しかし、しなやかな弾力。体温や、汗の臭いさえも……。

心臓が強く脈打つ。自分の内側で激しい欲望が、生き物のようにのたうっている。

どうせ、武士として再び、身を立てることなど出来ないのだ。もはや、守るべき体面も節義もありはしない。ならば、いっそ……。

もう、どうでもよかった。なにもかもを忘れたかった。情動に突き動かされるように、藤八は三十郎の肢体をゆっくりと押し倒す。三十郎もまた、全てを受け入れるように目を閉じた。

そのとき、庭から強い風が吹きつけ、障子が音を立てて揺れた。はっとして顔を上げると、視界の先を小さな影が横切った。それは、障子の隙間から入り込んだらしい、一枚の楓の葉だった。

「あ……」

その燃えるような赤を目にした途端、藤八の脳裏に、ある光景が浮かび上がった。それは、真っ赤な母衣を背になびかせ、戦場で颯爽《さっそう》と馬を駆る、兄・利家の後ろ姿だった。

あの姿に憧れ、背中を追い続けた。負けたくないと願い、苦しみ、妬み、自らも赤母衣を背負って戦場を駆けた。あの激しい渇望と痛みは、足掻き続けた日々だけは、なにもかもを失った藤八の中にも、確かに残っていた。

家督、所領、出世……功を重ね、年を経るごとに、そうしたものが重くのし掛かった。いつしか、自分がそんな責任や地位のために戦っているかのように錯覚した。

（ああ、畜生）

なぜ、忘れていたのだろう。自分が何者なのか、なにに成りたかったのか。これほど落ちぶれても、この先、なにも為せず世に埋もれていくだけだとしても、諦めたくないのだ。己が武士であることを、兄に追いつくことを。

「三十郎」身体を起こし、藤八は声をかける。「水を、いや、白湯を一杯くれないか。どうも俺は、悪い酔い方をしていたらしい」

「……そうですか」

起き上がった三十郎は、抗弁をすることもなく、あっさりとうなずいた。まるで、こうなることが――藤八が己に手を出さないことが、分かっていたかのように。

「憎いお方ですね」聞き取れないほどの声で、彼はぽつりと呟いた。「けれど、だからこそ私は……」

しばらくして、三十郎が白湯を入れた碗を持ってきた。いつものように猫舌の藤八に合わせて、ぬるめに冷まされている。

差し出された碗を、ゆっくりと飲み干す。空になった碗を床に置いたとき、もはや迷いは消え失せていた。

六

二か月後——元亀三年（一五七二）十月、天下を揺るがす大事件が起こった。

甲斐《かい》、信濃《しなの》、駿河《するが》などを治める、有力大名・武田信玄《たけだしんげん》が、それまで同盟関係にあった織田信長との断交を表明し、挙兵したのだ。

十月三日、本拠・甲府《こうふ》より出陣した信玄は、信長の同盟者である徳川家康の領地・遠江へと侵攻。日ノ本六十余州でも随一の精強を誇る武田軍は、「甲斐の虎」の異名で知られる名将・信玄の采配のもと、炎の如き激しさで徳川方の拠点を攻め落としていった。その武威に恐れをなした遠州の領主たちは、先を争うように徳川方から離反し、武田方に降っていった。

翌月末には、徳川方の要衝である二俣城《ふたまた》が陥落。家康の本拠・浜松城はここから南西に四里半（約十八キロ）、半日とかからぬ距離だ。信玄は、家康の首に手をかけたも同然と言えた。

その後、武田軍は二俣城を本営とし、奪った諸城の修繕・強化や、軍事物資の補給・集積など、虎が牙を研ぐように、浜松城攻撃の準備を進めていった。

「我らは、どうするのだ」

浜松城下の仮屋敷の一室で、加藤弥三郎がうめくように言った。室内にはいつものように佐脇藤八、長谷川橋介、山口飛騨という赤母衣衆の面々が集っている。

「遠からず、武田は浜松へと攻め寄せてくる。包囲される前に退去せねば、我らは逃げ場を失い、徳川ともども蹂躙《じゅうりん》されるぞ」

「まだ武田に負けると決まったわけではない」

長谷川橋介が、浅黒い顔を渋らせながら反論する。

「味方は徳川勢が八千以上、織田からの援軍が三千ほど、あわせて一万を超える。敵の武田軍は二万とも言うが、要害を利用すれば抗えぬ兵力差ではない。浜松城に拠って固く守れば、いかに信玄でも容易には落とせまいよ」

「籠城して耐え忍んだところで、どうにかなるものかのう」

山口飛騨が心細そうに言った。焦燥を紛らわすためか、長い顎鬚《あごひげ》をしきりにいじっている。

「籠城戦というのは、時間《とき》を稼ぐ戦いじゃ。敵が諦めるか、城外から味方の後詰《ごづ》め（救援）が来るまで、ひたすら耐えて長引かせるためのものじゃ。……しかし、仮に徳川方が堅固に城を守り、一月《ひとつき》や二月《ふたつき》は持ちこたえたとて、領国を挙げて大遠征を起こした信玄が、たやすく諦めるとはとても思えぬ」

では、城外からの救援が期待できるかと言えば、それも困難であることは明白だった。家康の同盟者である織田信長は現在、北近江《おうみ》の浅井長政《あざいながまさ》、越前《えちぜん》の朝倉義景《あさくらよしかげ》、摂津《せっつ》の石山本願寺《いしやまほんがんじ》といった諸勢力から攻撃を受け、各方面の防衛に追われている。このため、浜松城に対しては、前述のように三千の援軍を送るのが精いっぱいで、自ら大軍を起こし、武田を蹴散《けち》らして家康を救援するような余裕はとてもなかった。

兵力で劣る以上、家康に取れる戦略は籠城しかない。だがそれは、恐ろしくか細い勝機にすがるほかない、絶望的な戦いであった。

山口飛騨は、そのような戦況を長谷川橋介に滔々《とうとう》と説いた。

「橋介、いかに」

「たしかに、戦況はそちの申す通りである。……されど、我ら四人は一年以上、徳川家より扶持《ふち》を受けて暮らしてきた。その恩を返すこともなく、この城を見捨てて逃げ出せば、怯懦《きょうだ》の誹《そし》りは免《まぬ》がれぬ。かような恥を天下に晒せば、二度と武士として再起は叶わぬぞ」

「命あっての物種《ものだね》と言うこともあろう」加藤弥三郎が、再び口を開く。「わしは臆して言っているのではない。我ら牢人衆が、徳川勢に交ざって捨て身で戦い、討ち死にしたところで、それはなにも得るところのない犬死にだと言っておるのよ」

徳川家の譜代の家臣であれば、たとえ戦場で討ち死にしたとしても、主家のために懸命に戦った結果ならば、子息の取り立てや加増もあり得る。が、牢人にそんな保証はないし、そもそも家康自身、この戦を生き延びられるかさえ定かではない。

「命を張るにしても、かような益《えき》なき戦では甲斐がないわ。たとえ一時は逃げたと後ろ指をさされ、世間から臆病と笑われようと、いつか槍先で挽回すればよいではないか」

「……お主はどうだ」

長谷川は、黙り込んでいる藤八に水を向けた。

「俺か」

藤八は顔を上げ、三人の顔を見回してから、

「戦うさ」

独り言のように、そう告げた。

「徳川への、恩義のためか？」

「それもないではないが……兄ならば、きっと逃げないだろうと思ってな」

理由といえばそのぐらいのものだと、藤八は静かに語った。

「馬鹿げている」

弥三郎が声を荒らげる。

「童《わらべ》の如きことを抜かすな。今のわしらは、いかにして身を立てるべきか、そのことを第一に、慎重に考えねばならぬ」

「童の如き、か。たしかに、そうかもしれぬ。だがな、弥三郎よ、その大人ぶった慎重さというものが、結局、俺たちをずっと苦しめてきたのではないか」

若い頃は、もっと物事が単純だった。ただ戦場を馳せ、槍先で功を挙げれば道が開けた。かつての自分たちなら、これほどの大戦が目の前に迫れば、命の危険など顧みず、一も二もなく槍を携えて駆けだしていたことだろう。

「いまの浜松には、織田家からも援軍が来ている。我らが、この戦で見事な働きぶりを見せ

れば、信長様のお耳にも伝わり、帰参も叶うかもしれぬ」

「生きていればの話だがな」

「そう、死ねばそれまでだ。しかし、戦とはそういうものだろう？」

逃げれば命は拾えるが、武士として再起出来る可能性は限りなく低くなる。戦えば死ぬかもしれないが、武功を挙げる好機となる。どちらが合理的で、どちらが不合理かなどは、今さらどうでもよい。

（俺は、兄に負けたくない。武士としての己を諦めたくない）

藤八が選ぶべき道は、はじめから一つしかなかった。

「なに、去りたいのであれば止めはせぬ。ただ、俺は浜松に残る。残って、武田と戦う。それだけだ」


そのとき、ある人物が仮宅を訪ねてきた。具足屋の、玉越三十郎だった。

「なぜ、来た」

藤八は、驚いて尋ねた。城下の商人ですら、武田の襲来を恐れて逃げる者が多い。そんな中、なぜわざわざ清須から、戦地ともいうべき浜松にやって来たのか。

問われた三十郎は、屈託のない笑みを浮かべ、

「陣中見舞いでございますよ。……それに、皆様に、お渡しするものがございましてな」

そう言って葛籠を開け、目に痛いほど鮮やかな、真っ赤な布を取り出して床に広げた。

「遠州の茜で染めました。いかがでしょうか」

「……赤母衣か！」

藤八はすぐに、布の正体を察した。

この布を竹籠と組み合わせて、袋状に膨らませ、背に負う。矢防ぎのための道具だが、一種の指物《さしもの》として、戦場で目立たせる意味合いも大きい。

「おい、なにを考えておる」弥三郎がうろたえて言った。「赤母衣は、織田家の精鋭にのみ認められたものぞ。処罰された我らに許されるはずが……」

「織田や徳川の正式な家来であれば憚《はばか》りもあろうが」藤八がすかさず応じる。「今の我らは牢人だ。各々がどのような装束《しょうぞく》で戦に臨もうと勝手ではないか」

「それは、形の上ではそうかもしれぬが……」

「もういい」

なおも反論しようとする弥三郎を、長谷川橋介が押しとどめた。長谷川は、床に広げられた母衣をじっと見つめ、懐かしむように指先で撫でた。

「……わしもここに残り、戦う」

「橋介まで、なにを言い出すのだ！」

「弥三郎よ、お主は、いつか槍先で挽回すればいいと言ったが、わしはもう、そのいつかとやらを待つのに飽いたのだ。いま、ここに武功の機会がある。たとえ危うくとも、わしはそれに賭けたい、己の力と運に託したい」

長谷川がそう言うと、山口飛騨も身を乗り出し、

「わしもだ。わしも戦わせてくれ」

と、泣きそうな声で言った。

「これほど鮮やかな母衣を背に、また戦場に臨めるのなら、どうなっても悔いはない。もう、死んだように生きるのは嫌じゃ」

「……餓鬼《がき》どもが」弥三郎はうつむき、大きくため息をついた。「左様なことを言われて、今さら、わしが一人で賢《さか》しらぶっていられると思うか」

そう言って顔を上げたときには、すっかり表情が変わっていた。この一年、眠ったように覇気のなかった男の瞳に、ぎらついた光が宿っている。

この男も、実家の熱田加藤家に戻れば、商人として食うには困らぬであろうに、武士にこだわって、こうして牢人に身をやつしている変わり者だ。心の奥底では、ずっと戦場への渇望があったのだろう。

「赤母衣衆の戦ぶりを、武田に見せつけてやろうぞ」

弥三郎が言い、三人がうなずく。かくして、一同の覚悟は定まった。

その夜、藤八の仮屋敷へ三十郎が訪ねて来た。妻の喜久は、すでに尾張へ避難させている。囲炉裏の五徳に置かれた鍋では、割粥《わりがゆ》が煮られている。二人は炉端に並んで座り、赤々と燃える火を眺めながら、粥が出来るのを待った。互いに、一指も触れようとしない。

「三十郎……お主、死ぬ気か」

囲炉裏の火に視線を落としたまま、藤八が言った。赤母衣を届けるだけなら、人を使えばこと足りる。わざわざ自らやってきたのは、藤八たちと命運を共にするつもりとしか思えない。

「……あなたがいなければ、私はただの屍剥ぎでした」

共に死地に赴く理由など、それで十分だという口ぶりだった。その覚悟が、もはや覆《くつがえ》しようがないものであることを、藤八は悟った。

三十郎の微笑が、炎に照らされ揺れている。その笑顔は、透き通るように美しかった。

「世間では、ずいぶん奇妙なことだと思うであろうな。戦地に自ら身を投じる町人など、聞いたことがない」

なにも知らぬ者が見れば、三十郎の行動は理解しがたいものだろう。世の人々は、この若者について、「旧知の武士たちを見捨てるに忍びなく残った、町人らしからぬ節義漢《せつぎかん》」とでも解釈して感心するだろうか。あるいは、「戦力の足しにもならぬのに、自己満足のために無意味なことをした愚か者」と嘲笑《あざわら》うだろうか。

藤八も織田家を追われた際に、的外れな風聞をいくつか耳にした覚えがあった。他者について、ときに美談として、ときに醜聞として、自らの欲望に合致した理解しやすい話として加工し、好き勝手に消費する。世間とは、どうもそういうものらしい。

（いや、三十郎だけではないか）

藤八たちがどれほど勇戦したところで、この戦は、徳川家の苦難や奮闘、武田家の勇猛さを讃える話として語り継がれていくことだろう。その物語に気持ちよく酔いたい人々にとって、たった四人の牢人衆など、目ざわりな夾雑物《きょうざつぶつ》でしかない。意識的にせよ、無意識にせよ、語られるうちにその存在は取り除かれ、最初からいなかったもののように無視されていくに違いない。

が、三十郎は笑いながら、

「世間など、どうでもよいことです」

と言った。

「讃えようと、貶めようと、好きにすればいい。藤八様の思いは、三十郎が知っております。そして、私の胸中は……」

「俺が知っている、というわけか」

たしかに、それで十分かもしれなかった。

やがて、割粥が煮えた。碗にすくった粥を、二人は出陣前の盃のようにすすった。

七

十二月二十二日、いよいよ武田軍は二俣城より出陣し、南方の浜松へ向けて兵を進めた。

徳川方も籠城して迎え撃つべく、防御を固め、敵の来襲に備えた。

ところが、奇妙な報せが徳川方にもたらされる。武田軍は、浜松から北に一里十町（約五キロ）ほどの追分《おいわけ》という地点でしばらく兵を休めたのち、なぜか進路を転じ、鳳来寺道《ほうらいじどう》（金指街道《かなざし》）という道に沿って、北西の三方ヶ原《みかたがはら》台地の方へ進み出したというのである。

浜松城は、無視された。が、これは明らかに信玄の誘いの手であった。

——信玄め、見え透いたことをする。

諸将の居並ぶ広間で、家康は苛立《いらだ》たしげに親指の爪を噛んだ。領国を散々に荒らしまわり、押し進む武田軍を目前にしながら、城に籠って素通りさせれば、家康は三河《みかわ》・遠江の領主たちからの信望を失う。たとえ十中八九は負けるとしても、大名としての地位を守るためには、戦う姿勢を示す必要がある。……信玄はその事情を十分に理解した上で、家康を城から引き出すために、あのような露骨な挑発をしてみせたのだろう。

しかしながら、敵の兵数は味方の倍、しかも勇猛で鳴る武田軍である。籠城ならともかく、まともに野戦でぶつかれば、勝ち目は皆無に等しい。

——だが、手立てがないわけではない。武田方は、遠州の地理に暗いと見える。どうやら、そこに勝機がある。

信玄がこのまま鳳来寺道沿いに三方ヶ原を進むとすれば、その先で、祝田坂《ほうだざか》という細き坂道を下ることになる。いかな大軍であろうと、進退の利かぬ隘路《あいろ》において、背後から急襲されれば、ひとたまりもない。

祝田坂で、信玄を叩く。この勝機に、全てを賭ける。……家康はそう宣言し、浜松より出陣した。

ところが、武田軍を追尾する徳川軍に、再び奇妙な報せがもたらされた。

武田軍は、祝田坂に向かっていないというのだ。彼らは途中で鳳来寺道を外れ、西へ進んでいるという。その先には、徳川方の拠点である堀江《ほりえ》城がある。

――なんということだ。信玄は、浜松を干し殺しにするつもりか。

徳川の諸将は慄《おのの》いた。

浜松城には、主に四つの補給路がある。主要街道の東海道、西に広がる浜名湖の水運、山道の本坂道《ほんさかみち》（姫街道）、鳳来寺道がそれだ。堀江城は浜名湖《はまなこ》東岸に位置し、湖水に向かって突き出た庄内《しょうない》半島を抑える要衝で、この城が落とされれば、浜名湖水運の「制海権」を敵方にほぼ奪われてしまう。

また、陸上の東海道も、その行路の途中を、浜名湖の湖口部に寸断されている。この湖口部は「今切《いまぎれ》の渡し」と呼ばれる渡し場になっているが、浜名湖水運を抑えられてしまえばここも封鎖され、東海道の通交は断たれてしまう。

加えて、堀江城は残る本坂道、鳳来寺道を扼《やく》すにも適した位置にある。すなわち、この城を奪われれば、浜松城の補給路はことごとく断たれ、籠城は不可能になる。

地理に暗いなど、とんでもない。信玄は、徳川領について十分に調べ抜き、その急所がどこにあるか熟知した状態で、戦を仕掛けたのだ。もはや、祝田坂で背後より強襲するという当初の戦略は霧散したが、それでも家康は、信玄を堀江城へ向かわせないため、無謀なる一戦を挑むほかなかった。

温暖な遠州の気候には珍しく、この日は雪が降っていた。

申刻《さるのこく》（午後四時頃）、雪の舞い散る三方ヶ原の地で、両軍は激突した。世に言う、「三方ヶ原の戦い」である。

戦闘は一刻（二時間）ほど続いた。徳川勢は奮戦したが、兵力差は覆し難く、やがて総崩れとなった。それでも、追撃してくる武田勢に対して、徳川家臣たちは果敢に立ちふさがり、多大な損害を出しながらも、家康を浜松へと逃げ落とすことに成功する。

かくして、戦いは武田方の圧勝で幕を閉じた。

信玄はその後、予定通り堀江城を攻撃するが、城方の守りが思いのほか堅固であったことや、反信長の同志で、近江に陣を張っていた越前の朝倉義景が、勝手に国許に帰ってしまったことなどを受けてか、攻略に長引きそうな堀江城はいったん捨て置き、家康が遠江に兵力を集めたために手薄になっている、徳川家の本国・三河への侵攻を開始した。

ところが、翌年二月、武田軍は進軍を停止。信玄は奥三河の長篠《ながしの》城に留まったまま、一切動かなくなってしまう。実は当時、信玄は重病に侵されており（胃がんと推定されている）、陣中で病状が悪化し、伏せっていたようだ。そのまま月日が経過し、同年四月、武田軍は撤退を開始するが、その道中で信玄は病没した。享年五十三。

強敵の死没により、辛うじて窮地を脱した信長と家康は、以後、勢力拡大を進めていく。


佐脇藤八は、加藤弥三郎、長谷川橋介、山口飛騨と共に、徳川勢の一員として「三方ヶ原の戦い」に参陣した。織田家臣・太田牛一《おおたうしかず》が記した『信長公記《しんちょうこうき》』によれば、彼ら四人は勇戦し、比類なき活躍をして討ち死にしたという。

だが、徳川家臣・大久保忠教《おおくぼただたか》の著書『三河物語』には、彼ら四人の働きどころか、名前すら書き残されていない。徳川家臣の栄光の歴史にとって、藤八らは不要な異物に過ぎなかったのだろう。

藤八の妻は、夫の死後に男子を生んだ。作右衛門久好《さくえもんひさよし》と名付けられたこの息子は、佐脇の家名を継承し、前田家に仕えた。子孫は加賀《かが》藩（前田宗家）の支藩である、富山《とやま》藩の藩士として続いた。


ところで、『信長公記』には、次のような話が残されている。

〈このとき、世にも珍しい感心なことがあった。尾張清須の町人で、具足屋の玉越三十郎という二十四、五歳の者がいた。彼が佐脇藤八ら牢人衆を見舞うため浜松へ来ていたとき、武田信玄は堀江城を攻め取るべく遠江に在陣していた。

「武田軍はこちらにも攻め寄せてくるに違いない。そうなれば戦になるだろうから、早々に帰られよ」

と藤八たちは強く忠告したが、三十郎は、

「ここまで来ておきながら逃げ帰れば、私は今後、人に顔を合わせることが出来なくなります。あなたがたが討ち死になさるのであれば、私もご一緒いたします」

と断言して帰らず、その後、三方ヶ原の戦いで藤八たちと共に敵を斬って回り、枕を並べて討ち死にした。〉

しかし、共に死ぬほどの決断をした、三十郎と藤八たちがどのような関係であったのかは、世の人々は語り継がなかったのか、いかなる史書にも記されていない。

新説

三方原の戦いの原因は「兵糧攻め」？

三方原の戦いといえば、徳川家康と武田信玄の軍勢がぶつかった戦国屈指の合戦として名高い。元亀3年（1572）、遠江へと攻め入った武田軍と、それを食い止めるべく出撃した徳川軍は、浜松城の北に広がる三方原で激戦を繰り広げた。家康は大敗を喫し、家臣に助けられつつ命からがら浜松城へ逃げ帰ったと伝わっている。

この戦いの直前、信玄は二俣城（浜松市天竜区）を攻め落とし、天竜川を渡って浜松方面へと進軍していた。ところが、武田軍は家康のいる浜松城へは向かわず、進路を三方原へと変更した。これを知った家康は城から打って出て、武田軍を追撃したという。

通説では、信玄に相手にされなかったことに怒った家康が、武士としての面目を保つために戦いを挑んだといわれてきた。また、浜松城を無視して素通りするという信玄の行動は、そんな家康の心理を見越した上での挑発だったとも考えられてきた。

しかし近年、信玄には別の狙いがあったのではないかという見方が出ている。平山優『新説 家康と三方原合戦』（NHK出版新書）によると、浜松城の西に広がる佐鳴湖・浜名湖は三河方面からの物資や人員を運搬する水運が発達し、庄内半島の入江に築かれた堀江城は当時、兵站ルートの要衝だった。信玄はこの城を攻略することにより、浜松城への補給路を断ち、家康に兵糧攻めを仕掛ける意図があったという。この説にのっとるならば、家康は浜名湖・三河湾の制海権を死守するため、武田軍に攻めかかったことになる。

三方原の戦いに勝利した信玄は堀江城を攻め立てるが、波風の激しさもあって落とすことはできなかったらしい。その後は三河方面へと侵攻する。家康の領国を東西に分断し、浜松城を封鎖する狙いだったと考えられる。結局、信玄は翌元亀4年4月に陣中で病死し、遠江・三河侵攻は頓挫してしまう。

天下人の町

永井紗耶子

○

天正元年（一五七三）、駿河《するが》某所の庵《いおり》
穴山信君《あなやまのぶただ》、友野宗善《とものそうぜん》を訪ねる

わざわざお運びいただきまして畏《おそ》れ入りますが、一体、何の御用でございますことやら。ええ、存じております。武田《たけだ》に名高い穴山信君殿でいらっしゃると。外におられる随行の方々も物々しい。刃を向けられたとて、こちらも困ります。

今更、名を問われても……ご存じだから参られたのでございましょう。さよう。私は、友野次郎兵衛《じろうべえ》宗善と申します。商人……いえ、商人でございました。最早、世捨て人になりました。故に何をお話になられても、出来ることなどあろうはずもございません。

まだ若いだろうと仰せですか。ええ、四十手前でございます。されど、疲れ果てたのでございますよ。

乱世が続く限り、ただただ日々は空しいばかり。せめて戦火に焼かれることなく命を終えることができれば、これ以上は何も望みますまい。今はこの静かな川の畔《ほとり》に庵を結び、世事に関わることなく、過ごして参りたいと思っております。

……仰せの通り、確かに、我が友野の一族は元は甲州の出であったそうでございますが、私は生まれも育ちも駿府《すんぷ》でございますれば、甲州には何の思い入れもございません。

「思い入れもない」とはいかなる意味かと問われれば、そのままの意と捉えて下さいませ。そう、例え貴方様《あなた》が、武田に名高い武将であろうとて、いや、それ故にこそ、頭を下げるわけには参りません。

何故か、と問われるか。

これは異なことをおっしゃる。

頭に血が上らぬよう、私も一つ大きく息を整えねばなりませんな。では、折角、ここに茶釜の支度もございますれば、一服進ぜましょう。案ずることはございません。何も毒など盛りはしません。裏切りは私の性分ではございませぬ故。

さ、どうぞ、一服……つまらぬ茶碗で恐縮ですが。

……私と、亡き義元《よしもと》公とのご縁でございますか。初めて御用を賜《たまわ》ったのは、二十歳ほどの頃のことでございましたかな。

私にとっては、あの御方こそ天下人に相応《ふさわ》しい方でございました。

義元公は、海道一の弓取りと称された御方であり、由緒正しい守護大名であらせられた。そして、あの方がいらした時の駿府の市中は、それはもう、都とはかくなるものであろうと思うほどでございました。

お前様は、今川の駿府にいらしたことがおありかな。

二千軒を超える町屋が立ち並び、寺や神社も多い。寺々で催される行事には、芸人や舞人も来れば、念仏講もあり、大勢の人々が賑わう。その有様は、町を歩くだけでも心躍るほど。

大通りには、酒に醤《ひしお》、味噌に浜名豆《はまなっとう》、奈良漬に豆腐、蒲鉾《かまぼこ》……山海の珍味の店が立ち並ぶ。京から義元公に会いに参られた公卿《くぎょう》が、その華やぎはもちろんのこと、食べ物の豊かさに驚いたそうな。それはそうでございましょう。何せ、我が駿府には海がある。京では魚はなれずしや川魚がせいぜいでしょう。しかし、ここでは正に今、海に揚がったものが並ぶのですから。

そうそう。油も豊かにあるのですよ。おかげで、夜になったからと、慌てて灯を消すことなどない。いつまでも明るい駿府の町で、羽目を外す旅人の何と多いことか。それもまた、義元公の御力があったればこそでした。

私は、義元公に商才を見込まれ、商いを一手に任されておりました。米に油、魚に塩。材木なども お手の物。更には戦《いくさ》になるとなれば、支度のために武器弾薬を求めて、堺《さかい》にまで遣いを走らせたこともしばしば。お陰様で、公からの信も厚く、「友野座」として、御用を承っておりました。

そして永禄三年（一五六〇）のこと。

私は義元公のお召しで、今川館《いまがわやかた》に参りました。

これまでもその御下命を受けたことは何度もございましたが、館にて御太守様御自ら、命じていただくのは極めて稀なこと。これは、只事ではないと緊張する私を手招かれ、おっしゃったのです。

「その方のこれまでの働き、真《まこと》に重宝しておる。ついては、いずれ上洛する折のため、帝《みかど》に拝謁する支度を整えてはくれまいか」

何という晴れがましいお役目であることか。

私はこれまで商いの為に方々に走っておりました故に、世の趨勢《すうせい》に目端が利いていると自負しておりました。その中で聞こえてきた話によれば、やはり天下を治めるに足る大名は、今川義元をおいて他にあるまいということ。確かに、方々の城下を見て歩いても、駿府に勝る美しい町はないと思っておりました。

そして、辿《たど》り着いた京の都。

これまでにも何度か足を運んでいましたが、その荒廃ぶりはますますひどい。いかに帝がおわしたとしても、見る影もありませんでした。

しかしいずれはここへ、我らが今川の御一行が行列を組み、御所へ参内するに違いない。そうすれば、義元公の号令の下、この町があの駿府のように活気に溢《あふ》れ、人々が華やぎ行き交うようになるだろう。その様を思い浮かべるだけでも、心が躍るようでした。

京の伝手《つて》を頼り、名うての織元の元へ足を運び、一流の絹織物を支度しました。義元公の気品のあるお顔に似合う品々を買い求めると共に、随行の武者にも揃《そろ》いの甲冑《かっちゅう》を支度せねば……などと、思い巡らせるのも心躍るものでございます。

ただ、いずれは上洛するとは申せ、その途次は困難が山積みでございます。

その手始めに、近々、尾張《おわり》攻めを行うことになるとも聞いておりました。その戦支度も我が役目。堺に出向いて武器弾薬などの戦支度を船で駿府へと送ったり……と、忙しない日々。

それでもいずれは天下人となられる方の御役に立っていると思うと、誇らしく思えたのです。

しかし、義元公の上洛は叶わなかった。

あの尾張の野蛮なうつけが、卑怯にも桶狭間《おけはざま》で公を討ち取ったと……。

はじめは信じることなど出来ませんでした。

しかし、私が信頼する筋からの話でしたので、心が追い付かないまま、慌てて駿府へ舞い戻ったのです。


ようやく帰り着いた市中は、絶望に沈んでおりました。何せ、天下人にならんとする義元公が亡くなられたのですから。

しかしそれでも、御嫡男の氏真《うじざね》様がいらっしゃる。御母上の寿桂尼《じゅけいに》様がいらっしゃる。それを頼りに、市中は少しずつ、立ち直り始めていたのです。

しかしそんななか、氏真様は私のことを煙たく思われるようになりました。

これまで義元公は私を信じ、多くの商いを任せ、特権も与えて下さった。だからこそ、私は多くの商人たちを束ね、義元公の亡き後にも、駿府の町を混乱することなく治めることが出来ました。

氏真様は、そんな私の力の大きさを懸念されたのでしょうなあ。そこで、新たに力をつけていた商人、松木《まつき》親子を重用するようになりました。父親の松木宗義《むねよし》は私よりも二十ほど年かさでありましょうか。そして、息子の松木宗清《むねきよ》は、私よりも十は下。親子揃って商いの上手と見え、氏真様はすっかり信用しているようでした。

その頃の私は間もなく三十といったところ。商人としての手腕にも自信がありました。故にこそ、松木の若造にも年寄りにも負けたくはなかった。しかし、氏真様が、私の力を削ごうとなさるのも、政《まつりごと》の上では分からなくもない。

だからこそ、私はむしろ松木親子とは手を組み、共に「友野座」としての商いを大きくしていくことを試みました。

はじめのうちはそれで恙《つつが》なく進み、相変わらず駿府の町は華やいでいたものです。

しかしやはり、氏真様では義元公の頃のようにはいかない。周囲の国々も、寿桂尼様にこそ畏敬《いけい》の念を抱いておられますが、年若い氏真様には従おうとはなさらぬ。むしろ、隙あらば今川を討ち果たそうとする動きが絶えずありました。

そう。貴方様の主、武田信玄《しんげん》公然り。

すると年若い松木宗清が申したのですよ。

「今川は最早、風前の灯火ではございませぬか」

言われずとも私もそう感じている。されど面と向かってそう言われると、腸《はらわた》が煮えくり返るとはこのことでありましょう。ただ、私の忠義は義元公に向けられたものであり、氏真様には向いていないと、宗清に見破られたような居心地の悪さもありました。

「この地で商いをするからには、かようなことを申すな」

私はそう宗清を一喝したのです。すると宗清は、ははは、と笑いました。

「友野様は義理堅くていらっしゃる。この乱世にあって、何とまあ……」

確かに、宗清の言い分も一理ある。

氏真様は、義元公を討った織田を討とうと動く様子もない。再び上洛を目指そうという気概もない。そのことを察した家臣の中には、今川家から去っていく者もある。

そして、戦の気配を感じた民草は、駿府の町から少しずつ逃げ始め、かつてのような華やかな町ではなくなってしまいました。

それでも我ら商人は、ここに暮らす人々の日々を守るのが務め。市を立て、作物を買い集め、味噌を、醤を、塩を売る。

その頃からでしょうか。これまで、友野座が独占していた市に、他国の商人たちが大勢、やって来るようになった。

「仕方ありません。我らも余所《よそ》で売り買いしているのですから」

宗清は言いました。宗清は氏真様から「今川家御用」の御用札を渡されており、その札のおかげで国境を行き来していました。時に危険を顧みないその様を案じていたのですが、父である宗義は、むしろ息子の背を押すようにさえ見えました。

「商人とて、武士と同じ。手柄を立てねば身は立ちませせぬ」

そう言って憚《はばか》らない。

思えば私は、義元公の治める駿府という、最も恵まれた地で商人をしていた。乱世の商人としては世間知らずであったのかもしれないと、わが身を顧みることもありました。そして、その迷いが、次第に私の目を曇らせるようになってしまった。

駿府城下の市は、かつてのような華やぎではないにせよ、それなりに人々の往来は戻って来ました。そのことに私はどこか安堵《あんど》していた。

氏真様は戦をなさらない。この戦国の世において、そのことが、却って安寧の日々に繋がっていくのではないか……と。

今にして思えば、何とまあ、愚かなことか。

大勢、行き来していたのは、僧侶や山伏《やまぶし》、そして芸人たち。彼らの中にはそれはそれは多くの甲斐《かい》の間者がいたことに、私は気付いていなかった。いや……剣呑な彼らの眼差《まなざ》しに気付きながらも、それに慣れてしまっていたのかもしれませんな。

その歪《いびつ》が目に見えて現れたのが、永禄十年（一五六七）のこと。市中で、揉め事が起きたのですよ。はじめは些細な喧嘩《けんか》だったはず。それが、「赤色染料」の専売を巡り、古くからの駿府の商人と、新参の者が揉め始めた。ただでさえ不安を抱えていた商人たちは、その出来事をきっかけに、古参と新参で争うようになり、辛うじて保っていた市中の均衡が破れたような気がしました。

そして、ほどなくして、武田信玄公が同盟を破棄し、御嫡男を今川の姫と離縁させることを決めた。

その時に、ああ、あの市中での諍《いさか》いも、全ては仕組まれたものであったのだ……と、思い至りました。

激怒した氏真様は、武田へ塩を送ることを禁じられました。私には否やはありませんでしたが塩は命を揺るがす大事。これは、大いに揉めることになろうと、不安もありました。

案の定、今こそ商機と考えた商人たちが、武田に塩を売りに出向こうとしました。氏真様はそれを容赦なく切り捨てたのです。同じ商人として、切られた者たちのことを思うと、哀れでなりませんでした。

そして、松木は……

……すみません、白湯《さゆ》を一杯。どうにも思い出すと未だに息が上がってしまう。

松木は、無事に関を抜け、武田に塩を届けました。しかも塩だけではない。武器弾薬も手配していたとか。

宗清は、今川の御用として京や堺にも出向いていました。今川に武器弾薬を仕入れると共に、武田にもそれを売っていた。

そういうことでございましょう。

武器弾薬だけではない。御用商人として氏真様の懐深く入り込み、その動きについても探りを入れていた。

市中にいた僧や山伏たちは、武田の間者たちであったのだから、話を売るのは容易《たやす》いこと。

しかし、それでも武田は容易には動かなかった。動くことを決められたのは、あの寿桂尼様が亡くなられたからでございましょう。

義元公の御母君、寿桂尼様は、義元公亡き後の駿府の要でございました。あの御方は、さすがは海道一の弓取りを育てられた御方。今川家に仕える者たちの多くは、義元公もさることながら、寿桂尼様に心酔している方もおりました。厳しく、強く、それでいて諸国から来ている大名の子女にも慈しむ心を忘れない。だからこそ、周囲の小国は、義元公が無残にも桶狭間で討たれた後も、すぐさま今川に攻め入るような真似はなさらなかった。

いつぞや、宗清が笑って言っていたことがあります。

「甲斐の武田信玄は、寿桂尼様を恐れておられる。あの老婆が死なぬうちは攻め入れぬと言っているとか」

宗清はさながら世間話のように口にしておりましたが、その実、あれは真のことであったのでしょうなあ。だから宗清に、寿桂尼様の病状を調べさせていたのでしょう。私は幾度か、今川館に寿桂尼様の為に薬種《やくしゅ》の手配をしたことがございます。宗清に、その薬種は何なのかと、再三再四、尋ねられたことがありました。それも、寿桂尼様の御様子を探る為であったのでしょう。

まさか、私を信じて御下命いただいているものを、漏らすわけには参りません。その頃には、私も宗清が武田方に秋波を送っていることは気付いておりましたから。

そうして、寿桂尼様が亡くなられた。

それを待ちわびたように、武田は動いた。

その一報を聞いた時、私は呉服《ごふく》町にある蔵の中におりました。宗清と共に、反物《たんもの》の仕入れの算段をしていたのです。

「武田軍が、国境を越えて来る」

その声に、私は思わず、身を硬くしました。

先に桶狭間で義元公が討たれたのとは違う。

この駿府に、敵が押し寄せるということを思い、恐ろしくなったのです。

すると宗清は静かに言いました。

「反物は焼けるといけませんから、ここにあるものも移しておいた方が良いでしょうね」

このところ、仕入れを少なくしておこうと、宗清が言っていたので、蔵の中はがらがらでした。そうか、こうなることを見越していたのだな、と改めて思い知りました。

「武田と通じておられたか」

私が確かめるように言うと、宗清はこともなげに、ええ、と答えました。

「どう考えても、この乱世、勝ち残るのは氏真様ではございませぬ故」

さもあろう。

そのことには、私も気付いていたはずだ。だが、それでも、この駿府に、義元公の築き上げた町に、未練があった……。

それが紛うことなき、本心です。

そうして五年前のあの日、武田の軍が押し寄せた。

戦というのは、かくなるものか……と、思い知りましたよ。

乱世、乱世と言うけれど、大きな戦は城塞の周りで起き、野原で合戦が繰り広げられているもの。そう思っておりました。

今にして思えば、世を知っているようで知らなかったのでございますなあ。

駿府に生まれ、ここで育ってきた。お陰様で早々に義元公の御用商人となったことで、稼ぎもあった。食うに困って、一獲千金を狙う商人たちは、それこそ合戦の中に突っ込んで、糒《ほしいい》などを売りさばいたり、死んだ雑兵らの刀や甲冑《かっちゅう》をかき集めたりしていたけれど、私はそこまでしていない。京や堺に仕入れに行く時、骸《むくろ》の転がる戦場を横切ることはあり、それを怖いと思ったことはありましたが、いずれも戦の跡でしかない。私の知る乱世とは、さほどのものではなかったのだと。

武田軍は恐ろしかった。ひどかった。

今川館や、古刹の国分寺《こくぶんじ》、臨済寺《りんざいじ》、浅間《せんげん》神社……更には町人たちが住まい、商い、暮らした街並みを、悉《ことごと》く壊し、火を放った。

騎馬の足音は地鳴りのように響き、視界が赤くなるほどの炎が立ち上る。二千を超える町屋のあちこちから悲鳴が上がり、逃げ惑う人々の波を見ました。立ち向かおうとして斬られ、血しぶきが散る様を見ました。

阿鼻叫喚《あびきょうかん》とはこのことでしょうな……

私は、今川が力を失ったとしても、誰かが今川館に入るのだろうと思っていました。いずれはその新たな大名と、商いについて話し合わねばならない。それは、かつての義元公への忠誠とは違う形になろうとも思っていましたが、その程度の覚悟しかなかった。

しかし、武田の軍を前に、そんな甘い考えは粉々になった。

帝のおわす都でさえ、かような荒廃ぶりであるというのに、何故、我が駿府だけは、あのような憂き目に遭わぬと思っていたのか。我がこととなると、何も見えなかった己のめでたさに、つくづく嫌気が差しました。

いっそ、この町が焼けるのと共に、己も亡びてしまってもいいとさえ思ったほどです。

しかし、長年連れ添った妻が、私の腕を掴《つか》みました。

「ここはひとまず、逃げましょう」

こういう時は、女子の方が逞《たくま》しいものです。十歳になったばかりの息子と七つの娘を連れて、私は戦場となった駿府を逃れました。

聞けば、氏真様は駿府に武田が入った時に、真っ先にお逃げになられたとか。

当然の如《ごと》く、武田軍が勝利。駿府は、武田のものとなった。

しかし何やら滑稽《こっけい》ですな。

どうせ手に入れるのならば、美しい町のまま手に入れれば良かった。それを、焼け野原にしてから手に入れたところで、何の利がありましょう。

数日経った後、私はそっと駿府を訪れました。

まだ方々から燻《くすぶ》った煙が立ち上り、あちこちに焼け出された人が蹲《うずくま》っていました。抗った町人たちの骸には、烏《からす》が止まっている。

いつか見たことのある戦場の風景が広がっておりました。

違うのは、そうして討ち捨てられた骸の中に、見知った顔があったこと。共に市を立ち上げ、商いをしてきた者たちです。弔《とむら》うこともままならず、ただ申し訳なく、涙を流して手を合わせることしかできない。

それを見た時に思いましたよ。

ああ……ここは、天下人の土地ではなくなったのだと。

お気を悪くしたのなら、御無礼を。どうぞ、斬って下さっても構いませんよ。

されど、これだけは申し上げておきましょう。

貴方様のご主君は、荒れ地を手に入れるために、大勢の兵を率いてこの駿河に足を踏み入れられたのか。

それとも、そこで日々を営む人々との豊かな暮らしを求めて来られたのか。

民なき主になりたくば、どうぞ、そのまま行けば良い。

どれほどの強い武将かは存ぜぬが、焼け野原を作り突き進み続けた先に、豊かな国など造れますまい。武田信玄は、今川義元公のような天下人の器を持ってはおられない。民草の暮らしにまで思いをはせることができぬ御人が、上洛を果たしたとして、この後の天下の安寧が望めるはずもありますまい。

これから先、ただただ荒れていくばかりの国を見るくらいならば、このままここで斬られた方がましでしょう。

商人に向ける刀はないと仰せになるか。

それは異なことを。

松木にしたことをお忘れか。さながら武士にするように人質を取ったのでございましょう。

一昨年のことでありましたか。松木の父、宗義が亡くなりましたのは、ご存じでしょう。禍根《かこん》はあれど、共に駿府の町を築いてきた仲間でもありました。それ故に、病の床に臥せっていると聞いて、見舞いに訪れました。

駿府の町は、武田の侵攻から二年の歳月が過ぎても、荒廃したまま。市もろくろく立たぬ故、民は戻ってまいりません。美しかった道は、雨でぬかるんで、そこここには崩れかけた町家があるばかり。辛うじて、社を残している浅間神社のほど近くに、松木は暮らしておりました。

息子の宗清は、武田の御下命で方々に武器弾薬を求めて走っているとか。宗義は、寂れた家の中で、床についておりました。その傍らには、年若い女人が一人おり、看病をしていた。これは、宗清の妻女かと思っておりました。

「友野殿、よう来て下さった」

宗義は私を歓待してくれました。そして、私の手を取って、深々と頭を下げたのです。

「そこもとには、真に申し訳なかった」

宗義に詫びられると、何とも居心地が悪い。

乱世の商人として、私は甘かったと、自らの身を恥じこそすれ、今川と武田の双方に商いをしていた松木の「半手商人」としての在り方は、むしろ正しくもあった。ただ、武田がここまで苛烈《かれつ》に町を壊すとは、松木も思っていなかったのでしょう。すっかり、気落ちしているようでもありました。

「お蔦《つた》、こちらは友野座の友野宗善様。御挨拶《あいさつ》を」

蔦と呼ばれた娘は、静かに深く頭を垂れました。

「宗義の娘、蔦でございます」

宗義に娘がいたとはついぞ知らなかった。

「ああ、さようでありましたか。宗清殿の御妻女かと」

すると宗義は、目を伏せた。

「長らく、武田におりました」

聞けば、半手商人として、駿河と甲斐を行き来する松木親子の商才に目をつけた武田は、松木の娘を半ば強引に攫《さら》い、人質としたとか。娘の無事を約束する代わりに、今川館の中のことや、市中の取引のこと。また、塩の横流しの手配を命じられていたとか。

宗義は、痩《や》せた体を起こして涙を流しました。

「私どもは商人でございますが、乱世に生きる習いとして、身内をも切り捨てる覚悟がなければならぬのは、重々承知。されど、義元公亡き後、どう考えても氏真様では駿府は長くはもたぬ。さすればむしろ、武田の望みを叶え、娘を救いたいと思うようになりました」

かくして、武田にも武器弾薬を送り、戦支度を手伝いながら、密偵のような役目も担っていたのだと。

「武田が無事に駿府入りしたことで、娘はこうして私の元に戻りました。しかし、その代わりというには、余りにも大きな代償を……」

その話を聞く蔦は、眉を寄せて項垂《うなだ》れる。

この娘一人を救うために、二千を超える町屋が並ぶこの大通りが、焼き払われることになった……と、宗義と蔦は、自らを責めているように見えた。

「さようなことを仰せられるな。もしも私の娘が同じように攫われ、人質となったのなら、私とて同様であったろうと思いますよ」

国の大義も、忠義も、己の身内を守りたいという思いには敵うまい。ましてやかように乱れた世であればこそ。

宗義殿は、私に詫びると共に、

「倅《せがれ》のことを、助けてやって欲しい」

とおっしゃられた。

しかし、私はそれを拒みましたよ。

「私は最早、商人として生きることに疲れました。ご案じめさるな。宗清殿は、御立派にこの先をやっていけるでしょう」

そう答えるのが精いっぱいでした。

実際、宗清は既に御用商人として武田家に認められつつありましたからね。

私はというと、武田信玄という御仁のことを、かつて今川義元公に感じたように、忠義を尽くし、仕えたいなどと思うことはできそうにない。

だから、こうしてこの地に庵を結び、静かに隠遁することを選んだのですよ。


それが、私が貴方様に頭を下げることができぬ理由でございます。

妻子は、貴方様がここに来られると知り、隠しました。もしもそれを人質に取られたら、敵いませんからな。

そのようなことはせぬ、と仰るか。

いや、武器を持たぬ民草を、あれほど苛烈に打ちのめすことができる軍におられる方を、信じられるほど豪胆ではありませぬ。

事実、外には刀を持った兵を引き連れておられるではありませんか。

それに、信用とは、互いに腹を割って話して初めて成り立つものでございましょう。貴方様も今、話せぬことがございましょう。

私は隠居をしておりますが、従前からの伝手がございます故、戦で何があったのかは、大方、存じております。

三方ヶ原《みかたがはら》の合戦は、見事な勝利であったとか。あの松平《まつだいら》の小倅……いや、今は徳川家康《とくがわいえやす》と大層な名を名乗っているそうな。あの家康は、這《ほ》う這うの体で逃げたと伝え聞いております。

続く野田《のだ》城も落とした。このまま上洛となれば、信玄公こそが天下人となるのではないかと噂《うわさ》されておりました。

義元公亡き今、私にとっては誰が天下を取ろうと構わない。もしも武田であったとて、これで戦が終わり、少なからず安寧の日々が訪れればいいと思っておりました。

しかし、信玄公は上洛なさらなかった。

その奇妙な動きについては、皆、一様に声を揃え、同じことを申します。

そして今、貴方様は、このやつがれの元を訪れておられる。

……よろしければ、もう一服、お茶を進ぜましょうか。ああ、白湯がよろしいか。どうぞ。

分かっているならば、皆まで申すまいとは、何とも言い逃れをなさる。

いいえ、おっしゃって頂きたい。

それに口を噤《つぐ》み続けるからには、私も貴方様を信じることが出来ませぬ。お話はここまでございます。

どうぞ、お引き取りを。

お帰りにならぬとあれば、お話いただきましょう。

……やはり。

信玄公は、身罷《みまか》られたのでございますね。

しかし何とも皮肉なこと。

天下を取ると言われた義元公といい、信玄公といい……上洛とは、何と難しいことか。

そして、武田の皆々様はこれよりどうなさるおつもりか。後を継がれるのは、諏訪《すわ》の血を引く勝頼《かつより》公であると聞き及んでおります。貴方様にとっては、ご正室の弟君、いわば義兄弟でおられますな。めでたいこと……と、申し上げるがよろしいか。

おや、何とも渋いお顔をなさる。

では、こちらの話も真でございますか。

勝頼公は、家中においては余り芳しくない方であると……。諏訪の方々ばかりを重用し、古参の信玄公の配下の者は不服が募っているとの話が漏れ聞こえております。

やれやれ……御家の中が荒れているとあっては、よしんば勝頼公が上洛を果たしたとしても、その天下は長く続きますまい。まだまだ戦が続くとなると……

つくづく、世を捨てたくもなりましょう。

それでも、貴方様は私に力を貸せとおっしゃるのでございますか。

何をせよと言うのです。またぞろ、武器弾薬を揃え、戦支度を整えろと命じられるのでございますかな。しかし私も、松木に倣《なら》い、半手商人よろしく、さて、武田と……徳川辺りにも商いを持ちかけてみましょうか。両天秤を掛けてこその乱世の商人でございましょうからな。

戦支度ではない、と。

城下を再び、今川の頃の如く整えよと仰せになるのでございますか。

焼き払っておきながら、よくもまあ、図々《ずうずう》しいことを仰せになるものですなあ。

そも、元いた商人たちとて、散り散りになっておりましょう。殺された者もおります。思うように市が立ちますかどうか。そも、商人たちが戻ったところで、民がいなければ、町とは申せません。店だけが空っぽの通りに並んだところで、転がっているのが飢えた人と骸と烏では話にならない。

商人たちが、戻ってきているというのですか。

ならば、彼らと商いをすればよろしいでしょう。松木の宗清もおります。

松木では、まとまらぬのでございますか。

友野座をまとめるのは、私でなければと仰る。おだてれば舞でも舞うとお思いか。

なるほど、この私に御役目を下さると。

連尺役……行商人を支配する代官となれと。更には木綿役の代官も務めろとおっしゃる。

ふふっ……それはそれは、光栄な。

本心からではないように聞こえると。

さすがはよくぞお察し下された。本心ではございませんよ。

もしもここで、この武田からの代官などという大層な御役目を賜ったとして、武田が駿府を逃げ出した時、私はどうなりましょう。武田が盤石とは申せますまい。何せ、誰もが恐れる信玄は既にいないのです。勝頼では、余りにも心もとない。お会いしたこととてない、勝頼の手下として、無残に殺されるのだけは御免こうむります。

ついては、穴山殿。

貴方様は此度《このたび》、こちらにはどのようなお立場で参られたのかな。確か、江尻《えじり》城の城代をなさっていると聞き及んでおりましたが……

なるほど、駿河支配を、勝頼公に代わってなさっていると仰る。さて、それが何処まで真かは存じませぬが。

では、私がお引き受けするに当たり、一つだけお願いしたいことがございます。

貴方様の御下命により、町を創り、市を立て、人が集うようになったとして。再び、戦が始まるとしましょう。

どうか、どうか、必ずや、この町を戦場にして下さいますな。

人々の暮らしを、町を守るために尽力して下さると約定を下さいませ。仮に勝頼公が、この町をなぎ倒しながら甲斐に帰ると言うのであれば、勝頼公を裏切ってでも、町を守っていただきたい。私がその御役目を引き受けると言うのは、それほどの覚悟でございます。

もし、ここでそのように言っていただけるのであれば、連尺役、拝命致しましょう。

そして紛うことなき、天下人の町を創り上げてみせましょう。さすれば貴方様もこの町が惜しくなる。守りたくなる。そういう町でございます。

●

慶長十二年（一六〇七）、駿府城
徳川家康、友野宗善を召す

これはこれは、この老いぼれをわざわざお召し下さるとは、恐悦至極。

はい、仰せの通り、友野宗善にございます。

もう、七十を越え、友野座は我が子に譲りましてございます。

まさか、貴方様が天下人となられる日が来ようとは、ついぞ思いもしませんでした。あの今川館にいた松平の小倅……おっと、これは御無礼を。徳川様の天下が巡ってこようとは。

商人の才は金の流れにこそあれ、天下の流れは時の運。これぞと思った義元公が、あのような形で身罷られてから後、私はついぞ、誰か一人の大名に肩入れすることを止めておりましたものですから、てんで鼻が利きません。

私が心血を注ぎましたのは、偏《ひとえ》にこの、駿府の町でございます。

いずれの殿様が参られようと、この町が恙なく商いができる地であること。武器を持たぬ民草が、暮らすことができるよう、整えておくこと。そして、この町があるが故に、この地を欲しくてたまらぬという御方がいるように。

さすれば、かつてのように無残に焼き払われることもなかろうと思うたのです。

儂《わし》を覚えておるか、と問われましても……覚えておるも何も、貴方様のことは重々、存じ上げております。今や天下人たる徳川家康公。将軍の位を御嫡男に譲られ、大御所様としてこの駿府の地に戻って参られた。

義元公の亡き後、氏真様を助けてこられたのが、貴方様であると聞き及んでおります。ただ、ある噂を耳にして、この御方は商人を軽んじておられるのか、と、疑ったことがございます。

何、たわ言の類でございますよ。

ええ、戦の最中、小豆餅《あずきもち》を食い逃げしたと。そうそう。三方ヶ原でございましたか。餅屋の老婆が追いかけたという、民草の笑い話でございます。

お目に掛かるのは、これが初めてではございませんな。さて、いつのことでしたか。ああ……あれはまだ、私が二十四、五の頃のことでしたか。貴方様が今川の元におられた時のこと。私が義元公にご挨拶に出向いたことがございます。その時、確かに可愛らしい若武者がいらっしゃいました。貴方様も覚えておいでとは、これはこれは、恐縮でございます。

ええ、その頃から今に至るまで、私は駿府を離れたことはございません。

ですから、武田の軍が攻めてきた時にも、ここにおりました。おっしゃる通り、武田の猛攻の前には塵芥《ちりあくた》の如く、惨憺《さんたん》たる有様でございましたよ。

よくぞここまで再建したと仰せ下さるか。お褒めに与かり光栄です。ただ、その功は私もさることながら、亡き穴山信君殿にもございます。

あの方が三十年余り前に、隠居を決めた私を訪ねていらした。その時は、憎き武田の将とあって、顔を見るのも不快でした。しかし、事実あの方は、武田によって焼き尽くされた町の再建に、真に尽力なさいました。

まずは駿府の民を呼び戻す為に、浅間神社の廿日会祭《はつかえさい》を催そうと仰せになられた。

浅間神社は、七百年余り前、醍醐《だいご》天皇の御代からある駿府の人々の心の支え。その祭りを行うとあれば、駿府の地から去った人々も戻って来ようというもの。浅間神社の建て直しのために大工が集い、木挽《こび》きたちは木を伐《き》りましてな。宮司たちも呼び戻し、芸人達も招いて……

とはいえ、従前のようには参らぬと思っておりましたところ、穴山殿が、

「従前と同じように祭を行え」

と言われるので、祭のための道具などもかき集めるのに往生しました。余りにも大変だったので、町の衆と、

「武田の連中は、焼き払うことしかできやしない」

と、悪態をついておりました。

それでも、穴山殿がいらした時には、暫《しば》しの安寧を得ることができました。無論、未だそこここで戦の火種は燻っており、天下は太平とは申せませんでしたが、それでも少しずつ、商いをし、人々が集い、祭も行い、日々の暮らしというものが戻って来たと思ったのです。

しかし、長篠《ながしの》の合戦がありましたな。

あれで、武田勝頼は貴方様とかの織田信長《おだのぶなが》に大敗した。

それを聞いた時には、血の気の下がる思いがしました。

長篠から甲斐へ逃げかえる武田の軍が、どのように町をなぎ倒していくのか。戦々恐々としておりました。何より、穴山殿と我ら商人たちで再建したことが、水泡に帰すと思ったのです。

それに、武田を追って織田や徳川が攻めてくることも考えられました。

織田信長といえば、義元公を桶狭間にて討ち取った男。見たこともございませんが、遠く聞き及ぶところによれば、それはもう、残虐な所業の多い御仁と聞いておりました。無論、戦ともなれば、いかな武将といえども、非道をするものでございます。これからの駿府はどうなるのかと案じていたのでございます。

その頃には、私は松木宗清と手を携えて、駿府の町を営んでおりました。

宗清は、少々、才気走ったところがある男ですが、いざ商いとなると目端が利き、決断も早く、損をしない。時流を読むのが上手いのでしょうなあ。武田のための武器の手配をする一方で、秘かに駿府にも武器を置いておりました。

「この町を守ってくれる御方に、これを託そうと思う」

何とも強《したた》かな男です。しかし、そうでもせねばと思うのも無理からぬこと。

かつてのような華やぎはないまでも、それなりに日々を営めるようになったこの町を、再び焼け野原にはしたくなかったのです。

幸いにも、その後しばらくの間、町に戦火が及ぶことはありませんでした。

そうして七年の歳月が過ぎた頃、「駿府に徳川が来る」との話が聞こえて参りました。

徳川殿は今川で幼い日を過ごした御方。あの美しい駿府の町を知っているのであれば、無体をするまい、と期待をする一方、戦国の世の厳しさも重々、知っている。如何《いか》なることが起きようと不思議はない。民は戦を恐れて一時、町を離れていたのでございますよ。

しかし、全ては取り越し苦労。さすがは整然と、穏やかな一行でありましたな。

驚いたのは、武田が滅亡したと聞き及んだ後、穴山殿が駿府に参られたことです。聞けば織田軍に下られたとか。

かつては武田への恨みもあり、穴山殿のことも厭《いと》うておりました。しかし、駿府の再建に共に尽力するうちに、忠義とまでは行かずとも、互いに信頼をするようになっておりましたので、その御無事を喜びもしました。

穴山殿は一度、お忍びで私の元にも訪ねて来られました。

「徳川殿は、この駿府に並々ならぬ思い入れがある御仁。我らが築いた新たな駿府の町を壊そうとは努々《ゆめゆめ》思ってはおらぬ。むしろ、商いのあらましについて、この儂に尋ねるほどだ。安堵してよい」

そう仰せになられたのです。

驚きました。

確かに私は、主を裏切ってでも、町を守って頂きたいと申し上げた。しかし、穴山殿は仮にも武田とは縁組をした間柄。まさか武田を捨てるとは思ってもおりませんでした。

無論、穴山殿のお考えの中には、様々なことがあることでしょう。私との口約束の為だけに武田を裏切ったとは思いますまい。それはうぬぼれが過ぎるというもの。されど、あの御方にとっても、少しずつ再建していくこの町が、再びの焼け野原になることだけは避けたいという強い思いがおありなのだと分かった時は、柄にもなく、涙が溢れそうになったものです。

その穴山殿は、本能寺《ほんのうじ》の変の後、混乱の中で亡くなられたと聞いております。真に残念なことでございましたなあ……。

徳川殿が関ヶ原《せきがはら》で勝利し、揺らぐことない天下人になった時には、ああ、これでやっと、我らは安堵できると思ったものです。

天下人たる徳川家康にとって、この駿府は紛うかたなき愛すべき城下町でございましょう。最早、何人たりとも、ここを焼き払うことなどできようはずがない。

義元公に忠義を尽くしておったのではないのか……と、おっしゃる。

ええ、さようでございます。それは、義元公が我らを重用し、商いを重んじて下さったからでございます。そして今、貴方様も、我らのことを重んじて下さる。

ポルトガルとの生糸の交易で、我らに糸割符《いとわっぷ》を与えて下さった。

長崎での交易であれば、あちらの商人に与えても良いであろう権利を、敢えて、この駿府の商人である我々に下さる。偏に、この駿府に富をもたらそうとして下さってのご配慮と存じます。

駿府糸座は大いに潤い、お陰様をもちまして、今年もまた、浅間神社の祭を盛大に催すことができることでしょう。

乱世とは、力の強い者が勝つと、言われております。恐らくそれもそうなのでしょう。

しかし、こうして商人として商機を見つつ、町の移ろいを見つめておりますと、天下人となるには、戦に勝つだけではいけません。

人の死に絶えた焼け野原に君主が立ったとて、どうすることもできはしますまい。人々が集い、商い、祭を行い、舞い、笑い、食らう。そうした営みの上にあって初めて、君主は君主たるのです。ただ、戦い、殺し、焼き払ったのでは、真の勝者とは申せますまい。

勝ったその後に、何を為すかでございましょう。そのことに思いが至る方であればこそ、天下を治めることが出来るのでしょう。

今、こうして駿府の町が穏やかに栄えていくのを見ると、正に、貴方様こそが天下人の器であったのだと思うております。

「松平の小倅と申していたではないか」……と、仰せになりますか。さて、とんと覚えがございません。年のせいか耄碌《もうろく》したのでございましょうな。

ふふふ……それこそが強かな商人の知恵というものでございます。

もしもこの先、我らの町の商いに影が差す日が訪れたのなら、それはそれ、主君と仰ぐことを止めることもありましょう。

どうか、この天下人の町が再びの戦禍に遭うことのないように。

人々の営みが、二度と再び失われることのないように。

天下をお治め下さいますよう、伏してお願い申し上げます。

新説

商人集団が駿府の「町づくり」をしていた

戦国大名・今川氏は駿府（静岡市）を拠点に勢力を拡大し、義元の時代に最盛期を迎えた。当時の駿府には、友野氏や松木氏ら有力商人がおり、御用商人として今川氏の商業支配を支えていたという。特に友野氏は領国内の木綿取引を独占し、商人集団「友野座」を統括していたことで知られる。

ところが永禄3年（1560）に桶狭間の戦いで義元が討死すると、その勢いに陰りが生じる。永禄11年（1568）には、甲斐の武田信玄が同盟を破って駿河へ侵攻。当主・今川氏真は駿府から掛川へと敗走し、駿府の町は武田軍に占領された。商人たちは一時的に駿府を離れたと推測されるが、友野氏・松木氏らは間もなく武田氏へ奉公した。

そんな武田氏も天正3年（1575）の長篠の戦いで織田・徳川連合軍に大敗を喫し、再び駿府国内には動揺が走った。近年発表された論文によると、武田氏は領国内の発展を強化するため、退避していた商人に対して駿府へ戻るよう呼び掛けたという。さらに武田氏は、友野氏や松木氏ら12人の商人に対して、新たな町場の建設も命じている（仁木宏『戦国時代の城下町における「町づくり」―1575年、駿河国駿府（静岡市）の事例から―』）。

この命を受けた友野氏らは、駿府に戻ってきた商人に屋敷を給与したり、命令に従わない者には敷地を没収したりして、一街区の「町づくり」を担った。このように、戦国期の商人集団が主体的に城下町の整備を担った事例が確実な史料によって確認されたのは初めてだという。

なお、後に家康が天下人となり、大御所として駿府へ移ると、大幅な城下町の整備が行われた。この時、町割りを担ったのは、今川時代からの豪商・友野宗善だったと伝わる。それ以前、今川・武田時代の駿府がどのような街並みだったのかは史料がなく、はっきりしたことは分かっていない。

あとがき

谷津矢車

逸話、稗史が好きな作家です。

わたしは、事実と違う、歪んだ形で伝わった言い伝え、言うなれば「語られてきた」歴史が大好きで小説を書いています。歴史を歪ませて語らざるを得なかった事情の裏側に、語り手や物語を共有した人々の息づかいを感じるからです。なので、徳川家康の「しかみ像」の誕生と展開に心惹かれますし、松永久秀は茶釜「平蜘蛛」と一緒に爆死するのが美しい、と、まこと不埒な繰り言を常々申し上げております。

そんな罰当たりな作家であるわたしが今回、「新説」を種にした短編集に参加しましたのは、鷹の群れ（そんなものあるのか知りませんが）にオウムが迷い込んだようなものであり、皆様に叱責されるのではないかとびくついておるところです。とはいえ、新説を軸に小説を書くのも大変面白く、やってみてよかったなあ、と現金なモノローグを呟く今日この頃ですが——新説を用いて組み上げたわたしの小説も、結局はわたしの願望や作家としての狙いが入り込んでいる以上、「語られてきた」歴史、すなわち稗史となっていくのだよなあ、と、ほくそ笑む今日この頃であります。にっこり。

谷津矢車（やつ・やぐるま）

1986年、東京都生まれ。駒澤大学文学部歴史学科考古学専攻卒。2012年『蒲生の記』で第18回歴史群像大賞優秀賞受賞。2013年『洛中洛外画狂伝 狩野永徳』でデビュー。2作目の『蔦屋』が「この時代小説がすごい！2015年版」にて第7位。『おもちゃ絵芳藤』が第7回歴史時代作家クラブ賞作品賞受賞。近著に『廉太郎ノオト』『ぼっけもん 最後の軍師 伊地知正治』『北斗の邦へ翔べ』『吉宗の星』『二月二十六日のサクリファイス』『憧れ写楽』など。

参考文献：黒田基樹『井伊直虎の真実』（角川選書）

天野純希

いくつか提示された題材の中から駿河湾海戦を選んだのは、「海戦シーンを書くのが好き」というまったく個人的な動機からです。

近年、戦国水軍の研究が進み、従来の「海賊」というイメージはかなり払拭され、大名に雇われる傭兵的性格に着目されることも多くなりました。本作の主人公・凪の向井家も、元は伊勢を本拠としていましたが、駿河を手に入れた武田信玄にリクルートされて駿河へ移っています。

加えて、明治三十三年に戦場から近い沼津千本浜で大量の中世のものらしき人骨が発見され、その三分の一が女性だったという話に興味を引かれたこともあります。その女性たちの素性を知る術はありませんが、もしかすると武田家や北条家の兵士として戦いに参加した人もいたかもしれません。

戦国時代が舞台の小説では、武家の女性は政略結婚の道具か夫を支える献身的な妻として描かれがちです。

しかし、中には夫や子の仇を取るために戦場に立った女性もいたのではないでしょうか。そんな想像を膨らませて、この物語を書きました。「そんなこともあったかもしれない」と楽しんでいただければ、作者として幸甚です。

天野純希（あまの・すみき）

1979年、愛知県名古屋市出まれ。愛知大学文学部史学科卒業。2007年に「桃山ビート・トライブ」で第20回小説すばる新人賞を受賞しデビュー。2013年『破天の剣』で第19回中山義秀文学賞、19年『雑賀のいくさ姫』で第8回日本歴史時代作家協会賞作品賞を受賞、23年『猛き朝日』で第11回野村胡堂賞を受賞。近著に『もろびとの空 三木城合戦記』『吉野朝残党伝』など。

参考文献：山内譲『海賊の日本史』（講談社新書）、家永遵嗣「後北条領国における長浜城と安宅船」（『国史跡長浜城跡整備事業報告書』所収）、鈴木かほる『史料が語る向井水軍とその周辺』新潮社、笹本正治『戦国大名武田氏の研究』思文閣出版

秋山香乃

蒲原二郎先生がお招きした平山優先生の講演会を拝聴したときのこと。お話のあまりの面白さにどきどきしました。新しい説、新しい視点。馴染んだ戦国時代のはずが、新たな扉が開いて、新鮮な景色が眼前に飛び込んできました。

新説を扱ったアンソロジーを作りたい!!

静岡新聞社のS編集者さんにすぐに相談いたしました。そうして作っていただいたのがこの本です。平山先生がいらっしゃらなければ、生まれなかった一冊です。

私は、義元の娘・貞春尼が、兄氏真と共に家康を頼って浜松に身を寄せた後の話を描きました。これは拙著『氏真、寂たり』を書くときに調べたけどわからなかった彼女の残りの半生の物語です。

その後、黒田基樹先生が、貞春尼は徳川家に仕えて二代将軍秀忠の養育を女家老として担当していたことを探り当てられたと知りました。なので、この話は黒田先生がいらっしゃらなければ描かれることのなかったお話です。

歴史作家は歴史研究をなさる先生あってのものなのだと深く感謝いたします。

秋山香乃（あきやま・かの）

1968年、福岡県北九州市生まれ。2002年『歳三 往きてまた』でデビュー。2018年『龍が哭く 河井継之助』で第6回野村胡堂文学賞受賞。主な著作に『総司炎の如く』『伊庭八郎凍土に奔る』『天狗照る 将軍を超えた男－相場師・本間宗久』『獺祭り 白狐騒動始末記』『氏真、寂たり』『無間繚乱』など。

参考文献：黒田基樹『徳川家康と今川氏真』（朝日新聞出版）

木下昌輝

勝者が歴史をつくるといわれるように、天下を統一した徳川家康の業績には多分に作為が含まれているようだ。今回、家康が人質として送られる経緯について新説を採用して執筆してみた。家康が晩年に証言したことによると、「又右衛門某という者に銭五百貫で売られた」らしい。この人物が誰で何のために売ったかなどは全くの謎なので、この空白をフィクションとして創作した。又右衛門某を関西弁の怪しいキャラとして描くのは楽しかったが、家康を愛する静岡や愛知など東海の人々に受け入れられるかは少々不安だ。寛大な心で読んでいただければ幸いである。

木下昌輝（きのした・まさき）

1974年、奈良県生まれ。2012年「宇喜多の捨て嫁」で第92回オール讀物新人賞を受賞。14年、単行本『宇喜多の捨て嫁』を刊行。15年に同作で第152回直木賞候補となり、第4回歴史時代作家クラブ賞新人賞、第9回舟橋聖一文学賞、第2回高校生直木賞を受賞した。19年『天下一の軽口男』で第7回大阪ほんま本大賞、『絵金、闇を塗る』で第7回野村胡堂文学賞、20年『まむし三代記』で第9回日本歴史時代作家協会賞作品賞を受賞。

参考文献：村岡幹生「織田信秀岡崎攻落考証」（大石泰史編『今川義元』戎光祥出版所収）

蒲原二郎

伊勢新九郎盛時については、出自を中心に研究が進んだため、今回、新説として紹介させていただきました。足利義澄・茶々丸の妹の存在についてご教示くださったのは、歴史学者の黒田基樹先生です。調べてみると、このお姫様に関する史料はほとんどなく、わかっている事といえば、堀越公方足利政知の娘として生まれた事。長兄茶々丸が義母と弟を殺害し、堀越公方家の家督を奪った後、今川家で養育された事。後に上洛し、足利将軍家の慣例に従い尼寺に入った事。二十七歳という若さで亡くなった事くらいのものです。従って小説の内容は、年齢以外は、ほぼ創作となっております。名前も便宜上、当方で〝松姫〟とさせていただきました。日本の女性は記録に残る事がほとんどなく、このように歴史の陰に隠れてしまいがちです。ですが、運命に翻弄されつつも、誰もが懸命に生きていたのは、今の我々と何ら変わりがありません。小説を通して、古の女性の人生に、少しでも思いを馳せていただければ幸甚です。

なお、文中で現代語を使用しております。これはあくまでも読者の読みやすさを考慮したものです。ご承知置きください。

蒲原二郎（かんばら・じろう）

1977年、静岡県生まれ。早稲田大学卒業後、衆議院議員秘書を経て、現在幼稚園園長。ボイルドエッグズ新人賞で作家デビュー。時には学術論文も書く歴史好き。著書に『真紅の人』ほか。

参考文献：『静岡県史』、黒田基樹編『シリーズ・中世関東武士の研究10 伊勢宗瑞』（戎光祥出版）、黒田基樹『戦国大名・伊勢宗瑞』（KADOKAWA）、黒田基樹『今川氏親と伊勢宗瑞　戦国大名誕生の条件』（平凡社）、木下昌規『中世武士選書44 足利義晴と畿内動乱 分裂した将軍家』（戎光祥出版）、黒田基樹『戦国北条家一族辞典』（戎光祥出版）、黒田基樹「伊勢盛時と足利政知」（『戦国史研究71号』所収）

杉山大二郎

『哀しみの果てに』は、若き日の徳川家康の視点で正室築山殿の物語を、これまでの定説にとらわれない新たな解釈により描きました。歴史の中に息づく人物たちの苦悩や決断や覚悟に迫りながら、私らしい作品を生み出すことができたと思います。

戦国の世といえば、幾多の英雄が激動の中でその命を輝かせ、消えていった時代です。とくに静岡県は、今川、徳川、武田など、戦国大名たちが交錯する舞台となり、その歴史的背景には多くのドラマが秘められています。

執筆にあたっては最新の学説や資料を徹底的に読み解き、あえて定説に挑戦する形で大胆に想像力を膨らませて物語を紡いでいきました。この『哀しみの果てに』が、「歴史」というものを少しでも身近に感じていただくきっかけとなり、そこに埋もれてきた「新説」(真説)を紐解く楽しさをお伝えできたのであれば、作家として幸いです。

杉山大二郎(すぎやま・だいじろう)

1966年、東京都生まれ。大手IT企業に25年勤めた後、独立。執筆活動を本格的に始める。江戸もの時代小説では、剣客商いシリーズ「さんばん侍」(小学館時代小説文庫)や医療シリーズ「大江戸かあるて」(集英社文庫)が好評を博した。そのほかの著書に、営業マンとしての経験を活かしたビジネス小説『至高の営業』(幻冬舎)や若き日の織田信長を描いた本格歴史小説『信長の血涙』(幻冬舎時代小説文庫)がある。

参考文献:黒田基樹『家康の正妻 築山殿　悲劇の生涯をたどる』(平凡社新書)、黒田基樹『徳川家康の最新研究 伝説化された「天下人」の虚像をはぎ取る』(朝日新書)、平山優『徳川家康と武田勝頼』(幻冬舎新書)

鈴木英治

足利が絶えれば吉良が継ぎ、吉良が絶えれば今川が継ぐ。戦国時代の静岡にそれだけの名門大名が本拠を構えていたことに静岡県人として誇りを覚え、私は若い頃から今川家関連の書物を読み漁ってきた。

多くの書物を読んだ結果、義元に関していくつかの疑問を抱くことになった。その中の一つが、なぜ義元の諱には『氏』が使われていないのか、ということだった。

義元の父氏親、兄の氏輝、子の氏真と、今川家の当主には三代連続で『氏』が使われている。それにもかかわらず、どうして義元だけがその三人と異なっているのか。

四十年来の疑問は黒田基樹氏によって解き明かされた。氏親、氏輝、氏真はいずれも嫡流だが、義元は庶流だったのだ。だからこそ『氏』を用いることができず、室町将軍義晴から偏諱を授かるのがせいぜいだったのだ。

黒田氏や、何度も講演を拝聴させていただいている平山優氏など、歴史を真摯に研究される人たちがいらっしゃるからこそ、私たちは小説を書くことができる。深い感謝しかない。

鈴木英治（すずき・えいじ）

1960年、静岡県沼津市生まれ。明治大学経営学部卒業。99年、『駿府に吹く風』（刊行に際して『義元謀殺』に改題）で第一回角川春樹小説賞特別賞を受賞。主な作品に『口入屋用心棒』『徒目付久岡勘兵衛』『手習重兵衛』『父子十手捕物日記』『下っ引夏兵衛捕物控』『突きの鬼一』『江戸の雷神』『江戸の探偵』シリーズなどがある。

参考文献：黒田基樹『徳川家康と今川氏真』（朝日新聞出版）

早見 俊

一言坂の合戦は夜戦だった、という新説に取り組みました。執筆に当たり、「一言坂の戦い」岡部英一著（静岡新聞社）を参考にさせて頂きました。

本多忠勝を語る際には欠かせない、「家康に過ぎたるもの二つあり、唐の頭に本多平八」という落書は、この合戦における鬼神の如き忠勝への賞賛です。

以前、忠勝と本多正信を比較した拙作、「二人の本多」で、もちろんこの時の忠勝の奮戦を描きました。しかしながら、忠勝の生涯の一コマという描き方しかできず、消化不良でした。今回、一言坂の合戦に正面から向き合えたのは、物書きとしての喜びです。

合戦が野戦ならぬ夜戦だったとすると、忠勝の有能なる大将ぶり、無双の勇者ぶり、槍働きの凄さがリアリティーを帯びます。

読者の脳裏に、「唐の頭」を被り、蜻蛉切の槍を振るう忠勝の勇姿が浮かべば幸甚です。

早見 俊（はやみ・しゅん）

1961年、岐阜県岐阜市生まれ。会社員の頃から小説を執筆し、2007（平成19）年から作家に専念。主な著書に『放浪大名 水野勝成』『ふたりの本多』『高虎と天海』などの歴史小説をはじめ、『居眠り同心影御用』『公家さま同心飛鳥業平』『双子同心捕物競い』『鳥見役京四郎裏御用』『観相同心早瀬菊之丞』『椿平九郎 留守居秘録』『やったる侍涼之進奮闘剣』『大江戸無双七人衆』『大江戸人情見立て帖』などのシリーズがある。

参考文献：岡部英一『一言坂の戦い 武田信玄、遠州侵攻す』（静岡新聞社）、平山優『新説家康と三方原合戦　生涯唯一の大敗を読み解く』（NHK出版新書）、西ヶ谷恭弘『復原 戦国の風景 戦国時代の衣・食・住』（PHP研究所）藤木久志『戦国の村を行く』（朝日選書）、野中信二『徳川家康と三河家臣団』（学陽書房）、藤井譲治『徳川家康』（吉川弘文館）

蓑輪 諒

アンソロジーのテーマが「静岡戦国史の新説」ということで、平山優先生の『新説 家康と三方原合戦』を参考に、浜松城の補給事情、堀江城の戦略的価値などの知見を取り入れながら、三方ヶ原合戦の話を書きました。

本作の主人公・佐脇藤八（良之）は、有名な戦国武将・前田利家の弟です。藤八は、織田信長の親衛隊「赤母衣衆」に抜擢され、浮野の戦い、桶狭間の戦いなど多くの合戦で活躍したものの、後年、信長から勘気を被って織田家を追われ、浜松で徳川家の庇護を受けたのち、三方ヶ原合戦に参加し、討死にします。

早くに亡くなったこともあってか、藤八の人となりが分かるような史料や伝承はほとんど残っておらず、小説内でも触れた『信長公記』の玉越三十郎との逸話を手掛かりに、彼の経歴なども踏まえて、人物像や周囲との関係性を想像し、話を作っていきました。

武田でも徳川でもない、第三者ともいうべき織田の牢人衆と三方ヶ原合戦の物語、お楽しみ頂ければ幸いです。

蓑輪 諒（みのわ・りょう）

1987年、埼玉県生まれ、栃木県育ち。2013年『うつろ屋軍師』が第19回歴史群像大賞に入賞し、翌2014年、同作でデビュー。2015年、同作が第4回歴史時代作家クラブ賞新人賞候補となる。2018年『最低の軍師』で啓文堂書店時代小説文庫大賞受賞。著書に『うつろ屋軍師』『殿さま狸』『くせものの譜』『でれすけ』『最低の軍師』『千里の向こう』『化かしもの 戦国謀将奇譚』など。

参考文献：平山優『新説 家康と三方原合戦 生涯唯一の大敗を読み解く』（NHK出版）、谷口克広『信長の親衛隊 戦国覇者の多彩な人材』（中央公論新社）、乃至正彦『戦国武将と男色　増補版』（筑摩書房）、谷口克広『織田信長家臣人名辞典』（吉川弘文館）、『信長公記』『三河物語』『佐脇略譜』

永井紗耶子

「戦国時代」と言えば、勇猛果敢に戦う武将たちの活躍が描かれる作品が多いでしょう。しかし、そんな戦の只中にも、人々は生き、暮らしていた。そんな視点から、今回、私は「戦国時代の城下町」にまつわる新説を元に、書くことになりました。

戦国時代の駿府は、今川によって美しい町が築かれていましたが、武田によって攻められ、その後、徳川家康のお膝元となり……正に時代に翻弄された町でもあります。その、武田統治下の短い間にも、穴山信君によって町づくりが進められ、そこで奮闘した商人たちがいたことを知りました。そしてその町が徳川に引き継がれ、栄えていったのです。

今、世界では各地で戦争、紛争が起こっています。幼い子どもや市民が犠牲となっている惨憺たる有様をメディアを通して見る度に、目を覆いたくなります。同じように戦国時代にも、活躍する武将たちの影で、焼き払われた町の中で命を落とした無辜の民がいたのでしょう。彼らに思いを馳せると共に、それでも再建に尽力し、新たな平和な時代を待ちわびた人々がいたことに、幾ばくかの希望を感じました。

今の穏やかな静岡の町を見ながら、改めて、平和な日々が続く有難さを噛みしめました。

永井紗耶子（ながい・さやこ）

1977年、静岡県島田市生まれ、神奈川県育ち。慶應義塾大学文学部卒業。新聞記者を経て、フリーライターとして雑誌などで活躍。2010年、『絡（から）繰（く）り心中』で第11回小学館文庫小説賞を受賞し、デビュー。『商う狼　江戸商人 杉本茂十郎』で2020年に第3回細谷正充賞および第10回本屋が選ぶ時代小説大賞を、2021年に第40回新田次郎文学賞を受賞。2022年、『女人入眼』が第167回直木賞候補となり、2023年『木挽町のあだ討ち』で第36回山本周五郎賞と第169回直木賞をダブル受賞。近著に『きらん風月』『秘仏の扉』。

参考文献：仁木宏『戦国時代の城下町における「町づくり」―1575年、駿河国駿府（静岡市）の事例から―』（『都市文化研究』所収）、佐々木銀弥『日本商人の源流 中世の商人たち』（ちくま学芸文庫）、若尾俊平ほか『駿府の城下町』（静岡新聞社）

解説「歴史学の新説とはなにか」　平山 優

本書は、十人の作家による新たな歴史小説の試みである。どういうことかといえば、彼らは、最近の戦国史研究により提起された新説を主題に、物語を編んでいるのである。小説は、そもそも作家の想像力やストーリーテラーとしての力量に依存し、歴史を題材にしつつも、大いなるフィクションとしての物語性で面白さを競う。ところが、本書の作家たちは、あえて新説を自らの物語の軸にすえ、そこから創作の枝葉を伸ばしており、まさに、野心的かつ意欲的な試みといえるだろう。

歴史学の専門家として、私が本書の解説を依頼されたのは、そもそも作家たちが扱った「歴史学の新説とはいったいなんであるのか」を説明するためらしい。そこで、歴史学者として、この設問に解説をしてみようと思う。歴史の新説なるものが、時々新聞紙上を賑わせることがある。それらの多くは、新史料の発見と、それに伴う定説や通説への疑問という文脈で語られることがほとんどだ。

まず、前提として、歴史学における「定説」と「通説」について述べよう。「定説」とは、当事者や当時の人々が記した文書（公文書や私信など）や記録（日記、公的記録）などの史料（これを一次史料とも呼ぶ）によって、確定されている出来事のことをいう。例えば、桶狭間合戦が永禄三年五月十九日に起きたこと、本能寺の変が天正十年六月二日に発生したこと、などである。これらは、複数の史料に一致して記録されていることで、疑いようのない史実として確定されている。これに対し「通説」とは、史料が少なく確定的なことはいえず、研究者間で意見の相違があるものの、おおよそ共通理解として認定されている出来事のことを指す。例えば、上杉謙信には妻女はいなかった（近年では、妻がいた可能性が指摘されているがまだ確定されていない）、長篠合戦は鉄砲と騎馬という旧戦法対新戦法の激突であった（研究者間でも議論があるが、歴史教科書はこの考え方をいまだに採用している）、などはこれに該当するだろう。

これらは、江戸時代以来、幕府や諸藩などの公的機関および民間の学者による研究や考証の積み重ねが前提として存在し、明治維新以後、近代歴史学が官民一体となって研究、考証を引き継いだ結果として築き上げられてきたものである（偉い学者が唱えたものを「定説」というのだという言説は、まったくの誤解である）。

さて、それでは、歴史学の新説とは何かについて説明しよう。まず、「定説」「通説」ともに、史料にもとづいて形成されたものであることはおわかりいただけたであろう。史料は、文書、記録、絵図、地図、金石文、考古資料など、人の手によって書かれたり、作られたりしたものである。とりわけ、当時の人々が書いた文書、記録が重視される。そこに書かれている内容を的確に読み取り、関連する史料の有無を探し、もし存在すれば、それらと付き合わせることで、人物や出来事の動きをより詳しく理解、復元していくことが可能となってくるわけだ。

だとすれば、「通説」が批判されたり、否定されたりするようになるきっかけは、未知のことを記述した史料が発見された時ということになるだろう。新聞紙上において、新史料発見と揺らぐ通説という記事が飾るのは、そうした理由によるものだ。

戦後八十年を迎えた今日、それまでの数々の「通説」が、新史料の発見によって否定され、歴史の書き換えが進められてきた。それが、歴史学の進歩といわれるものであり、新陳代謝でもある。どれほど、歴史の書き換えが進んでいるかを簡単に知るには、昭和三〇年代と令和六年の高校日本史教科書を読み比べれば瞭然だ。かつて、立項されていた歴史事象が削除され、新たな記述に書き換わっていることは、まさに枚挙にいとまない。私の経験でも、古代では任那《みまな》日本府、近世では慶安の御触書、などは学生時代には習ったが、現在では存在を否定され、削除されている。

私自身も、四十年以上に及ぶ研究人生において、何度も新史料の発見と、歴史の書き換えを目の当たりにした。とりわけ最も印象に残っているのは、武田家臣山本菅助に関する史料の発見であった。山本菅助は、近世初期に成立した軍記物である『甲陽軍鑑』に「山本勘助(勘介)」として登場し、武田信玄の家臣として軍事や城作りにその才能を発揮したとされ、永禄四年九月の川中島合戦で戦死したと記されている。勘助は、近世以来、信玄の家臣として名高かったが、一九五九年に、奥野高廣博士（東京大学史料編纂所）が出版した『武田信玄』（人物叢書、吉川弘文館）において、架空（伝説）の人物と断定したことで、その実在が否定された。その後、勘助架空説が「通説」となったのである。

ところが、二〇〇八年、群馬県安中市から、山本菅助宛の武田晴信判物（天文十八年四月吉日付）を始めとする五点の文書が発見された。私は複数の専門家とともに、その調査に赴き、詳細な鑑定を実施した結果、それは間違いなく本物であることを確認した。また、古文書の出所を探っていくうちに、それらはかつての高崎藩士山本家から流出したことを突き止めた。さらに子孫は、静岡県沼津市在住であることを知り、調査を行わせていただいたところ、『甲陽軍鑑』に登場する「山本勘助」と、山本家の文書に登場する「山本菅助」が同一人物であることを決定づける文書をも発見したのである。かくて、「通説」の山本勘助架空説は否定され、彼の実在とその経歴および子孫の動向が明らかになった（詳細は、海老沼真治編『「山本菅助」の実像を探る』戎光祥出版・二〇一三年参照）。これは、新史料の発見と解読により、多くの人々も知る「通説」が劇的に覆された好例といえるだろう。

この他に、もう一つ、新説が提起される場合がある。それは、既知の史料の解読や解釈に変更がもたらされた場合である。歴史の史料は、当時の人々が使用した言語により綴られているが、その厳密な意味がすべて判明しているかといえば、必ずしもそうではない。歴史学者は、様々な辞書をもとに、解読や解釈を試みているが、史料に登場する言葉の厳密な意味がわからなければ、解釈は未完のままということになる（だからこそ、解釈が変更される余地がある）。

例えば、同じ言葉でも、内容がまるで違うということは充分にありうるのだ。古代の官制である「太政官《たじょうかん》」は、古代律令制のもとで、天皇を支える最高官庁のことを指す。ところが、明治維新政府においても、当初は「太政官」が設置されている。同じ名称だが、その構成や内容はまるで異なっており、当然のことながら、同じものとみなすことはできない。これは極端な例であるが、中世の文書や記録に登場する「名田《みょうでん》」は、今も研究者を悩ます事例の一つである。

「名田」は、中世の荘園・公領（国衙《こくが》領など）の基本単位であり、課税の対象であった。この管理および徴税と納税を委任されたのが「名主《みょうしゅ》」である。この「名田」は、平安時代に登場し、織豊期に消滅する。つまり、室町、戦国時代にも存在していたわけだが、それを根拠に「中世は荘園制社会（古代）であり、戦国大名もその存在を前提にし、荘園制を否定できなかった」「戦国大名は荘園制最後の段階の政治権力である」といった根強い学説がある。今日、この学説を支持する研究者はほぼいなくなってはいるが、戦国大名領国下において、「名田」は確かに存在しており、それをどう考えるべきなのかは、まだ未確定の問題である。

しかしながら、荘園・公領における「名田」と、戦国大名領国下の「名田」では、名前は同じでも、史料を読み解いていくと明らかに内実がまったく違う。後者の「名田」は、戦国大名に奉公する下級家臣（在村被官、村や町に住む土豪・有力百姓層ら）の所有地を、あらゆる優遇措置（それは「国法」と呼ばれる）の対象に指定したことを意味する呼称なのである。この相違を考慮せず、中世荘園の「名田」と同義と捉え、それを念頭に史料を読むと、戦国期固有の事情をすくい取ることに失敗してしまうだろう。

このように、史料解釈の精度が上がることにより、関連史料の読み解きに変化が生じ、それをもとに新たな歴史像が組み上げられていくことで、「通説」は再検討を迫られるということになるわけである。これが、新説登場のもう一つのパターンである。

以上のように、歴史学における新説とは、①新史料の発見、②史料解釈の変更、という二つの事情を基盤に提起されるといえるだろう。

ただし、注意せねばならないことがある。それは、新説が必ずしも「定説」や「通説」に書き換えを迫るとは限らないからだ。新説は、それが直ちに正しいことを意味しない。新説は、それを提唱する者が提示する根拠となる史料と、史料が検討に値するものであるかどうかの検証（史料批判という）、史料などの解読、解釈の妥当性、それらをもとにした論述と論証が妥当か否かの検証など、研究者たちの厳しい検討を受けることになる。それを通じて、批判や反論が提起されたり、否定されたりすることも多い。学問は、そう簡単ではないのだ。とりわけ、アカデミズムの経験がない者が提起する新説は、残念ながら、荒唐無稽なものが多い。いっぽうで、研究者たちは、それらを荒唐無稽であるがゆえに、無視しがちである。それが、逆に問題を複雑にしているのも事実である。なぜならば、専門家の誰からも批判されないから、自説は認められていると勘違いする者が多いからだ。それらが、批判するまでもなく、成立しない説であることは、専門家であるならば共通認識なのだが、専門家の沈黙を、自説の正しいことの証拠とする者は後を絶たない。

そうした事態が広まっていることを、専門家の怠慢だと厳しく批判する者も多い。自らの研究に没頭し、他のことに顧慮する暇のない専門家にとっては、頭の痛い批判である。こうした問題については、研究者間でどうすればよいかを真剣に検討する時期に来ているのかも知れない。

近年、戦国史研究は基礎研究が進み、活性化しつつある。その過程で、多くの新説が提起されており、それは喜ばしいことである。いっぽうで、新説に飛びつくのではなく、個々の専門家が慎重に再検証を行い、新説が正しいか否かに関係なく、その見解を一般に情報として広めていく必要もあるだろう。一般の耳目が、歴史学に集まるようになった昨今の状況において、専門家の果たす役割はますます大きくなっているように思われる。

（健康科学大学特任教授、日本中世史）

アンソロジーしずおか　戦国の新説

発行日　2025年2月26日　初版発行

著者　谷津矢車、天野純希、秋山香乃
木下昌輝、蒲原二郎、杉山大二郎
鈴木英治、早見俊、簑輪諒、永井紗耶子

発行者　大須賀紳晃

発行所　静岡新聞社
〒422-8033 静岡市駿河区登呂 3-1-1
電話 054（284）1666

本文デザイン　坂本陽一（mots）

印刷・製本　三松堂株式会社

乱丁・落丁本はお取り替えいたします。

ISBN 978-4-7838-1123-7 C0093

定価はカバーに表示しています